TAKE
ACTION
NOW

你在做什么? 在为了理想拼搏吗?

哈佛的枫叶红了,北京的银杏叶黄了。

把每一个脚印都留在身后,每一步都不违本心。

我们都一样，年轻、蓬勃、充满幻想。

对知识的渴求和对外面世界的强烈好奇心,让我不能停止阅读和行走。

与其迷茫，
与其抱怨，
与其彷徨，
与其……
不如去闯！

TAKE
ACTION
NOW

不如去闯

TAKE ACTION NOW

年轻,不是迷茫的借口

李柘远 — 著

北京长江新世纪文化传媒有限公司
www.cjxinshiji.com
出品

序

我和柘远是母子,更是朋友。多年来,无论顺逆,都是我们母子相伴相扶。

屡被问及我是如何把儿子培养到耶鲁和哈佛的,我皆答曰:无为而治。因为的确未曾刻意地、定向地培养儿子。不过,说无为有点夸张,适时地引导还是要做到位的。"子不教,父之过",悟性再高的孩子,未经世事,都需父母的引导。父母的天职是要让孩子拥有健全的人格、优良的体质和积极的人生态度。具备这三点,何愁孩子没有一个美好人生?

告别文弱

柘远幼时比较文弱,是个腼腆胆怯的小男生。刚上小学那会儿,面对全班同学发言,他会紧张得发抖。为了改变他的状态,我的确花了心思,想了办法。比如,周末和他一起爬山、远足、到海边骑自行车;鼓励他和伙伴们疯跑嬉戏,尽兴玩耍;让他参加少年官合唱团等。没过多久,他不仅身体健壮了,性格也外向起来,交了不少好朋友。再比如,和他去外地旅游,我时常假装不认路,由他带路或问路,还把联系宾馆、安排住宿的事交给他来办。平时,我从不陪他做作业,不替他背书包。参加活动或竞赛,尽可能地让他自己完成报名注册手续。

诸如此类的锻炼，不一而足。及至小学毕业，他已经成为一个开朗、健康、有主见、肯努力、不畏难的少年。

母子神聊

和儿子"侃大山"永远是最惬意的事。从他五六岁起，我们娘俩就爱聊天。他渐渐长大，我们聊的话题也越来越多。他给我讲某个部族的来龙去脉、新版地图册和旧版的差别，聊贝加尔湖的淡水海豹等。而我则愿意分享看过的电影、读过的小说，兴之所至，会整段背诵给他欣赏。他放假时，我们经常神聊至凌晨。家庭变故令我心力交瘁，我不瞒着他，因为这就是人生的真实面目，他迟早要成为有担当的男子汉。重点是他目睹我未被击垮，并充满活力地继续前行。我发现和孩子聊天益处多多：亲子之间无隔障，叛逆期孩子不叛逆；锻炼孩子表达能力和倾听的耐心；让他知道世事无常，学会思考和乐观面对。

见贤思齐

柘远的基调永远是友善和快乐的，常听他夸赞某某有才华、某某很神勇。当年，我们所在的宿舍院门口有个修鞋摊位，柘远常与修鞋师傅聊天，对师傅的好手艺和好性格啧啧称赞。我对此深感欣慰，比抽奖中了头彩还满足。柘远初中时在我们的家庭相册的扉页上写道："闻道有先后，术业有专攻，道之所存，师之所存也——与妈妈共勉"。后来，他读大学、进投行、合伙创业，有幸结识了不少优秀的人，其中有几位被他敬称为"大神"。他们才兼文武、慷慨有大略，无疑是柘远人生路上的新标杆，是他努力不怠的动力源。今年柘远生日时，我在给他的生日礼物上写道：见贤思齐——与吾儿共勉。

做儿子的好搭档

柘远从小就总有各种想法，而且会付诸行动，甚爱"折腾"。只要是正当合理、有益身心的事，我都支持，必要时还参与其中，做他的得力搭档。

以他申请美国本科为例。

初三暑假时，他告诉我想去美国读大学，且非常春藤名校不读，还要拿到奖学金。

我不以为意，笃定他不出一个月就会知难而退。况且，他当时在全年级400个左右的学生中，成绩保持在前十以内，仍有余力。若弃高考攻留学，岂不可惜。

没承想，他并非说说而已。他认真地列了一份实现目标清单，包括托福和SAT何时考、要考多少分、要有哪些学术强项、要如何提高课外实践竞争力等。在基本不影响校内课业的同时，他开始朝着遥不可及的留学目标一步步跋涉。感动于他的努力和韧劲儿，我决定参与到他的计划中。

我火力全开，在繁重的工作之余，教课带学生、兼职做翻译，一连数年未曾休过周末，为儿子实现目标提供财力支持。有时，我也力所能及地与他切磋英语难题，围绕竞赛或活动和他头脑风暴一番。最紧张时，每天忙到凌晨两点多，翌日早晨六点二十分准时起床，开始新一天的奋斗。若不是柘远执着以求、志在必得的精气神儿感染着我，我早就打退堂鼓了。

天道酬勤。柘远的目标圆满实现。2008年12月16日晨，喜讯传来，他被美国耶鲁大学以全额奖学金提前录取。

目标引领成长

设立目标—全力以赴—实现目标,在不断的砥砺中,破茧蜕变,成为更好的自己。

仍以申请耶鲁为例。在近三年的准备过程中,柘远在多方面成长显著。

1. 苦读加上各项赛事的磨练,英语水平提高了好几个段位。托福和SAT均在高三以高分一次性收官。

2. 参加有质量的活动和赛事,接触能人志士,眼界开了,格局拓展了;外联能力和人际交往能力也有所提高。

3. 磨练了毅力和定力。当年厦门的留学风气尚不浓厚,资讯和机会相对匮乏。柘远的同学们高考备战正酣,他越发显得例外。我的从众心理时不时地跳出来作祟,担心柘远选错路径,所以格外钦佩儿子的坚持和自信心。

4. 更有迎接挑战的勇气了。柘远参加的赛事和活动中,有几个相当有难度。参加者不仅要有足够的知识储备,更要有临场思辨的能力和上佳的英语口才,这对柘远来说是巨大挑战。我知道他也忐忑,甚至发怵,但他没有畏缩,"硬着头皮"去了,靠着不服输的心气和拼劲,实现了自我突破。

关于此书

柘远在书中分享了他求学、求职、创业的经历以及在自我实现过程中的历练和成长,不为自夸,更无意当网红。唯愿带给读者些许的启迪和助益。

柘远生自普通家庭,多年来我们娘俩相依为命。家庭曾突遭变故,生活一度难以为继。但这些都未成为柘远奋进路上的障碍。他能做到的，你也能做到，甚至能超越他。

如果你也打算选择类似的人生轨道，或许能从书中发现不少有用的实操信息；如果你仍在畏首畏尾，一再降低自我实现的目标，或许你能从书中汲取一点行动的勇气和力量。

此为本书的意义所在。

目录 CONTENTS

One
梦想孤岛：报告耶鲁，我已准备完毕

认领"不可能"完成的任务　/ 002

放弃"护送"，单兵作战　/ 006

曾经预演梦想，耶鲁等着我　/ 013

不会"撞衫"的申请文书　/ 018

选择突围孤岛，就不问世外喧嚣　/ 033

耶鲁面试直到冰品店打烊　/ 037

五位美国总统的第一个福建学弟　/ 044

非典型优等生："No zuo no up"　/ 048

追　忆：少年锦时　/ 054

Two
耶鲁卫冕：闯出更好的自己

入住耶鲁第一晚　　/ 064
国际新生营中，败给俚语　　/ 066
同学少年何止学霸　　/ 069
忘却光环回归零点　　/ 071
名校也疯狂，一起裸奔吧　　/ 074
在"憋纸"面前，人人都是书呆子　　/ 081
给了我正能量的耶鲁牛友 Charles　　/ 092
"野"出更广阔的视野　　/ 102
把进投行定为本科毕业后的第一步　　/ 111
应聘投行实习的两大经验分享　　/ 115
怎样优质度过大学四年　　/ 119
美国大学十大"听说"的真相　　/ 130
读一所名牌大学，到底有什么好的？　　/ 139

Three
初入职场：做一个被梦想录取的人

史上最完全且易懂的"投资银行101" / 150
一入高盛催人长 / 157
养猪场上的"搬客" / 164
在"绝望"中寻找希望 / 174
投行赋予我的四大能力 / 182
职场"老"新人的一点体会：如何做一个好的职场新人？ / 191
告别高盛，创业去 / 201
创业多滋味 / 209

Four
回归校园：敲开哈佛的大门

在 HBS 学习，是一种什么体验？ / 216
打了鸡血的哈佛人 / 220
凌晨四点半的哈佛图书馆，真的灯火通明吗？ / 227

Five
进阶攻略：成长使用手册

枯燥英语有技巧　　/ 238
留学申请中的"课外活动/社会实践"怎么准备？　　/ 245
拿什么拯救你，我的拖延症　　/ 256
这七大毛病，99.9%的年轻人都会有至少一个　　/ 262
哈佛学生回应北大院长：与其纠结人生方向，不如定好小目标　　/ 273

跋：我妈和我　　/ 283

附　　录：哈佛学生常用的四款 To-do list 模板　　/ 293

01

梦想孤岛

时光拉长身影,眼界充实理想。就这样,梦想开始一点点长大。

报告耶鲁
我已准备完毕

认领"不可能"完成的任务

> 做一名 risk taker（敢于冒险的人），
> 努力去争取更好的，
> 即使失败，
> 也不违本心。

那是 2006 年 7 月，初三升高一的暑假。某天在网上看到一则新闻：复旦附中学生获哈佛、耶鲁、斯坦福等名校录取。文中介绍了这所牛气哄哄的上海高中在当年有数十位学生收到了美国顶尖大学的录取通知。他们直接越过高考和保送的独木桥，高中毕业前的几个月就提前解放，准备入读世界上最棒的大学本科。配图里几位被采访的明星学生穿着别致洋气的西装校服，手捧录取信，在校门前自信坚定地微笑。

我突然像打了一针鸡血般，从夏日昏昏欲睡的状态中一个激灵醒了过来。

就在偶遇这篇新闻前的 15 年里，我一直坚信北大、清华和港大是国内高中生毕业后能去的最牛所在。小学时粗枝大叶地翻过《哈佛女孩刘亦婷》的一些章节，知道一个大姐姐敲开了哈佛本科的大门，但 10 岁的我竟愚钝地以为刘亦婷的"传奇"是不可复制的；我想当然地觉得，没有赴美交流的经历和美国名牌大学教授的推荐信，到美国读本科只是一项"mission impossible"（不可能完成的任务）。

One

梦想孤岛：报告耶鲁，我已准备完毕

约摸从小学二年级开始，也许是受了西南联大毕业的姥爷的激励，我把 18 岁时考上最棒的大学定为人生中的第一个目标，并称之为"第一个十年计划"。我心中的"最棒大学"，也从未跳出过三所学校的范围：北大、清华以及我初中时开始在内地直接招生并给予奖学金的香港大学。而哈佛、耶鲁、斯坦福却"只应在梦里"，是地球另一端的传说。

然而，一篇寥寥千字的报道，彻底颠覆了我过去十多年的信念。原来，在电影中看到的"常青藤大学"，竟没有那般遥不可及！

"举一反三"的习惯让我顺着这篇报道又找到了其他几条"振奋人心"的消息："北京四中学生会主席获麻省理工全奖录取"、"人大附中全才少女剑指耶鲁，中国大陆仅 5 人"……

就像哥伦布发现了新大陆、陶渊明偶入桃花源那般，我也进入了一个令我肾上腺素激增的美丽新世界。我激动得双手冰凉，因为我知道自己要正式改写"第一个十年计划"的目标了。

这绝不是对大学排名的盲目崇拜。从书和电影里，以及身为大学英文讲师的妈妈那儿，15 岁的我知道哈佛和耶鲁有比美国还长的历史，有一长串的诺贝尔奖获得者名单，有酷似古堡的校园建筑，有改变了美国乃至世界的各路豪杰校友。北大、清华也声名显赫，荷塘月色和博雅未名湖畔的学生可能并不逊于哈佛耶鲁的年轻人，但在学校的软硬件资源和研究成果等方面，毕竟无法与全球最棒的学校平起平坐。

如果北京上海的同龄人能考上美国名校，我也没有理由做不到。要实现人生的"第一个十年计划"，大概意味着我需要付出比北上广的孩子更多一筹的努力，因为我所在的城市和中学在信息资源与知名度上都无法与大城市相提并论。

我想当厦门的第一个吃螃蟹者。我想开创一项纪录：从南方小城"鲤鱼跳龙门"直升世界上最好的大学。

15 岁的我已然明晰了未来三年的奋斗方向。我坚定地用钢笔在纸

上写下一行字:

Leo[1], You can do it.（Leo，你可以的。）

10年后的2016年，15岁的小伙已然长成了25岁的大小伙。如今，我不但是耶鲁校友，还以一份不错的大学成绩单和三年扎实的工作表现换来了哈佛商学院的入场券。而十年前的这张"信念条"，也被我珍藏在存着耶鲁录取信的文件夹中。它是我人生第一次"从0到1"式成功的见证。

---

[1] Leo为作者英文名，编者注。

One

梦想孤岛：报告耶鲁，我已准备完毕

耶鲁的地标式建筑：哈克尼斯塔楼

放弃"护送",单兵作战

> 做一个暂时被生活抛弃的人,
> 打响一个人的战役,
> 不畏得失,
> 只要开始就对了。

一旦确立了目标,就要按照制订好的周密计划一步步执行,拒绝彷徨、毫不拖延。为了实现"第一个十年计划",我给自己的高中生活约法三章:

校内成绩至上:不管去哪儿读大学,课业成绩永远是不能妥协的硬指标,否则一切免谈。

课外竞赛与活动突出重点、积累"亮点":美国大学不喜欢单纯的学霸,全面发展的人才更有竞争力。在课业成绩优秀的前提下,有的放矢参加学科竞赛,并积极投身有意义的课外活动,为大学申请时的简历和文书撰写积攒好素材。

高三上学期结束前拼出托福、SAT(Scholastic Assessment Test,俗称"美国高考")高分,报考最心仪大学的"提前批次":作为外国语学校的学生,我英语扎实,托福好搞定,必须一次性考到110+(满分120),而SAT是比较难啃的骨头,需要集中火力攻克。计划高二暑假开始做题备考,高三上学期一次性考过SAT的所有科目。

One

梦想孤岛：报告耶鲁，我已准备完毕

以上"三章"自 2006 年 9 月 1 日高中的第一天起正式生效。

当一些同学还在回味漫长而慵懒的初三暑假时，我已经暗暗给自己上好了发条，开始了"三年奋斗"的倒计时。这是一个人的战役，我不想也不应该过早与任何人讨论心中的目标。

当努力刚刚开始、八字尚无一撇时，我没有资本去做任何的吹嘘与炫耀。我唯一能做的，就是按照既定路线，一步一个脚印去接近三年后成功的那一天。

转眼到了高二升高三的暑假。高一高二的两年，我一直严格履行"三章"的前两章：我延续着初中优秀的学习成绩，在理科重点班的每次大考都排名前列；利用课余时间参加了几项很棒的课外活动，足以在申请大学时交出一份实打实的简历。

然而，托福和SAT的备考却尚未打响。2008 年 7 月，距离大学的"提前录取批"（"Early Decision"和"Early Action"批次）申请截止日只有四个月时间了。

干掉托福不算痛苦。凭着课内外锻炼出来的英文能力，我在突击两周、练了几套模拟题后上了战场。那天考试状态不错，点完提交键，屏幕上跳出了 110 分（满分 120）的成绩。

"搞定！"

美国常春藤大学对国际学生的托福要求是总分 100 分以上。这个分数足够高了。

接下来是难度大得多的SAT。如果说托福是考英语能力，SAT 就是用英语考能力，连美国高中生都不敢怠慢，有的人为了拿到满意分数，甚至会用一年的时间考上好几次。

如果要申请排名前十的大学，SAT I 和 SAT II 的高分都是重要砝码。SAT I 也称 SAT 综合考试，由数学、分析性阅读和写作三个部分组成，每部分满分800分，总分2400分。SAT Ⅱ也称SAT学科考试，学生可以从十几二十门学科中选考2至3门，比如理科范畴的物理、化学、生物和文科社会学范畴的历史、美国政治、英语文学、拉丁语等，每科满分也为800分。

为了一鼓作气一次通关，我做了大胆的决定：

放弃8月的高三全体补习，9月请假在家闭关30天，备考10月初的SAT Ⅰ考试，10月"半读半休"，准备好大学申请材料的同时，备考11月初的SAT Ⅱ考试。

8月往后的几个月，对厦外高三学生来说是最关键的时期。因为10月下旬，针对外国语学校的大学保送生推荐考试将拉开序幕，届时年级排名前二百的同学都将有机会参加全国一流大学的保送考试。厦外的每届尖子生都有好几个通过保送生考试被北大清华锁定，年级排名前100的同学还会有多人获得外交学院、北外、上外、西安交大、南大、武大等顶尖院校的橄榄枝，提前过上幸福的悠长假期，弹琴品茗读书郊游。

保送生考试对外国语学校学生来说，就是一次提前的高考。要想被推荐参加心仪大学的保送考试，9月和10月两次月考成绩至关重要。

彼时，我是理科实验班的一名北大清华level的种子选手。从班主任到任课老师，都期待我为这届的升学光荣榜做贡献。然而，大多数老师并不清楚我的心"另有所属"。要想被批准请长假进行"第一个十年计划"的最后冲刺，我就必须跟老师们诚恳"坦白"自己的升学想法了。

一个湿热难耐的7月午后，我先拨通了一直对我关爱有加的吴副校长的电话。吴校是有几十年教龄的化学特级教师、我高中三年最尊敬的师长、最无话不谈的忘年交。要想取得学校支持，吴校这关必须第一个过。

One

"吴校,有件事我希望您能支持我。我准备请一段时间长假,考美国的大学。我需要用两个多月的时间搞定两场美国高考,同时准备好报考材料,我的计划是这样的……"

我从初三暑假时看到的那篇报道说起,自信中带着些许忐忑地把自己为什么想去美国读大学、过去两年是如何为了这个目标一步步努力的,以及我目前的竞争力和报考名校的胜算,都毫无保留地告诉了吴校。

两分钟陈述完毕。电话那头,是几秒钟短暂的沉默,似乎听得到他用食指叩击桌面的声音。我了解吴校,轻敲桌子是他深思熟虑时的习惯动作。

一直把我当半个儿子看待的吴校会怎么想?他会不会怪我一直蒙他于鼓里?他会不会认为,我请长假的要求,是一种"造反"?久久无语,是不是他在酝酿如何"婉拒"我的请求、说服我浪子回头,去拼北清复交的录取?

"柘远,我为你的魄力感到骄傲。从你进高一的那一天起,我就看得出你心气高,一定不是一般的孩子。我准假。你跟班主任和几位任课老师也沟通一下想法,然后去教务处开假条吧!但是柘远你要清楚,如果选择考美国大学,你就得放弃所有国内大学的保送机会,否则,你占据了一个录取名额最终却不去,是对其他孩子的不公平。凭你的能力,一定会有常春藤大学要你,哈佛、耶鲁、普林斯顿都有机会。我对你有信心。加油吧,小伙子!"

"吴校,谢谢您。我一定不辜负您的支持,也会对得起自己过去两年来的默默奋斗。"

高一高二的700多个日夜,我一直沿着自己规划好的路线,一步一个脚印前行,像一个沙漠旅者、一位雪山攀客,虽可赏沿途风景的瑰丽雄浑,却也时不时感到孤寂。沙漠尽头的绿洲清泉和雪山之巅的日出暖阳似乎还只是一个遥远的小点。一个人奋斗得倦了、累了、有压力了的时候，一句来自前辈的再简单不过的鼓励，也能为信念的小马达加满油。吴校的支持瞬间给了我加速度，让我更有信心大踏步地走下去。

当我以为整个世界都给我追逐理想的跑车开了绿灯时，班主任和几位任课老师却为我扼腕叹息，苦口婆心地劝说我"改邪归正"，情急之下，甚至言辞犀利。

我非常理解老师们。他们真心为我好。我放弃通往清华、北大的通衢大道而选择一条凶多吉少的蹊径，他们不能坐视不管。但是，我心意已决，任老师们磨破嘴皮，我自岿然不动。拗不过我，老师们只好无奈地作罢。其实，我也理解老师们，他们也有苦衷和压力，毕竟被北大清华这类国内一流大学录取的人数的多寡在当时是衡量教师业绩和学校办学质量的无上指标。

李柘远要"放弃保送和高考，报考美国大学"的消息像长了脚似的，在同学中也迅速传开了。

大多数人抱着不解的态度。8年前的厦门，出国读书的孩子多是全自费前往日本、澳洲、新西兰、加拿大、英国。很多留学军高中成绩平平，在国内很难考上一本，但他们家境殷实，出国便成了最 make sense（明智）的选择。同学们以为我要走的也是这样一条路，是与北大清华的荣耀背道而驰的。

然而，我比任何时候都清楚自己在做什么。

这次请假，不是一个莽撞行为的开始，而是我已经执行了两年的追梦行动的"高潮"。黎明前的黑暗已经到来，我必须为了理想而心无旁骛地最后一搏。校内和校外狼狈兼顾的结果，可能是两头都抓瞎。

这次请假，并不是完全脱离学校。我依旧会回校参加月考，只是暂别气氛紧张的课堂学习，在校外给自己安静的一隅。

作出请假决定前,我已经充分评估了最好和最坏结果。

最好结果:在两场 SAT 中顺利考出高分,完成和递交"提前批"大学申请全套材料,圣诞节前收到 offer(录取通知)。

最坏结果:SAT 考试失利,得再考;"提前批"申请失败,还需在第二年的 1 月上旬前完成和提交所有"正常批"的申请材料。如果"正常批"申请也获得"全聚德"("全部被拒绝录取"的调侃),则需要读"高四",再申请一年,或在高考前的三个月拼命补习,参加高考。

"你看,即使是最坏结果其实也不是 game over(游戏结束)啊!"我乐呵呵地对自己说。

第一年申请失败怎么办?不怕,总结经验、第二年再战,我依旧有机会;必须回归高考怎么办?不怕,凭自己两年多扎实的学习基础,不吃不喝不睡三个月我照样能冲进国内一流大学。

"拼了!"

通向理想的路几乎没有过坦途,而荆棘丛生的旅途往往能加速一个人的成熟。当成功时回首来时路,定有别样的成就感。既然选择了罕有人迹的升学独木桥,我就不该怕比别人多吃一点苦,我就应该做好最坏的打算,我就必须时刻对自己有信心。

哪怕所有人都对你唱反调,哪怕全世界都跟你作对,无论他们是好意还是坏心,只要你清楚自己的奋斗目标、制订好了正确的规划,就无需瞻前顾后、被别人牵着鼻子走。自己的命运,是要靠自己拼出来的!

"17 岁的少年,上路吧!"

请假开始的那天,我背着一摞书走出教室,离开前和几个要好的哥们儿击掌拥抱。

"我会回来的。"

"李柘远,我们一直在这儿。你随时找我们,吃饭打球都有你的份。"

"别担心上课笔记,我们的就是你的,随便看!"

"李柘远,可别厌。等着你牛×凯旋的那天!"

尖子生的"造反与证明自己"行动开始了……

其实,"造反",在进高一的第一天就打响了。

曾经预演梦想，耶鲁等着我

> 没有先例，
> 不代表没有破例，
> 我要让自己成为那个破例……

我把"提前批申请"的目标锁定在耶鲁大学，且仅申耶鲁一家。

耶鲁成为我的 dream school（梦想学校）已经十几年了。好像冥冥中的安排，命运的注定。喜欢耶鲁，实在有太多理由。

幼儿园大班时，我从妈妈和她学生的下午茶闲聊中已经听到过"耶鲁"这个名字。90年代中，妈妈的学生里，已经有佼佼者被耶鲁的研究生院录取，远渡重洋去了美利坚深造。

童年到少年时我酷爱看国际新闻。那几年"陪伴"着我长大的三届美国总统，是老布什、克林顿和小布什。他们都是耶鲁大学的校友。

上初中后我迷上了好莱坞电影。尤其喜欢朱迪·福斯特主演的《沉默的羔羊》和梅丽尔·斯特里普主演的《走出非洲》。两位演技派才女，都是在耶鲁读的本科。

清朝第一位留美幼童容闳、京张铁路设计者詹天佑、教育家应开识等近现代对中国做出突出贡献的人，也都在人生履历上刻下了"耶鲁"

的名字。

2008年6月,我作为唯一一名入选的中国学生参加美国青年政治家夏令学院(The Junior Statesmen of America Summer College)。这是我第一次去美国,也是我第一次与dream school耶鲁零距离接触。其实谈不上"接触",只是"感受",我幸运地得以在耶鲁校园学习生活了五周半,住的就是布什父子当年待了四年的住宿学院——达文波特学院(Davenport College)。

也是在耶鲁校园的这30多天,让我确定一定以及肯定地把申请目标定在了耶鲁大学。

每天7点醒来打开窗户,我会看到学院里茂盛的大榆树,和树上树下跳跃着觅食的松鼠。

每天7点半,我会在古堡般的哥特式校园里晨跑,穿过一栋栋百年老建筑,与迎面跑来的耶鲁教授和师生笑着Say Hi。

每天9点,我会背着书包穿过永远洒满阳光的中心校区(Cross Campus),坐在耶鲁学生平时上课的教室里听讲,感觉自己就是这所大学的一分子,毫不违和。

每天中午、傍晚,我会坐在可以同时容纳2000多人用餐的、酷似霍格沃茨魔法学校食堂的耶鲁中心食堂(Commons Dining Hall)吃饭,这里永远是"取之不尽,用之不竭"的自助餐,从美式到意式到中式到墨式菜,只有你想不到,没有食堂大叔做不到。

最让我着迷的,是耶鲁满溢的文艺气、书卷气。我享受在耶鲁的图书馆里学习。大到斯特灵纪念图书馆(Sterling Memorial Library)、美到贝内基善本图书馆(Beineckie Rare Book and Manuscript Library)、小到达文波特学院图书馆(The Davenport Library),都留下了我彻夜看书写论文的身影。

耶鲁艺术馆(Yale Art Gallery)、英伦艺术馆(The Yale British

Arts Center）和每天都会奏起宗教圣乐的哈克尼斯塔楼（The Harkness Tower），也是让我流连忘返的所在。就连看上去阴森森的骷髅协会小楼（The Skull & Bones Society，耶鲁大学神秘社团里最著名的一个），在我眼里也别有一番韵味。

这个星球上，我实在想不出还有哪所大学比耶鲁更美好。"美好"这个词，在用来形容耶鲁的种种"好"时，也都显得苍白无力。

2007年、2008年那会儿出了几个"耶鲁男孩女孩"，他们无一例外来自耶鲁在中国的目标招生学校（target school），除了北京上海的那几所牛校外，东北地区数一数二的高中沈阳东北育才学校、江苏的"神校"南京外国语学校和1906年由耶鲁传教士在长沙创办的湖南省著名高中雅礼中学，也分别出过一两个被媒体追逐采访的学霸佼佼者。除此之外的广大地区，都基本是耶鲁的招生盲区。就连经济和教育发达的杭州、广州、天津等大都市，也没有本地学生直接进入耶鲁本科。海滨小城厦门，就更处于耶鲁的雷达之外了。

我不知道自己是第几个尝试申请耶鲁的福建学生，但我知道自己可能会成为第一个被耶鲁录取的福建学生。

这份自信有两个源头，来自我的"横向"和"纵向"分析。

横向分析：通过参加全国性的竞赛和活动，我认识了一批来自北上广深的优秀同届高中生，他们也在铆足了劲冲刺美国大学，其中有些人还把耶鲁当作第一选择。从学习等各方面比较，我得出一个结论：除了学校和城市没有优势，在自己能决定的所有方面，我都基本没有劣势，甚至在一些方面做得更好。只要SAT这个硬指标以高分拿下，我的竞争力就一定不会差。

纵向分析：借助Excel表，我将过去三年所有媒体报道过的录取学生的基本情况从考试分数、在校成绩、课外活动成就、竞赛获奖和是否来自target school（目标学校）等方面一一进行了总结，我把自

让我神往的耶鲁贝内基善本图书馆

己的情况也输入了summary table（汇总表），并给每一项赋予一个权重分进行总分计算。综合分数显示，我的硬件软件都已达到被录取的水准。即使媒体无法报道录取学生的完整情况，可能未提及他们的一些"撒手锏"，我依旧相信自己已跻身"qualified for admission"（符合录取条件）行列。

耶鲁大学"提前批"招生的官方学名叫"有限制的提前行动"（Restricted Early Action），简称"REA"。选择报考耶鲁REA的学生只能在"提前批"阶段申请耶鲁一家（自动放弃其他学校的提前批申请），此为"限制"；他们还必须在2008年11月1日前提交所有申请材料，早于"正常批"来年1月甚至2月的截止日期，是为"提前"。REA的放榜日是同年12月16日，也就是申请截止的一个半月之后，录取率通常比"正常批（Regular Decision）"稍高一些。所以，把耶鲁当作第一志愿的很多尖子生都会冲刺"提前批"。

根据我收集的"情报",耶鲁在REA阶段一般会从中国大陆录取5-6名学生,而申请REA的中国学生总数每年约摸六七百人(北京上海的每所著名高中经常会有十几二十人扎堆申请),所以目测录取率不到1%。这个录取率虽然极低,但仍比"正常批次"的稍高些(大陆学生报耶鲁"正常批"的人数比"提前批"多,而耶鲁正常批在中国的录取人数只会比REA阶段多1-2人)。

人生难得几回搏,尤其是在自己最心仪的大学面前,我不能错过一丝一毫的机会。我相信,很多时候做事不需要成竹在胸,只要有一定胜算,就值得拼一把。

如果不申耶鲁的"提前批",我的录取率为0,这一定会让我后悔一辈子。如果申了,最多是被reject(拒绝),我还可以重整旗鼓,在"正常批"阶段申请其他大学。

没有先例,不代表没有破例。我要让自己成为那个破例,成为第一个被耶鲁本科垂青的厦门学生。

Yale Restricted Early Action, here I come.(耶鲁"提前批",我来了。)

不会"撞衫"的申请文书

> 与其墨守陈规,
> 不如大胆创新,
> 突破有时让人更接近成功。

8月初,我正式进入暂别学校的请假模式。距离11月1日耶鲁"提前批"申请截止日只有90天了。我称这段时间为"Road to Yale(耶鲁之路)——90日维新",从迎考SAT、准备全套申请材料等两大方面同时开战。

"Crack the SAT"(杀掉SAT)

SAT I 涵盖阅读、语法和写作,是用英文考"语文",难度比SAT II 分科考试高得多。我的习惯是先苦后甜、首先征服最难翻越的高山,在SAT考试时间安排上也不例外。我选择10月初在新加坡考SAT I,11月初在香港考SAT II(SAT在内地没有面向中国籍学生开放的考点)。

为了确保一次过关,我给自己制订了严苛的复习计划,准备好好地"头悬梁锥刺股"一把。

One

梦想孤岛：报告耶鲁，我已准备完毕

简而言之，每天8点半必须准时坐在厦门图书馆窗明几净的大阅览室里开始做题，中午给自己半小时的午餐休息，下午继续复习到傍晚6点闭馆。晚餐前跑步运动半小时换换脑子，吃过晚饭后，继续攻难度最大的"分析性阅读"（Critical Reading）部分，读英文小说磨炼语感。每天保证9个半小时的有效复习时间。这样的计划每天执行，风雨无阻、周末不休，一直坚持到10月4日上考场的那天。

说来有趣，从小到大的十多年里，我在学习上都没这么"逼"过自己。计划制订后，我没妥协过一次，就连发烧了都坚持在阅览室呼呼的冷气"滋润"下边喝板蓝根边做题。一个人心中的目标，真的会激出他破釜沉舟的魄力，真的可以让他视一切苦痛为无物。

分析性阅读部分所涵盖的词汇量远远高于托福。要想秒杀晦涩难懂的长难句和各种关乎主旨、逻辑、推理和细节分析的题目，词汇是基石。我购入了新东方俞敏洪老师的《GRE词汇红宝书》，规定自己用一周半时间熟记所有词汇。而我认识的背完红宝书的朋友们，最快的也花了一个月时间。

我坚信长痛不如短痛，越是把战线拉长，越是出不了成绩。

"红宝书"里林林总总涵盖了9000个GRE词汇，刨去已经掌握的5000个托福词汇，还需要搞定余下4000多个新词。10天集中突击的计划，意味着我平均每天要干掉400个词。

为了做题时的如鱼得水，再烦再头大也要把看似不可能的任务变成可能。

我开始了抱着红宝书疯狂背单词的240小时。那段时间，我都怀疑自己成了一枚"恋物癖"。枕头旁是红宝书，被窝里是红宝书，键盘上是红宝书，浴缸边还是红宝书。我和它实在是形影不离，你侬我侬。俞敏洪老师如果看到这段话，一定会倍感欣慰吧。

一本崭新的红宝书，不出几天，便被我"宠幸"出了皱纹、笔迹

和咖啡印。我认为背单词没有捷径，不管是按字母顺序还是词性分类，总有这么一大坨词在那儿等着。但我相信，不同方法穿插着背、听觉和视觉并用着背，一定可以加深记忆。

我先按字母顺序从 a 到 z 把 4000 多个生词过了一遍，背的时候尤其注重每个词在句子中的用法，也使用了俞老师的词根词缀联想记忆法，把一个单词拆成几部分去记。

另一个屡试不爽的妙招是"举一反三"：在按字母顺序背过一遍后，我又从备考论坛上下载了分类词库，看到"fastidious"（挑剔的）这个词时，马上在眼前和脑海中出现近义词 picky、critical、stringent，背一个词等于复习了五六个词，事半功倍。

还有一个实在有用的法子："听词入眠"。我会把 MP3 放在床头柜，循环播放词汇音频，任由一个个单词的发音通过听觉刺激大脑记忆功能区，直到我累得沉沉睡去。第二天早上再复习时，往往发现昨晚"听背"的单词都记得无比牢靠。

把红宝书前后背完两遍后，我显然有些走火入魔了。跟妈妈聊天时，我会突然走神，念叨出刚在脑子里安家的单词，我会逼妈妈随时随地考我记在小本子上的难词，以至于那几天妈妈见了我就想"躲猫猫"；看央视新闻时，我会不自觉将播音员念出的中文词实时翻译成英文；就连有时说的梦话，都会用上红宝书里的词汇。

可以说，这 10 天的单词炼狱之旅，不但十分给力地助我一次性考出了 SAT I 高分，还让我在往后几年的耶鲁求学中，阅读大宗英文书卷时几乎没有遇到困难；让我在撰写任何种类的论文时，都能自如运用各种词语和用法、准确描述自己的观点。

感谢红宝书陪伴我度过了 SAT 备考之旅既痛苦又甜蜜的开端，也帮我夯实了"拼命"的惯性。这种惯性一直延续到我 SAT 备考的结束，助我啃掉一本本习题集、搞懂一道道错题、见证着我将模拟考分数从

One

梦想孤岛：报告耶鲁，我已准备完毕

备考初期的不到 1900 分，在一个月时间里迅速拔高到 2200 以上。

好一场同红宝书的热恋。饱经沧桑的这本红宝书，如今还被我小心翼翼地码在书架最重要的顶层。它是一个 17 岁少年追梦的见证。真希望几十年后的某一天，我还能亲切地抚摸着这本曾让我欲罢不能的书，给孙儿们讲爷爷那小屁孩时代的奋斗故事。

10 月的 SAT I 考试发挥一切正常。在新加坡炎热的赤道天气里，我淡定地完成了 3 小时 45 分钟的考试。月底拿到成绩，2200 分，其中数学满分，作文接近满分，全球排名前 5%。这个分数与美国本土申请耶鲁的牛人相比尚不惊艳，但在中国申请者中算名列前茅了。一次性通关的目标达到。

11 月的 SAT II 考试在香港暴雨中进行。因为只给自己留了一周多的复习时间，我选择了基本无需复习的数学、物理、化学三门，并顺利获得了满分 2400 分。

至此，我的托福、SAT I 和 SAT II 三项考试都一次性高分过关。

拿到硬指标成绩只能算从凌晨 4 点熬到了 5 点，但天空依旧漆黑，黎明的曙光还在山的那边。接下来，我必须打起一百二十分的精神头，搞定耶鲁的全套申请材料。

取得阶段性胜利固然可贺，但绝不能沾沾自喜、在一时的小成功里做春秋大梦。越是走过了前进路上的一步，越是应该顺势快马加鞭，咬牙往前冲。

我确实走在了拼搏的加速道上。

完成全套申请材料

耶鲁大学"提前批"所需的申请材料，主要包括在线申请表（application form）、校内成绩单、托福和 SAT 考试成绩单、文书（essay）、推荐信（recommendation letter）和校友面试（alumni interview）等几大块。

  对于材料准备，我的方法有二：

  1. 快准狠地完成技术含量不高、无需大量用脑的步骤，比如申请表填写，最好一天之内搞定，不许拖泥带水。预留充分时间和精力给更重要的步骤，比如申请文书撰写。

  2. 材料不在多，而在质。比如，有些申请战友会无视文书的字数限制，洋洋洒洒写上一篇几千字的 application essay，但我相信 700 词足以讲述一个打动人的故事，绝不多写。

  说到材料准备的重质不重量，我入学后从耶鲁招生官那儿听到一个好玩事，供君一笑。耶鲁允许学生提交申请材料列表之外的"补充材料"（supplemental materials），给学生全面展示自己的机会。有些申请者以为这意味着耶鲁会对一切材料来者不拒照单全收，遂煞费苦心地寄去精良的个人写真图册、个人 CD 唱片，更有甚者，邮到耶鲁招生办一只高跟鞋，并附上小纸条一张，"动情"地说："这是我最心爱的一双高跟鞋的其中一只。现在，它已经孤单地来到了耶鲁。敬爱的招生办官员，您会高抬贵手成全另一只高跟鞋也进入耶鲁吗？"

  真不知正在几万份材料中日夜劳作的招生官们在收到高跟鞋时会作何感想！

  创意归创意，申请大学必然是一件严肃的事，邮寄太繁复的材料大概只会画蛇添足、黯淡了自己的录取前景。

我的耶鲁申请文书

  耶鲁大学申请的重中之重，是申请文书的撰写（application essay）。

*O*ne

梦想孤岛：报告耶鲁，我已准备完毕

这和中国大学一考定乾坤的招生模式非常不同。除了考试分数等客观硬件以外，文书这一项软件能体现申请者的写作功力、性格特质、生活经历、理想规划等多重信息，是所有美国大学招生办都会仔细审阅的材料。

每个学校的文书题目与数量也各不相同。我着实是个幸运儿，整个申请阶段只报了耶鲁一所大学，这意味着我没有体会过"文书多如毛"的折磨。我的一位申请战友非常豪迈地在"提前批"和"正常批"一共申请了25所大学，大大小小的 essay 写了近百篇。当然，这位同学是位大牛，一举拿下16所大学录取，包括耶鲁和普林斯顿的 offer，辛苦付出总算没有白费。后来，我们也愉快地成为了耶鲁同届同学。

耶鲁的文书要求简单明了。我申请入学的2013届，一共4篇。两篇大文书（main essay）和两篇小文书（short essay）。

大文书：

请自定题目或从下面的几个题目中选择一个，写一篇文章（不少于250词）Please write an essay on a topic of your choice or on one of the options listed below（no less than 250 words）：

1. 评价一项对你意义重大的经历、成就、冒过的险或道德困境，并阐述它对你产生了何种影响。（Evaluate a significant experience, achievement, risk you have taken, or ethical dilemma you have faced and its impact on you.）

2. 讨论一个关乎个人、本地、国家或全球的问题，并聊聊其对你的重要性。（Discuss some issue of personal, local, national, or international concern and its importance to you.）

3. 介绍一位对你产生重大影响的人，并描述她/他对你产生了什么样的影响。（Indicate a person who has had a significant

influence on you, and describe that influence.）

4. 描述对你有过影响的一个小说中的角色、一位历史人物或一件作品（比如在艺术、音乐或科技领域的），并阐释你如何受其影响。（Describe a character in fiction, a historical figure, or a creative work （as in art, music, science, etc.） that has had an influence on you, and describe that influence.）

5. 自定义题目（Topic of your choice）

请描述一些我们在你的申请材料中尚且无法了解到的事情，或者写一写你想让我们知道得更透彻详细的事情。你写什么都行——可以是个人经历、奋斗目标、特长爱好或者求知故事。Please reflect on something you would like us to know about you that we might not learn from the rest of your application, or on something about which you would like to say more. You may write about anything—from personal experiences or goals to interests or intellectual pursuits.

小文书：

请简要地讲讲你的一项课外活动或工作经历（不超过150词）。Please briefly elaborate on one of your extracurricular activities or work experiences.（150 words or fewer）.

耶鲁有什么特别之处吸引你报考？（不超过1000字符）What in particular about Yale has influenced your decision to apply?（1000 characters or fewer）

除此之外，还有几道"迷你文书"（mini response），每道的回答不能超过50个单词。

这些文书题目,看上去并不那么严肃和"凶悍",反而有种平易感。下笔前,我对着这四道题深思熟虑了一整天,提炼出了自己的写作策略。

最重要的决定,是我绝不要通过文书为自己"歌功颂德"、阐述自己在哪些方面有多厉害、获得了多么牛的成就。

原因有三:

首先,我对自己在校内外取得的学习成绩和课外活动经历有信心。成绩单、申请表和推荐信这几个媒介已能充分体现我在这些方面的实力,无需再在文书中赘述。

其次,我估摸很多申请者会通过文书展示自己各方面的优秀,有些同学还可能描述自己的"光辉形象、英雄事迹"。为何不别具一格些,写一篇风格随和的小文呢?招生办官员们每天要读成百上千篇文书,我不希望自己的文书和别人的"撞衫"。

当然,最重要的原因,还是我大概写不好表扬自己的文书。即使写,估计也会写得做作而局促。

文书是除面试之外,申请者与学校"聊天"的最重要渠道,可以在文书中反映出自己对学校风格的认同。耶鲁是人文情怀浓厚的学校,崇尚通过"光明与真理"的力量去帮助弱势社区,让世界变得更美好。这是我最欣赏的"耶鲁精神",也是我价值观的核心。

抛弃所有大水词和宏大叙事,我决定写两个普通得不能再普通的、却温暖了我内心的真实经历。

第一篇短文写的是我16岁去蒙古国戈壁科考时教牧民小朋友打篮球的故事。

科考出发前,我们随身带了一些文具和体育用品,准备送给牧区的孩子。一天晌午休息时,从隔壁蒙古包来了几个蒙古小男孩,我们拿出一个篮球,准备和几个小小伙来场球赛。当把球传到他们手里时,我们才发现孩子们从没碰过篮球,对运球和投篮一头雾水,只是抱着球在原地咯咯笑。我和另外两个队员遂决定从零教起,带他们浅尝篮球的魅力。戈壁滩上寸草不生,更别提球场了。为了尽量模拟出篮球场的设施、最生动形象地教会孩子们投篮,我和另一个高个儿队员自告奋勇轮流当起了"人肉篮筐"。我们用两只胳膊在半空中围成一个圆圈。于是,手臂1秒变篮筐。我们一个示范投篮动作,一个鼓动孩子们"鹦鹉学舌"。懂事的孩子们起初担心会把球投到我们脸上,但在两个语言不通的大哥哥笑嘻嘻地鼓励下,他们最终放下顾虑开始投球。好几次,篮球都硬生生在我们脸上绽放,我的鼻子甚至被轰出了血,但听到孩子们在晴空下抱着篮球撒欢的笑声,我觉得一切都值了。

第二篇小文也是一个非常普通,却温暖了我的故事:

Winter Night Blessing(冬日的福佑)

一个隆冬夜晚,我从学校晚自习下课,小跑着往家赶。来自北方的寒流,正呼呼吹过我的城市。所有夜行人都不禁加快了步履,缩紧了脖子,抵挡朔风的侵袭。

行至一半,我突然看到一个衣衫褴褛的流浪老汉坐在街角瑟瑟发抖。他已有六七十岁,蜷缩成一团的羸弱身体,随时可能被大风吹走。与其说衣衫褴褛,不如说他的身上只裹了几条单薄而残缺的破布。那板结在一起的脏兮兮的头发,大概已是他全身最

One

暖和的地方。

"太可怜了。"我得帮他度过这个寒冷的夜晚。

"老伯,你等会儿。我回家拿一些衣服和毯子给你。天这么冷。你披上以后会暖和点儿!"

没等他反应过来,我已飞奔着回家取"救援物资"了。

从储物柜抽出一条闲置的毛毯、两件爷爷落在家里的旧毛衣,我不顾喘气,又匆忙赶回流浪老汉待着的街角。

"裹上这些,他就能熬过这个晚上了!"想着我能对流浪汉今晚的境遇有一丝改善,我加快了脚步。

等我冲回去时,流浪老汉却不见了。我朝四处张望,都寻不到老汉的踪影。站在空空如也的街角,我的心隐隐作痛。

他为什么离开了呢?是不是刚才误会了我的意思,以为我是城管、片警,要轰他走?

抱着衣服和毛毯,我呆立在那儿,有种说不出的失落和愧疚。本想帮助一个可怜人,却可能弄巧成拙了,我很自责。

我踱回小区,还在对没帮上流浪老人的事耿耿于怀。突然,从小树丛传来断断续续的"呜呜"声。应该是饿坏了的小野猫发出来的。循着声音,我蹑手蹑脚走了过去。

果然,一只瘦弱的小奶猫正趴在地上颤抖着呜咽。估计是刚出生不久就和猫妈妈走丢了。这么冷的晚上,小猫危在旦夕。

不由分说,我垫着毛毯,小心翼翼地把小猫捧了起来,放到胸前。又冷又饿的小野猫,竟没有一丝抵抗。

我抱着受难的猫咪回了家。看到这虚弱的小生灵,妈妈也瞬间母爱泛滥。我俩一个人热奶,一个人轻轻抚摸小猫的背毛。

我把微温的牛奶倒在手心,递到小猫嘴前。像是一个世纪没有吃过东西似的,小猫立马用尽全力地舔了起来,几乎要把我的手心舔穿。

虽然未能帮到饥寒交迫的流浪老伯，但上天又给了我一次机会，让我邂逅并帮到了这只同样苦命的小猫咪。看着得救了的小奶猫，想着这个冬日夜晚的福佑，我感到无与伦比的幸福。

这就是我在8年前发给耶鲁的申请文书。很多朋友也许不敢相信，这散文般的文字，竟然能打动世界上最牛的大学之一。其实，美国大学本科的"文书"绝不是了无生气的"个人陈述"，而应该是有血有肉的故事。如果真把文书写成了"李柘远品学兼优，高中时期成绩一直名列前茅，并积极投身校内外各项竞赛活动……"，反而可能会对录取产生不良影响。

另外，不难发现，我的两篇文书其实表达了同一个主题：温暖别人其实也是在温暖自己。这是我过去、现在以及未来的不二信条。我由衷地想把这两个故事写出来，分享给耶鲁招生官，与把它们分享给我的家人朋友并无二致。

但在考耶鲁时这么做，不得不说是个有些冒险的行为。毕竟，每个申请者都努力在有篇幅限制的文书里，尽其所能地展现自己多样的才能与潜力。一些权威留学辅导专家说，应该在两篇文书里反映自己完全不同的特质。比如，如果一篇是写自己杰出的领袖天赋，作"强硬和锐气"担当，那么另一篇就可以写自己的团队精神，作"合群与温和"担当。总之，要通过文书告诉招生官，"我是个多方面都很优秀的人。你们应该考虑录取我"。

而我明显是逆其道而行之。这么做，是因为我相信文书写作没有单一的准则，不存在孰对孰错。如果必须要选一条法则不可违背，那么我认为是"真诚与走心"。文字要自然不做作，故事要诚恳不虚假。

我相信自己的两篇文书符合这条准则，我也相信用两篇去诠释同一种价值观，不见得比两篇各表一事要差。相反，我相信如果两篇文书都写得动人，只会加强招生官对一个申请者的印象，因而提高录取几率。

我的这个想法在入学时的国际学生欢迎会上得到证实。当我正忙着和各国大一新生寒暄时，突然走过来一位笑盈盈的女士。

她端着红酒杯热情地说："你是中国新生柘远吧？我是耶鲁招生办负责中国大陆和港澳台地区招生的 Linda，恭喜你被全奖录取，我们大家都很开心你选择了入学耶鲁。欢迎！"

"柘远，我想告诉你，你的文书给我留下了非常深的印象！我很喜欢你的故事，它们很独特，我读了以后很感动……"

Linda 的话让我一时有些凝噎。阅过那么多篇申请文书后，这位资深招生官竟还能记得我的那两篇，实在让我受宠若惊。

写申请文书的感受与经验

我听说,有些申请前辈为了打造出一篇无瑕的文书,曾从初稿到定稿改过几十次甚至上百次,请不同的人阅读和提意见。一篇文章写下来能剥自己三层皮。很多时候,终稿也几乎没有了初稿的影子,脱胎换骨成了内容、写法和立意都不同的另一篇文字。

我打心底钦佩这种愚公移山式的疯狂写作法。我也相信这种精雕细琢能历练出惊为天人的好文章。

但我同时认为,这绝不是写文书的唯一方法,甚至在我看来,这绝不是最好的方法。

我的两篇耶鲁文书,从初稿到终稿,总共就改了五遍,从来没有大刀阔斧给它们"整过容"。妈妈是最忠实的读者和评点人,给了我最关键的修改意见和最让我安心的肯定。除此之外,在文书提交前我只给三个人读过:两位外教和一位在美国读书的学姐。从构思到完稿,我总共用了一周时间。其他几篇小文书和短问答,我几乎是在两天内一蹴而就,便不再修改了。

我笃信"一鼓作气,再而衰,三而竭"。这个道理,我认为也适用于写文书这件事上。从构思到写作到修改,我认为应该一气呵成。

开写前，做足构思。其实"想"的过程不见得比"写"要费时少。有些人的习惯可能是不管有没有构思清楚，都先动笔，写到一半也许就来灵感了。可我认为这是个问题。为什么要边写边摸索呢？写着写着发现路子不对，再推倒重来，不但浪费了时间，而且可能挫伤了自己的士气，损失蛮大的。构思比较完备了再开写，更容易笔下生风。

趁着状态最好时，应该心无旁骛地把初稿咬牙干出来。写作时，心一定要定。我写东西时不介意旁边有人走动和说话，在咖啡馆里坐着写字也不会轻易被干扰。但如果你容易被打断、对噪音特别敏感，就最好在密闭空间里关自己个把小时。写初稿的时候先不要太拘泥于细节，不要一直回读，那样很容易打断思绪。相对于具体的遣词造句，我认为文章的整体架构和内容设计要重要得多。

我写文书时，还习惯不断给自己积极的心理暗示："李柘远，你在创造一篇出色的文章，它会精彩而生动。你很快就能大功告成。"这可以说是一种"吸引力法则"：你想要让事情成为什么样，它可能就会朝那个方向发展。

写完初稿后，去大睡一觉、大吃一顿或去出场大汗，把初稿放在一边不要理会，给自己创造一个真空时间、稍作沉淀。几小时后回到电脑旁再读初稿，一定能发现还可以完善的地方。这时候进行润色，我相信是最有效率的。

因为初稿是基于缜密构思而"一鼓作气"写出来的，理应对它的质量有信心，即使打不了100分，也应该能达到80分的水准了。对文句的斟酌和推敲固然重要，但千万不要随便对自己的想法和写作风格产生怀疑，以至于萌生"推倒重来"的念头。

请别人帮忙阅读把关是有必要的，但萝卜青菜各有所爱，一个人的好文也许会让另一个人不以为然。所以无论是得到盛赞还是遭遇打击，都仅作参考，别太往心里去。写文章，要时刻保持自己的主见。

  总之，我相信沿着"想得细，写得专，改得准"的链条，不拖泥带水地去写每一篇文书，一定能效率和质量兼得。

选择突围孤岛，就不问世外喧嚣

> 虽然选择了一条人迹罕至的路，
> 但并不影响我内心的火热。

酷暑 8 月到微凉 9 月的每一天，我都身陷"狂啃"SAT I 的状态。当我每天在图书馆关自己禁闭时，同学们正在高中教室里争分夺秒查缺补漏，拼保送备高考。复习 SAT 这件事本身其实并不很苦，但与朝夕相处的老师和好友们分隔数月、一个人默默战斗，对于过惯了集体生活的我来说，不得不说是种煎熬。

> 一片树林里分出两条路
> 而我选择了人迹更少的一条
> 从此决定了我一生的道路

在岔路口分别，我和同学们会渐行渐远吗？

实际情况，比我的顾虑甚至还要糟一些。

9 月中旬，我履行请假时的承诺回校参加月考。虽然被 SAT 弄得两眼昏花；虽然满脑子都充斥着 SAT 习题；虽然因"裸考"此次月考而做好了"成绩死翘翘"的心理准备。在回校的路上我依旧特别高兴,甚至有些激动。与世隔绝区区 30 多天,却感觉像是一个世纪都没回过学校了。我真有点想念宿舍上下铺的兄弟、学校食堂的那一碗沙茶面,当然还有晚自习下课后的那段《致爱丽丝》熄灯曲。

为了给最好的几个哥们儿一个"突然袭击",我故意没告诉他们回校考试的计划。

"考完了这次月考,先不管成绩,我得好好跟大家叙叙旧!"

还没走进熟悉而久违了的教室,我似乎就感觉到了些许异样,那是一种沉闷和紧张感混杂在一起的压抑。

原本有说有笑的一众同学,全都深陷书堆,大多数人沉默不语。在每个人不宽敞的桌子上,堆满了超过半米高的各种辅导书。黑板上,是密不透风的板书,足以让密集恐惧症患者崩溃。

原以为我的回归能泛起一阵涟漪、激起一丝生气,原以为我玩得最好的几个哥们儿在看到我出现的一刹那,会大步上来捶胸打招呼,原以为我会像过去两年的每一天那样走进教室,自然而妥帖……

"哎,你回来了?"

一切我预想的场景全都没有出现。班里最无话不谈的两个哥们儿,仅仅回过头来打量了一下我,嘴角不易察觉地上扬了一秒,然后继续低头写练习卷。

几句短暂问话后,是更短暂的一阵窃窃私语。我甚至还没机会开心地和同学们打招呼和解释,空气便回归到先前的寂静,有些死寂。

这一定不仅是他们的升学压力使然。

月考的最后一科结束,我最好的两个哥们儿买了可乐,约我在球场边聊天。

"你消失了很久了啊,都不知道你去哪儿了,也联系不上你。"好友 A 说。

"也还好吧。还得继续闭关一小段时间。递完申请材料我就回来。"为了保证闭关复习的效率,我逼自己把手机停机、一心只读圣贤书。不是我故意屏蔽学校,而是我必须给自己创造一个学习的真空空间。

"你走的这段时间,出现了一些我听得不太舒服的话,我说了,你别不爽。"好友 B 猛喝一口可乐,加入对话。

"我有这么脆弱吗!"我也吞下一口可乐,很不屑地回应。

"你好像被当成了反面教材。× 老师在上次年级大会上说,这个时候需要稳扎稳打,不要心焦气躁,更不能冒失,扎实准备保送和高考才是正道,像李柘远这样'放弃学业'去搞美国高考,很可能会把板上钉钉的国内一流大学弄丢了,实在是对自己的不负责……"

"现在班里甚至有传言,说你走后门、拿了特权。从来没有学生能请下一个半月的假,除非生病,而你却轻而易举搞定……"

"这些流言蜚语搞得大家对你的看法变得很诡异。我们也不知道是不是像他们说的那样……"

虽有心理准备,但这些话还是让我瞬间蒙了。

原来我已经成了反面教材。

原来我考美国大学的行动是被这样解读的。

这大概就是我重返校园时,同学们反应诡异的原因。

曾经的尖子生,曾经令老师骄傲的种子选手,在离开仅一个月后,便被"半放弃"了。

与两个好友告别后,我一个人沿着学校外的海岸线慢悠悠走着。那是浅浅的一片海。海的那边,是华灯初上的厦门岛和若隐若现的鼓浪屿。短暂的月考后,我又将重回一个人的战斗。

我尝试放空自己,说服自己不去理会刚刚听到的一切。

我不怪这位老师把我当反面教材去警醒同学们。他是我非常敬重的老师,善良而关心学生。他这么做,只是希望其他同学都别再像我这样突然掉转方向盘、搞出影响升学的幺蛾子。

我更不怪一些同学解读我是在"拿特权搞特殊"。无论如何，我的举动确实有些造反。此时他们正"压力山大"地备考。他们对我这么评论，充其量是发泄一下每天高强度复习所致的负担感，绝无恶意。

我想着哥白尼的故事。即使所有人都在嘲讽和鞭挞他伟大的日心说理论，他也从未动摇过，直到所有人最终被真相说服。

当我在另辟的蹊径上孤独地走着，当曾经无话不谈的同伴们在更有光亮的那条大路上挥着手离我远去时，我必须加倍相信自己。

成功，不是为了向别人证明什么，而是为了不违本心，用自己最想要的方式去奋斗和生活。

9月月考成绩出来了，我的总分前所未有地跌至班内中等水平、年级六十名以外！幸运的是，我并未因此有丝毫慌乱。自己选择的路，再苦也要咬牙走下去。真金不怕火炼，成绩的退步只是暂时的，有所为就要有所不为，没必要期期艾艾。

班主任此时已不再叹气蹙眉，只是在告诉我成绩时温和地说了声，"别担心。你没复习，当然考不好。好好忙申请吧，之后应该还有机会赶回来。加油。"

这是我请假备战一个月以来，听到的最暖的一句话。

我不担心，我在加油，我会赶回来的。

One

梦想孤岛：报告耶鲁，我已准备完毕

耶鲁面试直到冰品店打烊

> 原本惬意的冰品店却变成了紧张的面试场，
> 幸运的是这成了一场志同道合的有趣谈话。

10月30号深夜，在距离11月1日的申请截止日还有1天时，我正式提交了耶鲁申请的全套材料。点击"提交"时的心情现在已不大能回忆起来了，但我知道，那一次清脆的鼠标点击，没有任何的迟疑与犹豫。

提交申请材料远不算大功告成。成功考上耶鲁的学生，绝大多数要经历一到两次面试。我也开始期盼面试通知的到来。

耶鲁的面试由经过招生办批准的校友在全球各地完成，面试政策叫"非选择性面试"（non-selective interview）。通俗些说，就是耶鲁不会根据申请者的实力高低来决定面试与否，只要一个申请者所在的城市/州有校友面试官，他/她就可能被邀请在当地做一个面试。

校友面试并没有固定时间和程序，考问的东西也完全由校友面试官决定。比如，有申请者跟校友畅谈四小时，话题从天文到历史到政治，面试末了还被邀请和面试官共进晚餐；也有的申请者只跟面试官聊了半小时，问题大多是"介绍一下你自己"（tell me about yourself）之类的标准面试题。

面试的长短和聊的内容并不是面试成功与否的风向标。我的耶鲁同学里,有好几位和面试官在某些问题上出现意见分歧,甚至"不欢而散",但照样获得了录取。

可以说,面试是招生办近距离认识申请者的关键一步,但也不至于让一个申请者"成功或完蛋"(make or break)。

那么,对于中国大陆申请者的面试政策也是"非选择性面试"吗?

在我报考耶鲁的8年前,也许不一定。

大中华区的耶鲁校友面试官人数寥寥,还大多在北京、上海、香港等一线城市生活,根本没法面试中国各地的申请者。而基于我收集的"情报",之前几届被录取的学生都参加了面试。

看来,在12月中旬结果出来前,就能通过"面试"这个线索,对自己的命运略知一二了。

可我还真没想到面试通知会来得这么神速。

提交申请后不到一周的某天晚上,我正在闭着眼睛饭后消食,突然电话铃响了。连号码也没看,我就接了起来——考试结束后,我的手机就调成全天开机状态。

"你好,请问你是黎-这-元吗?"电话那头是一个富有磁性的声音。一听发音,便知是个"歪果仁"。

"你好我是。请问你是哪位?"

"Hey Zheyuan. My name is Evan Suzuki, and I am asked by the Yale Admissions Office to have an interview with you..."(嗨柘远。我叫铃木伊万。耶鲁招生办委托我对你进行一个面试……)

这位老兄"画风秒转",切换回了纯正的英语频道。我瞬间从食困中惊醒,坐直身子,心脏怦怦跳了起来。

"Oh hello Evan. Thanks for reaching out to me. Ugh..."(哦你好,

伊万。谢谢同我联系。嗯……）毕竟突然跳进英文对话，又是日思夜想的耶鲁方面打来的，我一时竟因紧张而有些语塞。

"So Zheyuan could you let me know if you're available to meet up and speak the day after tomorrow?"（柘远，能否告诉我，你后天是否可以见面交流呢？）Evan直截了当，进入了确认面试时间的环节。

Really? 后天面试？ Wow. 这显然是突然袭击。

我用1秒钟让自己镇定下来。"Yes most absolutely. I am free anytime the day after tomorrow. Could you let me know where the interview will take place?"（当然可以了。我后天任何时间都行。您能告诉我面试会在哪里进行吗？）

问这个问题的时候，我觉得自己得火速买机票飞到北京或上海甚至香港了。

"Well thanks Zheyuan. I am actually based in Xiamen. I live on Hexiangxi Road. How about I send you an email with details for time and venue?"（嗯，谢谢柘远。我其实在厦门，住在禾祥西路。要不这样吧，我给你发封电邮，告诉你在哪儿面试？）

What? 面试就在厦门？我当时住在禾祥东路，而不足1公里之外的禾祥西路，竟然卧虎藏龙，住着一位耶鲁校友面试官。简直太不可思议了。

"Okay sounds good. Thanks Evan."（好的，谢谢伊万。）

没过多久，我收到了Evan的邮件。

"晚上7点，在斯利美冰品店……"

我看到面试地点的第一反应，大概用"被雷到"来形容再贴切不过了。斯利美是厦门著名的冰品店，尤其受小女生推崇，那儿的芒果刨冰让好多人流连忘返。

耶鲁面试，芒果刨冰？

我没浪费太多时间感叹这个面试安排得有多奇妙。即使地点让面试看上去像是赴一场朋友小聚,我也得严肃对待。

即便"备战"时间寥寥,凡事都要做准备的我,依然给自己列了"倒计时一天的 To-do List(每日任务清单)",也许对被迫"半裸"应对面试的同学有些许参考价值。

1. 上留学论坛,看一遍前辈发布的耶鲁及其他常青藤大学的精华"面经",了解流程,并根据前人的面试经历整理出一个"核心问题表"。(约2小时)

2. 顺着"核心问题表"的每个问题,结合自己的经历和故事思考回答点——注意:只在纸上列出要点,绝不把详细回答写下来背诵。那样容易让自己更紧张。我认为,背"台词"是最容易束缚住思路和手脚的笨办法,不可取。(约5小时)

3. 抛开"核心问题表",在安静的地方回顾一遍自己成长过程中的重大事件和亮点,想想自己是什么样的人,喜欢做什么、读什么、看什么,为什么考这所大学,把自己既想成售货员又当作待销售的商品——应该把哪些卖点介绍给客户,才更容易把自己"卖出去"?(约1小时)

4. 对着镜子模拟一遍见面时的微笑、握手,练两三个问题的回答。不要过多,否则心理负担会加大,影响睡眠。(约半小时)

5. 准备好面试当天的着装。既然是在冰品店面试,我不想"overdress"——西装革履过于严肃,当然也不能随意到T恤配大短裤。我面试那天的穿着取了中间态:白色短袖T恤配咖啡色格子长袖衬衣和牛仔裤,外加一双休闲皮鞋。(约10分钟)

整个冲刺准备,耗时约8小时。

面试当天，我比 Evan 早到了 10 分钟。斯利美的生意一如既往地火，厦门的暖冬根本无法熄灭各路女生男生吃芒果冰的热情。我被冰品的香味、普通话和闽南话夹杂的欢声笑语包围。整家店的 happy 气氛里似乎只有我一座压力孤岛。

我的面试场景，估计够得上前无古人后无来者了吧。

Evan 是个身高近一米九的帅气日美混血儿。他进门时，整个店都安静了几秒。Evan 在耶鲁主修东亚研究，中文课从大一上到大四，2005 年毕业后便来到中国的一家外贸公司工作，2008 年被派到厦门驻点。

我的面试官，按当下流行语说，就是个青春扑鼻的鲜肉学霸。

Evan 虽然年轻，面试起来却一丝不苟，甚至略带严肃。千万不能凭面试官的年龄资历臆断他的风格，看到年轻的面试官就"放松警惕"是有风险的。

Evan 从"简单介绍一下你自己"的问题开始，在前半小时里不停歇地问了一连串关于我个人经历和思考的"标准化"问题。因为在前一晚的冲刺时有过准备，我回答起来得心应手。

你为什么不考清华北大，要上耶鲁？

你去过美国吗？对美国文化、"美国梦"是如何解读的？

你最近在读什么书？能否谈谈读书感受？你最喜欢的一本书？为什么是这本？

最令你骄傲和难忘的一个关乎 leadership（领袖）的课外活动经历是什么？为什么？

……

回答每个问题时，我都尽量保持着自信的微笑、从容的语速，因为冰品店噪声较大，我还把身体微前倾，声音稍抬高，保证 Evan 能听得清楚。

对于每个问题，我不长篇大论、故弄玄虚，而是努力把要点用最清晰简洁的方式表达出来，绝不绕来绕去啰里啰唆。能用事例、小故事生动描述出来的，绝不说大道理大空话。英语里有句话叫"Show, don't tell"（展示出来，不要光说），说的就是这个意思。

在阐述为什么选择考美国大学、申请耶鲁时，我首先说明理想的起源——初三暑假看到的那篇报道；随后，向 Evan 阐明我的性格与价值观：凡事都要争取最好，人生只有一次读大学的机会，我希望一步到位，到耶鲁这样的世界级牛校读书；接着，解释我理解的耶鲁比北大清华强的几个方面；最后，用亲身经历给我的回答"勾芡"，使之变得更具温度：17 岁时在耶鲁校园参加美国青年政治家夏令学院时度过的五周，让我感受到在耶鲁当一名学生是多么幸运幸福的事情。

当然，回答问题时绝不能添油加醋夸大其词。应该有一说一，自然而诚实。面试官阅人无数，任何嘴上跑火车的行为都不会逃过他们的火眼金睛。

说话时，我还会同时注意 Evan 的表情。如果看到他若有所思地点头或欲言又止，我会稍作停顿，礼貌地问他是否有任何问题或没听清楚的地方。归根到底，面试仍是两个人的对话，不是一个人背台本给另一人听。营造一种随和的交流气氛很重要。

前半小时的标准面试问答进行得非常顺利，也起到了很好的"破冰"作用。Evan 从一开始严肃深刻的"审视"表情，逐渐换成了时不时点头和嘴角上扬的"友好"表情。

我们的对话，也从最初的我说他听，转变成了愉快的聊天模式，甚至到最后完全你一言我一语了。我们天南海北地侃：那年的美国总统大选，民主党奥巴马的胜算为何比共和党罗姆尼的要大，中国高中教育制度的改革，中美两国人性格上最大的差异，最喜欢的电影，最难忘的旅行，耶鲁骷髅协会的传说……当然，还说到了 Evan 自己在耶鲁的种种神奇经历（包括恋爱故事）。

谢天谢地，过去十多年我没有虚度，不至于没有话聊。谢天谢地，我读过的书走过的地方看过的电影想过的问题，都在面试中帮我成为一个有血有肉有趣的人。

一场面试，就是一次对人的压缩版检阅。从平日开始厚积，面试时才可能薄发。

从两个人都抱着一杯柠檬水开始面试，到边聊边干掉一盘大份芒果冰，我的耶鲁面试在近两个小时后才在 Evan 和我的意犹未尽中结束。要不是斯利美 9 点准时打烊，我们说不定还能再来份爽口刨冰，畅聊个把小时。

"I will write you a strong interview report, Leo. Best of luck with your Yale application, and I hope we can hear some good news next month."（Leo，我会给你写一份很好的面试报告。祝你耶鲁申请一切好运。希望下个月我们能听到一些好消息。）

临别前，Evan 给了我一个有力的握手和一句颇定心的话。

录取后我请 Evan 吃饭，得知他写了一份力挺我的面试报告，在多个项目上给我打了满分或接近满分。他向耶鲁招生办的反馈，一定起到了推波助澜的作用。

五位美国总统的第一个福建学弟

> 战战兢兢的心终于落地,
> 惊喜突如其来。

自从我 10 月最后一天提交申请材料、11 月上旬参加面试后,耶鲁就突然沉寂了下来。没有一封邮件、一个电话,好像从我的生活中消失无踪了。

而我,也必须按捺着隐隐的不安,打起精神头继续奋斗。

我又参加了一次学校月考,成绩依旧未恢复到满血时的拔尖位置。老师和几位玩得最好的同学知道我申请了耶鲁,都在殷切盼望着好消息,时不时发个短信鼓励我。善良的他们不希望我竹篮打水一场空。

学校考试之余,我还得为"耶鲁拒了我"这种情形做准备——申请其他学校的"正常批次"。我做了一个大胆决定:只报考除耶鲁外最好的几所,哈佛大学、普林斯顿大学、斯坦福大学、哥伦比亚大学和宾夕法尼亚大学。我要对得起放弃国内一流大学的选择。

说来邪门,准备这几所大学的材料时屡遇不顺。要么是申请表填到一半时网站突然停止工作,甚至连之前保存好的内容都无从找回,要么就是文书上传到申请网站后出现莫名乱码。

One

梦想孤岛：报告耶鲁，我已准备完毕

难道天意都在告诉我，不要多忙了，报耶鲁一所足矣？

而浏览几所学校网站，搜集回答"为什么申请××大学"的素材时，我的思绪总会不自觉穿越回耶鲁的主页和耶鲁的建筑草木，耶鲁的一切。

我对耶鲁之外的一切大学都无感，就像爱上一个人时，全世界的其他人都如同空气般看不见摸不着了。

2008年12月16日是耶鲁大学2013届本科生提前录取批次的放榜日，录取结果会于北京时间清晨7点在耶鲁官网揭晓。

那天我在广州办签证。前一天晚上，我在宾馆读书到深夜，一觉醒来6点半。

我的命运，其实已经有了定数。

洗漱停当，穿戴整齐。在这个重大时刻，不管成败与否，仪式感是必须要有的。

我边在心里默念着"一定行"，边淡定地开启笔记本电脑，连网，输入耶鲁招生官网网址，键入我的账号信息。

就只差"登录"的那一键了。

7点刚过，我深吸一口气，坚定地按下了鼠标。

"Congratulations! And welcome to YALE. You're a member of the Class of 2013！"

耶鲁蓝的网页中央，是那只憨态可掬的吉祥物——斗牛犬Handsome Dan。他正唱着"Bulldog! Bulldog! Bow wow wow. Eli Yale！"（斗牛犬！斗

耶鲁的吉祥物：牛头犬Handsome Dan 唱歌祝贺录取

牛犬！哇哦哦 Eli Yale）祝贺被录取的新生。

还没在心里最后一次默念，还没想好录取后该怎么庆祝，落榜后应如何调整……

页面就这么飞速跳转了，比之前任何一次访问耶鲁网站时都快地跳转了。

与录取信同时发来的，是一封奖学金通知书。耶鲁大学将在我大一时给予53000多美元的全额奖学金，涵盖了第一学年3万多美元学费，1万多美元生活费和杂费，甚至还给了我3000美元的"零花钱"。并且，只要我在耶鲁顺利完成各项学业，这份全额奖学金将可以延续到大四，直至我2013年毕业。

  我被全奖录取了。
  我是耶鲁大学2013届学生了。
  我成为五位美国总统的学弟了。
  我的梦想实现了。

从20世纪90年代第一次听到"耶鲁"这个词，到2006年夏天萌生考美国大学的想法，到2008年底破釜沉舟，再到2008年12月16日清晨被录取，这一路的酸甜苦辣，只有我和我的家人最能体会。这一路的每一步，我都踏得很实。历经一次次有准备的小仗，我终于打赢了整场求学战争。

马云说：

  梦想还是要有的，万一实现了呢！

作为一个没有资历的晚辈，请允许我说：

O*ne*

梦想孤岛：报告耶鲁，我已准备完毕

  梦想，是一定要有的，只要周密规划辛勤付出，总有一天会实现的。

  带着满身因激动而起的鸡皮疙瘩，我给正在家屏息等待的妈妈拨通了电话。

  "妈妈，我被录取了！"

  电话那头是几秒钟的高声"干号"。我知性温和从容的妈妈，从没发出过这样"美妙"的声音。儿子的求学大梦实现时，母亲的幸福感亦无与伦比。我感谢妈妈，她陪着我走过了备考前压力最大的几个月，无论是照顾我的日常起居，还是凭她出色的英文造诣为我的申请文书把关，妈妈费的心血吃的苦，不比我少。

  我接着拨通了吴校长、班主任和几位好哥们的电话。无论一开始是支持还是反对，他们都给了我精神力量。没有学校作坚实的后盾，耶鲁也许永远是遥不可及的海市蜃楼，我至今对母校充满感激之情。

  "福建省第一位被耶鲁本科全奖录取的本土学生"这条消息迅速传遍了厦门的各所中学乃至大街小巷。现在听起来有些小题大做，但许多年前，当"哈佛女孩"仍是被全民追捧与崇拜的标签时，在二线城市，一位"耶鲁男孩"的诞生着实是个不小的新闻。

  我婉拒了绝大多数媒体的采访请求。耶鲁全奖录取，不过是始于童年的"第一个十年计划"的圆满结尾。这份录取通知书，是我送给自己的一份成年礼物，无需过多曝光于众。

  而入读耶鲁，也标志着我正式作别童年和少年。18岁的青年元年，我将从耶鲁的菁菁校园开始人生新阶段的奋斗。

非典型优等生:"No zuo no up"

> 我一次次作为自己的哥伦布,
> 发现了一块块"新大陆"。
> 每一回尝试,
> 都源自内心对更广阔世界的追求与渴望。

我很幸运,因为在"万般皆下品唯有读书高"的观念主导大多数家长意志的社会,我中学六年的学习成绩一直很好。读书,对我来说从没成为过负担。

然而,中学时代的我并不满足当一个传统优等生。光把书读好,实在有些乏味。我青春期最大的"逆反",可以算是想方设法到校园外更广阔的天地去找"好玩的事儿"做吧。

"好玩的事儿",不是打网游读武侠(其实我特别欣赏热爱武侠小说的人。在我看来,沉浸于传奇的武侠世界是一件很"文青"的浪漫事)。对我来说,"好玩的事儿",是通过参加不同活动和比赛,走出我的学校和城市,去结交优秀同龄人、探索不一样的世界。所以,我这"好玩事儿",不只是消遣。

当时,除了校内各种学生社团(文学社、广播站、英语社、合唱队等)和各类学科竞赛,我的学校并没有北京上海顶尖中学的丰富课外活动平台。而我偏偏是不安现状、乐于折腾的人。面对选择尚不多的课外

One

梦想孤岛：报告耶鲁，我已准备完毕

活动，每天早早把课业完成之后，我总有些不满足感，想让生活变得更充实而有意义。可以说从那时起，我就有意识地通过学习以外的活动，拓展视野、锻炼能力了。

人生就这么一次六年的中学时光，要"潇洒走一回"。几十年后回忆起的中学时代如果全是习题和卷子，那该多么可悲。

节假日里，我开始积极在网络和报纸上寻觅"好玩的事儿"做。最经常浏览的网站，莫过于国内课外活动开展得最如火如荼的几所高中主页了：北京四中、人大附中、上外附中和复旦附中。

第一次重大发现，是高一时从上外附中网站看到了"模拟联合国"（简称"模联"，Model United Nations）这个词。那所牛校的几个同学参加了北京大学、哈佛大学和耶鲁大学主办的"模拟联合国大会"。他们扮演各国外交官，在联合国的不同委员会里（安理会，经社理事会，教科文组织等）就各种国际热点问题以联合国的议事规则展开辩论，通过发起动议、撰写决议草案和投票表决等方式为自己代表的国家争取利益、推动议题进展。

对于一个16岁的少年来说，"模拟联合国"简直酷得不能再酷，任何同"联合国"沾上边的东西都应该是"高大上"的"好玩的事儿"。

当时的想法只有一个：我也要参加模拟联合国活动。

那时，我们学校压根儿没人知道什么是"模拟联合国"，更别提任何参加机会了。

Nothing is impossible. 只要想争取，就会有可能。

第一步，是搜索当时都有哪些模联即将召开。我在百度输入了模拟联合国大会这个关键词。很快，像寻到宝似的，我找到了"2007年复旦大学国际中学生模拟联合国大会"的活动主页。

第二步，浏览官网，五分钟内了解活动信息和报名条件：

中国最有影响力的模联活动之一，参会者数百人，复旦全程主办——OK，这是响当当硬邦邦的"高大上"活动，一定精英齐聚，值得参与；

2007年2月4日到6日在复旦大学举行——OK，那是高一下学期的开始，三天时间不至于影响学业；

复旦大学国际关系协会和模拟联合国协会主办——OK，找到关键联系人；

已有40多所国内重点高中获邀参加，从北上广深到哈尔滨西安成都等城市的优秀中学在列，每所参会中学的人数和代表国家也都公布了。不接受个人报名——Alright，情况略有不妙。组委会已经发出参会邀请一段时间了，而厦外暂时无缘。

彼时是2006年12月底，距离大会开幕还有不到两个月。我准备搏一把，为厦外和自己争取到参会资格。

我的行动计划，由两部分组成：

取得学校领导的支持；

同学校领导一起致信复旦模联组委会，争取名额。

第二天，我带着自己整理的"什么是模拟联合国？"的一页文件，分别敲开了负责学生活动的副校长和教务处主任办公室的门。我从"扫盲"开始，用五分钟时间阐述了我理解的模联和它的神奇之处。我还介绍了复旦模联大会，表达了我希望厦外组队参会的愿望。

副校长和教务处主任被我的热诚打动了。开明的他们也确实体会到了模联的意义与价值。短短半小时内，我接连取得了两位"关键人物"的支持——联系复旦，争取参会！

One

梦想孤岛：报告耶鲁，我已准备完毕

最令我感动的是，副校长给予了我充分的信任，竟让我修改他草拟的申请参会邮件。我们的邮件发到了复旦大学组委会。

复旦方很快给副校长办公室打来了电话：

"厦门外国语学校是福建省最出色的高中之一。谢谢你们对复旦模联的支持。我们讨论后决定邀请五位厦外高中生参加，代表孟加拉国和巴拉圭参与联合国大会（General Assembly）和经社理事会（ECOSOC）两个会场。"

从发现模联、与校领导约谈，到"秒获"复旦模联的参赛资格，只过去了不到48小时。这得归功于厦外的实力与名声，当然还有校领导当机立断的魄力。

当时，我还没时间去考虑这次行动的"历史意义"——厦外人第一次触电模拟联合国，并从此一发不可收拾。如今的厦外模联队，在全国最具影响力的高校模联大会和美国常春藤大学模联活动中叱咤风云，捧回了一个个"最佳代表奖"，竟还数次力压外交学院这样实力雄厚的大学代表队。

拿到复旦模联参会资格后，我牵头火速建立了厦外模拟联合国协会，并和老师一起选拔出其他四名参会学生。

一切都是从0到1。没有任何备战资料，我就一次次"cold call"（直接致电）南京外国语学校、杭州外国语学校的朋友，再通过他们借到了宝贵的模联指导手册。整个寒假，我们几个同学积极备战，把议题背景，以及孟加拉国和巴拉圭的外交政策都研究得滚瓜烂熟。

那次复旦模联大会，我们代表着两个小国，让会场所有人都记住了"厦外"这个名字。为孟加拉国的"利益"唇枪舌剑不眠不休三天后，我获得了"主席团特别代表奖"。

凭着复旦模联的"一战成名"，我和模联协会的元老们又为厦外争取到了外交学院和北京大学模联大会的参加资格。我很欣喜自己能将网站上的发现,转化成厦外开展得最风生水起的课外活动。

就是这股四处寻觅"好玩事儿"的劲,让我拥有了一段无比丰富而立体的高中生活。

高一暑假,通过CCTV科教频道网站,我了解到"行知之旅——蒙古恐龙坟场与西伯利亚贝加尔湖科考大行动"正在全国海选四名青年科考队员。我通过网上申请、电话面试、北京现场答辩和圆明园定向越野等四项考验,从两千多名候选人中脱颖而出,成为入选科考队的最小成员,跟着北京自然博物馆的考古专家们和冯仑、王小丫等大咖,在茫茫戈壁和贝加尔湖畔的秘境完成了永生难忘的两周科考。

高二下学期,还是通过互联网,我发现了美国青年政治家夏季学院(The Junior Statesmen of America Summer College,简称JSA Summer College)这个在美国颇具影响力的活动。虽然JSA是全美杰出高中生的盛会,可我不信邪,三下五除二完成了申请,并最终成为那届夏季学院里唯一的非美国籍学生。

高三上学期,我通过英国大使馆文化教育处网站,了解到"改变世界者——吉尔福德论坛/伦敦青年峰会"(The Global Changemakers Program-Guilford Forum & London Summit)正在全世界选拔五十名(中国大陆两名)青年代表,给予全奖赞助参会,表现出色的将进一步代表全球青年出席当年的达沃斯世界经济论坛年会。虽然发现这个"好玩的事儿"时距离申请截止日只有不到一天了,我还是毫不犹豫递交了申请,最后成功和北师大实验中学的一名女生一起被选为中国代表,参加论坛。

中学几年里,我一次次作为自己的哥伦布,发现了一块块"新大陆"。每一回尝试,都源自内心对更广阔世界的追求与渴望。

不能因为生活在资源和平台有限的二线城市就安于现状、不思探索。相反,正是因为没有北京上海那样优厚的环境,"小地方"的我们才更应该给自己加一股强大的驱动力去发现和把握机会。大城市的同龄人能做到的，智商情商都不低的我们也必须能。资源可以缺，心气不能灭。

相信自己，勤于追求。不局限于做到从 1 到 N，而是要用探索的目光寻求从 0 到 1 的开拓。

这种探索与开拓的习惯，不仅助我成为福建第一个直接被耶鲁本科录取的高中生，也将我的视野从最初的"二进制"升级为"十进制"，并为向更高的进制迈进储备了丰厚的能量。

追忆

少年锦时

  微博上常收到学弟学妹们充满好奇的发问：Leo哥，感觉你好积极向上，好正经，好完美，觉得你好远，好不像人。

  相信哥，哥真心不是一个传说。哥是人。从穿开裆裤的小屁孩到光荣的红领巾再到长了喉结胡须爱在女生面前装酷的大男孩，我们其实都一样，有血有肉有爱有恨有情有欲，傲过娇出过糗耍过小聪明，也曾那么单纯地为了一个"伟大"的梦想天马行空过。

  前几天在纽约中国城走路，竟然偶遇小时候最爱嚼的大大泡泡糖，瞬间觉得回到了并没有过去太久的童年少年那些年……

9岁

  很多中国小孩都养过蚕，我也对白白胖胖的蚕宝宝喜爱有加。四年级时还成了同学们公认的养蚕大王——愣是把4条小蚕养成了一大窝几千条蚕，挤挤挨挨，蔚为大观（有密集恐惧症的同学不要脑补）。

  这么多蚕我一个人养不过来，就送给感兴趣的同学和宿舍院里的

One

小伙伴们。送过之后,尚余两千多条。

怎么办?卖!

一个周六下午阳光明媚,天空中飘着朵朵白云,我提着一箱蚕宝宝和一箱桑叶,到市少年宫门口摆摊——那儿全是孩子和家长,生意想不好都难。

一块钱3条,两块钱7条,一袋新鲜桑叶5毛钱……我就这么热火朝天地卖开了,生意红火得引来了附近的城管大叔。

那时我本来就个儿小,还被一群人围着,城管从远处压根看不清小贩是谁。记得他凶神恶煞风驰电掣地赶过来,边走边怒喝:"散开散开!少年宫门口不能随便摆摊不知道吗!"

小孩子们被吓跑了,我也就进入了城管大叔的眼帘。看到是这么"小只"的小贩,大叔态度瞬间好了起来。

"小朋友怎么不在家好好读书啊?这里不能卖东西的,知道吗?快回家吧。"

等他发现箱子里可爱的蚕宝宝时,眼神又进一步柔软了下来,似乎还透出点父爱。

"叔叔,对不起。再让我卖一个小时可以吗?我是实验小学四年级学生。我最近与西部小伙伴手拉手结对子,资助两个宁夏农村的小朋友。我想用卖蚕的钱给他们买一些文具。妈妈很支持我这么做,叔叔能不赶我走吗?"

城管大叔一定被我的诚恳打动了,完全没了轰我的意思。

我趁热打铁:"叔叔,你的孩子一定也喜欢蚕宝宝吧?我送你10条小蚕和3袋桑叶,你带回家,孩子肯定会特别开心……"

城管大叔哈哈大笑:"小屁孩很精嘛!好,那我这次就给你开绿灯。但是说好了,最多再卖一个小时就要回家,不然别怪我不客气咯。"

"哦,还有,收钱时当心别被大人骗。把摊子往里挪挪,离过路车远点比较安全，听到了吗？"

"好嘞！谢谢叔叔。"我目送大叔远去，继续自己的红火小买卖。

那天下午的营业额是238.5元。如果没记错的话，"资金用途"是这样的：给宁夏手拉手小伙伴买文具用了200块钱，给了一个很可怜的乞讨老奶奶20块钱，剩下的钱犒劳自己——买了少年宫小饭桌的烤鸡腿和炸香肠，还美美地喝了一大杯珍珠奶茶（当时这可是稀罕洋气的饮料呢）。

一周后，我的蚕宝宝帝国再添新丁——又一批蚕卵孵出了小黑蚕。这么多蚕，实在成了我甜蜜的烦恼。

就当我苦思冥想过阵子可以去哪儿"遵纪守法"地卖蚕时，爸爸满脸抱歉地走进我房间：

"儿子，嗯呜，跟你说个事啊。客厅刚才进了苍蝇，我用杀虫剂喷了半天。但是我忘了你的蚕也是虫子，结果不小心把它们都喷'睡着'了……对不起啊。"

把蚕当宠物（压根没把它们看成"虫子"）的我一开始竟也没听懂我爸是什么意思，还二了吧唧地问道："啊，爸爸，蚕还会睡觉啊？"

走到蚕箱旁边我才傻了眼——可怜的蚕宝宝们要么已经一动不动，要么垂死挣扎奄奄一息，几乎都被杀虫剂送上了天国。为这事，我破天荒哭了（自己从小就不爱哭），伤心极了。直到现在，我都对那箱小蚕充满愧疚，觉得是自己没照看好它们。

10岁半

这一年我无可救药地迷上了一样东西：小浣熊干脆面里的"水浒英雄卡"，"90后"一定对此不陌生。

《水浒传》是"四大名著"里我的最爱，我5岁时妈妈就当睡前故事一篇篇读给我听，认字后又陆续看了连环画简版和原版书，经常

One

憧憬自己也是梁山一百单八将中的一员。

小浣熊干脆面一包一块钱，为了集卡就得一包包地买，不知要买多少包才能集齐108张。当时，我的零花钱是每周十元，仅够买十包干脆面。为了尽快把108张水浒卡收入囊中，我使出了浑身解数，广开财路。

首先，和妈妈讲妥，晚饭后我洗碗、打扫卫生、倒垃圾，每次获得3元"工钱"，这样，一个月下来就是八九十块。与此同时，我还把作文加工后海投到少年报刊和杂志。别说，还真有几篇被发表了，赚得差不多三百元稿费。周末还吆喝上几个怀揣同样"野心"的小伙伴儿，满大街捡易拉罐和饮料瓶，又入账几十元。我对于"创收"业绩十分满意。

资金充足了，新的问题又冒出来。家里的小浣熊干脆面越堆越多。此面嚼着吃的确很脆香，但吃不上十包就腻了，况且，多吃无益。所以，我思忖着只买卡不买面的办法。经过一段时间的考察，我发现学校附近一家小便利店的老板夫妇同时还经营着"小饭桌"。每天中午和晚上都有几十个小学生在那儿吃饭，也有不少家长前去用餐。

办法有了。

我和便利店老板"洽谈合作"。我花三毛钱买小浣熊干脆面包装里附带的水浒卡，由老板拆包把卡取出，面饼和料包原封不动。老板用完好无损的面饼，配以瘦肉或海鲜、蔬菜和鸡蛋，做成鲜美的汤面，每碗售价8-10元，用于"小饭桌"。没成想，合作一拍即合。老板和老板娘乐呵呵地应承下来。大概是他们稀罕我这一不做二不休的劲儿吧。

为了集齐水浒卡，我还积极地与小伙伴们互通有无，并在课间，参与"赌"卡游戏——把两张卡平放在地，用手从侧面扇风，谁把卡扇过来，卡就归谁。没几天，我就技艺娴熟了。

最终，除了一直没遇到108将里排行54位的"小温侯吕方"外（后来得知，厂家故意没制作这张卡），我把其余的107将的普通卡、银卡

 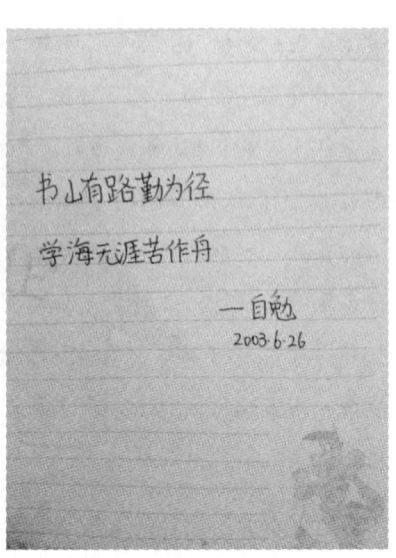

除了水浒卡，宠物小精灵贴纸也是童年最爱。　　小时候还是很喜欢用名句激励自己的

和金卡都集齐了。仔仔细细码了三大本，酷炫得没边儿，引来不少同学和小伙伴的艳羡，风头一时无两。

我妈对我的努力做了总结：办法总比困难多。

这之后，我们家搬了几次家，这些卡不慎散轶。现在想起，还忍不住心疼。

14岁半

转眼到了初二下学期。

学习生活一切都好，有一事却让我的担忧与日俱增——我还没变声。

那时，班里98%的男生都成了公鸭嗓长出了小胡须，个头也如雨后春笋噌噌噌往上蹿。女生就更别提了，一个个出落成了有线条的大姑娘。那都是从花季雨季走向成熟的标志。

我呢？依旧细声细气，带着一点，哦不对，是许多童真。有女生笑我娘娘腔。

这对自尊心极强的狮子座男生来说,简直有些不能忍受。当时我是班长兼学习委员。光成绩拔尖还不够,身体发育上也不能输给大家啊。

我每天都盼着快点变成公鸭嗓,做梦都是自己长成男子汉了。可日子一天天过去,我依旧是清脆的童声。

渐渐地,我开始怀疑自己身体出了问题,还不敢跟家人讨论。压力之下,我偷偷去书店买了一本书,叫《少男成长小百科》,晚上在被窝里钻研青春期男生是怎么发育的。可越读越心慌——连书上都说男孩平均在初一开始变声,我这辈子是不是都得娘娘腔下去了?

没变声自此更成了一块心病。我开始努力压低嗓子和同学们说话,试图让自己听上去 Man 一点,但几乎是徒劳——松鼠再怎么装也装不成兔子啊。

就这样,我带着童声进入了升初三前的暑假。一个月明星稀的晚上,我和我妈在湖边散步。吹着夏夜难得的凉爽的风,我禁不住哼起了歌。

我正哼着呢,妈妈突然打断道:"昭昭(我的小名),声音怎么有点不对劲?哑了?"

可我没有丝毫不适,嗓子没发炎,更没感冒。我继续边哼歌边和我妈聊天。

"等等,儿子,你……是变声了吧!"妈妈咯咯笑了起来,笑声里好像还带着点不一样的元素,是幸灾乐祸?是恶作剧得逞?还是……欣慰,或者如释重负?可能都有吧。

第二天,第三天,第四天……半个月以后,我的声音不但没"返璞归真",反而变得越发低沉沙哑,小时候在合唱团里随便飚的高音,再也没唱上去过。

我终于变声了。我的青春,一夜之间就来了。

16 岁

初三暑假后,我不但声音粗了,个子也以光速突破了一米八。娘娘腔男孩成了人们口中的俊小伙。

高一入学军训的一周也是被阳光亲吻的一周。我晒成了阿兵哥,身上多了不少男子气。

芸说就是那时候开始"迷上"我的。同年级的优质男生比比皆是,她怎么偏偏眷顾了我呢?

芸是个秀气小巧的女生,隔壁班的学习委员,不但成绩好,还弹得一手好钢琴。我就有两个舍友在宿舍夜聊时抒发过对她的爱意。

但不知为何,这个优秀的女孩并没让我来电。也许那时情窦尚未初开?

芸是公认的内秀文静的女生,当然也是以文艺清新的方式向我发射爱的信号。她给我写诗,写了一首又一首,有时还把自己作的词填到那时中学女生最爱的梁静茹孙燕姿的歌里,录给我听。所有这些,我至今仍存着,从未想过丢弃。

她也会制造各种偶遇:课间的走廊上,傍晚的食堂里,甚至老师的办公室。

我当然能读懂她对我的喜欢。很温暖很感动的同时,我也不安:可惜自己对她只有朋友和同窗的美好感觉。可美好感觉,并不是"好感"。

没有好感,要怎么勉强?何况,高中学习越来越忙,我不能耽误她,耽误自己。

我不得发"好人卡"的要领,决定直接在一天晚自习开始前约她到操场聊天。

"谢谢你,芸。但我觉得,咱们不适合开始。很欣赏你,但我不能够……"

*O*ne

梦想孤岛：报告耶鲁，我已准备完毕

她是满怀期待来赴约的，也许以为我要在那天牵起她的手吧。但即使被我当面婉拒，芸的脸上仍没失去笑容。

"哈哈，你说话样子好傻哦。我喜欢你是我的事，你管我那么多？"

话音刚落，她笑嘻嘻地跑走了。暮光打在她蹦跳着的身上，挺美。

囧囧的操场"会谈"后，芸仍会继续托人把精致的情诗卡放到我的课桌抽屉里，还会继续制造机会见面 say hi。我的 MP3 里，也一直有她录的新歌，特别好听。

我想，既然拒绝不能，就别再伤害这个女孩。我对她更礼貌了，也会多赞美一下她发来的歌。

说来奇怪，我知道自己不喜欢她，却会有点"贱"地想在她面前表现得没有瑕疵。

在操场打球时，如果我知道芸一会儿要来观赛送水（她总会来），就会在她没来前保留体力，随意打打。只要她一到，我一定变得骁勇善战，拿出 100% 的体力和功力驰骋球场，引来她的鼓掌连连。芸到我的班找朋友串门时的课间，我绝不会趴在书桌上小憩，而是装出认真读书状，直到她晃悠到我座位旁找我聊天。

我对芸依旧没来电，但也无法解释自己为何还要"撩妹"。如果上面的所作所为有半点不合适，我在这里向她道歉。

这样诡异的状态又持续了半学期。然后，一个下雨的傍晚，芸约我到操场说话，就像上次我约她一样。

"柘远，谢谢你这么包容我。我任性了好久，也说服了自己好久。今天，我终于可以跟你说，以后我不会再喜欢你了，也不会再打扰你了。很开心能和你是同学。好啦，说完了。珍重。"

话音还没落，芸就转身走了，身影越来越小，直到和教学楼融为一体。我依稀看到她一直捂着脸，好像有眼泪掉到地上，悄然无声。

那天，我心神不宁了一晚上，脑子里全是她的笑脸，她的诗和歌。

与其说是心神不宁，不如说是怅然若失，那种堵在心里倒不出来的失落感，夹杂着对她的歉意。很压抑，很奇怪，难以名状，无法解释。没谈成一场高中恋爱，却像经历了失恋。

后来，芸再没主动找过我。在学校里的"偶遇"，也成了真正的偶遇。每次见到时，她大方自在，我却总感到尴尬。

她的成绩越来越好了，高三时保送进了复旦，比我还早半个月开始了悠长假期。这几年我们一直没有再见，只听说她和男朋友特别好，快领证的节奏。而我，依然独自一人北漂，继而回美国读书。

那时的爱虽然青涩、懵懂，但又最简单、直白。我不想矫情地说有多大勇气才可以念念不忘，只想珍藏最好的过去，也希望在未来的某一天，可以在自己最好的时候，遇到那个愿彼此相守的人。

经过十几个小时的辗转，18岁的我踏上了一场通向未来的旅程。我承认，我是个有野心的人，但我并不贪婪，只是对于更大的天地和未知的自己充满了无限渴望。

02

闯出更好的自己　　耶鲁卫冕

入住耶鲁第一晚

> 与其说想，
> 不如说是一种分隔两地的牵挂。
> 妈妈还好吗？这会儿在做什么呢？
> 是否也在挂念着我？

2009 年 8 月 26 日，我跟努力憋住眼泪的妈妈紧紧拥别，带着两个超重的大行李箱，登上了飞往美国的飞机。

从那一刻起，家永远变成了一个歇脚的驿站。18 岁的我，正式开始了一个人求学闯世界的征程。

13 小时的飞行把我带到了纽约肯尼迪机场。这还不是旅途的终点，我仍需扛着时差带来的困倦，坐两小时巴士去 100 公里外的康涅狄格州纽黑文市。那里是耶鲁的故乡，是我要生活四年的地方，直到 2013 年初夏。

一年前第一次到耶鲁时，我还是憧憬着这所大学的一名普通中国高中生。如今，载着我去往耶鲁的白色巴士没有变，而我已经是那里的一名本科新生了。忐忑在心里氤氲，但更多的，是满溢的期待和奋斗心。

虽然对耶鲁校园已不陌生，但大学最初的两周，我还是被明显的 cultural shock（文化冲击感）和离家万里的孤寂感闪了一下腰。

Two

到达耶鲁时已是晚上近九点,北京的上班时间。在路上熬过了一个通宵(按北京时间算)后,我艰难地把箱子一口气拽上了宿舍所在的五楼。耶鲁分给我一个宽敞的单人间,这不是每个大一新生都有的福利(大多数新生会住在双人间)。但在一切装饰和人气还没有入驻之前,我的房间只有孤零零的一盏灯,一套桌椅,一张床,和一个脑子正发蒙的我。

没有被褥和枕头,我直接垫着衣服和毛巾横倒在了床上。

感觉昏睡了一个世纪以后,时差带来的头痛把我弄醒了。混沌中的我下意识喊了一声:"妈妈,几点啦?"

没有收到早上一贯会从客厅传来的回应,只有四周的一片有些死寂的静和远处零星的夜半鸟鸣。

足用了几秒钟,我才意识到自己已经在地球另一端了。I am all by myself now.(我只能靠自己了。)一看时间,凌晨1点,原来才睡了四小时。在中国的妈妈,现在该吃完午饭了吧?

从小到大虽然独立走南闯北过多次,可真正意义上离开相依为命的妈妈,这是第一次。想家的感觉骤然袭来。已经是18岁大男孩的我竟然也想妈妈了。

与其说想,不如说是一种分隔两地的牵挂。妈妈还好吗?这会儿在做什么呢?是否也在挂念着我?就这样,我半梦半醒直到天亮。

国际新生营中，败给俚语

> 第一次出糗，
> 我就这样有了"一夜情"。

到达耶鲁的第二天，是国际新生营（Orientation for International Students，简称"OIS"）的开营日。这是耶鲁为了协助国际学生更快地适应学校而专门组织的。几天的活动期间，大四辅导员们会带着来自世界各地的新生熟悉校园和纽黑文市的建筑与设施，完成买家具、办电话卡等各项"琐事"，当然，还会通过各种"teambuilding/bonding events"（团建活动）帮着我们在开学前交到耶鲁最初的好朋友。我这一届的一百多名国际学生，大多参加了 OIS。

那时我的英语听力还欠点火候。按自己的话说，是"我的耳道只能接收到英式英语和美式英语两种声波，对其他口音一概无法'读取'"。而 OIS 营里的口音可谓包罗天南海北，从非洲赤道上到南美雨林边的 accents（口音）应有尽有。尤其是印度和巴基斯坦的同学不但发音晦涩难懂，语速还极快。跟他们闲聊时，我好几次被南亚友人弄得云里雾里。更郁闷的是，他们还特别喜欢用英语开玩笑活跃气氛。当几个印度同学笑成一团时，站在一旁的我却完全听不懂笑点，只得尴尬地陪着"呵

Two

呵"。即使托福听力接近满分，初到美国熔炉也得从头适应千奇百怪的发音。

"雪上加霜"的是，我从小到大学习正统英语，托福和 SAT 里考的也都是高级英文，几乎不涉及生活中的习语和俚语。所以，初到美利坚，我在俚语方面算是半个文盲。

一天下午，OIS 辅导员们组织新生玩一个叫"Never have I ever..."（我从来都没有做过……）的游戏。所有人站成一个紧密的圆圈，只留一人在圆圈中央。开始游戏时，站在圆圈里的人说一个以 Never have I ever 开头的他曾做过的事情，比如"Never have I ever watched a Hollywood movie."（我从来没看过好莱坞电影——但实际上他看过）。所有看过好莱坞电影的人（包括他自己）需要在话音刚落时离开自己站的地方，跑到因人移动而出现的圆圈空缺处站定，没看过好莱坞电影的人则原地不动。这样，总会有一个慢了半拍的人找不到空位，他就得到圆圈中央再说一个 Never have I ever... 的事情，开启下一轮"奔跑"。

一开始大家还比较"正经"，说的都是很"正常"的事，比如去过欧洲旅行、吃过榴莲、读过莎士比亚的作品等等。玩了几个回合后，一些家伙逐渐变得"奔放"起来，好几个人说到了跟恋爱相关的 Never have I ever... 这倒也好，反正那时我还没谈过女友，一直站着不动不就得了呗。

这时，上轮没占到空位的一个意大利男生来到了圆圈中央，还没开口就一脸不怀好意的坏笑。

"Never have I ever hooked up with someone from Harvard!"

浓重的意式口音配上一个我来美国前从没听过的俚语，奠定了我接下来的"悲剧"。

"Hook up with someone"是个意味深长的词组，也是荷尔蒙爆棚的西方年轻人经常挂在嘴上的时髦词之一。"hook"原意为"钩子"，但和 up with someone 组合在一起时,就变成了"钓上某人"的意思。而"钓上"的含义,就说不清道不明了,可以指"接吻",还能暗示"一夜情"。

对 hook up with someone 一无所知的我,直接将其听成意思差了十万八千里的 "look up to someone"(尊重,敬仰某人)。

Looked up to someone from Harvard?(敬仰过来自哈佛的某个人?)我很佩服 Facebook 的创始人扎克伯格,而他曾在哈佛读书,所以我符合这个口令的条件咯——得跑起来!

我迅速拔腿开跑。

刚跑了一秒,我突然发现所有人都像钉在地上似的一动不动,只有发口号的意大利男生朝我的位置飞奔了过来。

什么情况?难道没人崇拜来自哈佛的任何人吗?这怎么可能?

与此同时,人群中开始发出了起哄和惊叹:

"Wow, Leo! That's intense..."(哇哦,Leo,太强悍了……)

"Wait what? Leo? Gosh..."(等等,发生了什么?Leo?天哪……)

而我也被大家的反应弄得一头雾水,直到游戏结束后才从强忍着笑的大四辅导员那里得知了"事情的真相"。

"外表正直的 Leo 跟哈佛学生 hook up 过"瞬间成了那天 OIS 营的大新闻。而我纵使有十张嘴巴,也澄清无能了。

同学少年何止学霸

> 走出去，
> 才知道世界很大，
> 我很渺小。

OIS 闭营那天也是美国本土学生到达校园的日子。每个留学生都期待着和美国同学见面，我也不例外。

我陆续认识了自己最早的三个美国朋友。三个超级精英。

Jourdan 来自纽约上东区的富裕犹太人家庭，他不但脸庞英气身材健美，还是远近闻名的少年音乐天才，十二岁时就在纽约卡内基音乐厅开过钢琴演奏会，更玩得一手好吉他，拥有一支乐队，自己作曲填词了近百首流行歌、发过数张专辑。他用做音乐得来的收入成立了一只公益基金，长期资助西非贫困儿童。

Richard 来自芝加哥，拥有德法意俄四国血统，是个聪明绝顶的混血学霸。他曾带着自己的机器人发明，代表美国队参加青少年科学界的奥林匹克竞赛——英特尔科技工程大赛，获得前五名。Richard 还是伊利诺伊州高中数学竞赛的前三名。

Andy 来自加州的阳光海岸，是不折不扣的考神。从 SAT 到 8 门 AP（"Advanced Placement"，美国高中资优生参加的大学课程难度的考试）统统获得满分。他还跟着从事生物研究的父母去过印尼爪哇岛和巴西亚马孙流域的热带雨林考察。

除了这三位大牛，开学那几天我一次次被每位耶鲁学生的履历震撼：有在奥运会击剑比赛中得金牌的，有出版过好几本畅销小说的，有音乐剧演员，还有油画家；当然，更有数不过来的全校第一名⋯⋯

初来乍到的我跟Jourdan、Richard和Andy聊天时，常感底气不足。好像不管谈论什么话题，这群耶鲁的美国新生永远自信满满，娓娓道来，声如洪钟，侃侃而谈。更让我有压力的是，他们丝毫不会因为我是英语非母语的留学生而把语速放慢或让我先发表意见。有时唇枪舌剑起来，我甚至跟不上他们的节奏，只得在一旁当听众，有种被抛弃的感觉。

和我的耶鲁牛友们

忘却光环回归零点

> 甩掉阴霾，
> 做更好的自己。

耶鲁最初 14 天的关键词，是时差、想家和突入美国大学环境的各种不适应。曾经的我，是高中里叱咤风云的尖子生和学生领袖，如今在高手如林的耶鲁校园，却已没有任何绝对过人之处。甚至连同学间最随意不过的谈天说地，有时都感到吃力。

这种冲击感让我始料未及。面对着开学初令人眼花缭乱的课程和活动选择，我甚至变得有些沮丧、茫然，有时恨不得把自己关在空荡的宿舍，屏蔽外面世界正发生着的一切和它们给我带来的压力。

我这是怎么了？

18 年来，我第一次体会到了挫败的滋味。

一天饭后，我独自在房间看一部叫"大鱼"（*Big Fish*）的好莱坞电影。一位美国南部阿拉巴马州的小镇青年，因为各方面的出色而获得镇上所有人的青睐。当他决心离家去更广阔的世界闯荡时，也曾面临各种前所未有的挑战，但小伙永远抱着一颗勇敢的探索之心，在战场上和销售公司拼出了自己的一片天地，还收获了坚不可摧的爱情和友情。

第二天黎明，我顺着地图指引，独自摸索着爬上了耶鲁大学城边的东岩山（East Rock）山顶，站在瞭望台上等日出。六点多时，太阳从大西洋安静的海面升了上来，朝晖把耶鲁校园染成一片金黄，也温暖了我的心。

"困难和挑战都放马过来吧！正是因为有了你们，我未来四年的大学路才不会平坦得无聊，才将越发精彩。"望着金光闪闪的那片海，我豁然开朗，决心让自己尽快变成一条在耶鲁弄潮的"大鱼"。

《大鱼》和东岩山上的日出帮我一扫开学初压抑在心里的沮丧。拾起正能量的我精气神满满地投入到了令人应接不暇的大一生活中。

我忘却了高中时的各种光环，以最谦虚的姿态从零开始。在课堂讨论和闲暇聊天中，我不再害怕出糗，开始大胆 speak up（畅所欲言），遇到问题就追着教授和美国同学问，每天都能学到新知识 get 到新技能，再也不会闹出 OIS 营里的笑话了。我恢复了体育锻炼的习惯，每周三次打球健身，还参加了学院的越野长跑队（cross country team），周末时跟着一群高年级同学大汗淋漓地跑山踏水，晒出了健康的小麦色皮肤。我参加了 Reach Out Yale，耶鲁国际关系协会（Yale International Relations Association）下属的模拟联合国社团和耶鲁中文无伴奏合唱团，每天下课后都积极投身在这几个学生社团的活动中，日子丰富而充实。

一个月后，我终于适应了美国生活，融入了耶鲁节奏。我依旧想念远在中国的妈妈，依旧觉得美国饭菜不够可口，也依旧无法听懂所有英文段子，但我已不再被任何负能量所困扰，我已开始享受压力和挑战并存的大学时代。

起码，我睡觉做梦的时候，已经开始用英文谈笑风生了。

Two

耶鲁卫冕：闯出更好的自己

1
2

1. 即使在寒冷的冬天，也会包裹严实晨跑上山。
2. Work hard, play harder.

名校也疯狂，一起裸奔吧

> 我终究没有自己裸奔上一次，
> 算是留下了一个永远的本科时代的遗憾吧。

大多数人提起耶鲁时，第一反应是世界级牛校、曼妙如古堡的校园、彬彬有礼的学生和浓郁的文艺气质。

但那还不是耶鲁的全部。就像外表文静的姑娘也可以有一颗自由不羁的心，"优美而高贵"的耶鲁其实同样有"疯狂而热血"的一面。

在耶鲁，我就主动或被动地经历过几次校园生活的"疯狂"。

那是大一上学期期末考试打响前的晚上。因为要在接下去 48 小时内连轴考四门 final exam（期末考试），这也是大学生涯的第一轮期末考试，我破天荒有些忐忑——中学的任何考试前，我可都是照吃照睡的。

在食堂味同嚼蜡地吞下了两块冷三明治，我准备踱回几乎每天都去的皮尔森学院图书馆复习。

刚走了几步，突然有人从后面使劲拍了一下我的肩膀。回头一看是 Alice，微观经济课的同班同学。

Two

"Leo,看你一脸心事的样子。是不是快考试了有点紧张?别啊。今晚咱们一起到巴斯图书馆学习吧。"

"Hey Alice,我准备回学院的小图书馆看书。你要不跟我一起来?"

"哎哟喂,今天一定要去巴斯图书馆学习才好玩啊!"

"啊,为什么?"我一脸疑惑。

"Leo,你不知道吗……"Alice扑闪着绿色的大眼睛,欲言又止,咯咯笑起来。

"……不知道什么?"我被Alice的反应搞得更是一头雾水了。

"一会儿你就晓得了。别磨叽啦,我在巴斯图书馆预定了一个小自修室。Leo,跟我和Costa(Alice的男友,也是微观经济课的同学)在那儿学吧。走!"加州女孩Alice总是很干脆。

此时,我满脑子全是明天要考的经济学曲线和公式。"跟Alice他们一起学习,互相考查知识点,能复习得更牢靠"……还没来得及继续琢磨Alice的神秘微笑是啥意思,我就被Alice一把拽着往巴斯图书馆方向大步流星去了。

巴斯图书馆坐落在耶鲁大学中心校区,是全耶鲁唯一一个地下图书馆,也是本科生扎堆学习之地。那儿不但有公共学习区,还有很多小自修室(英语叫"cubicle"),安静而舒适。

刚进门,我就发现今天的巴斯图书馆有些异常——怎么比往常热闹了不少?只见整个公共学习区坐满了人,两排自修室要么已经有人在里面了,要么已经贴上了"被预定"的标签。

可是,这才晚上七点刚过啊?

正疑惑不解时,迎面走来几个谈笑风生的男生,别样兴奋,丝毫没有大考将至的紧张感。

"今天人咋这么多?有点诡异。"我不禁问道。

"那是当然。你先别问了,哈哈。好好学习,天天向上!"

"哎,真不敢相信你如此单纯。"Alilce 捏了捏男友 Costa 的脸,两人相视一笑,故弄玄虚着。

"单纯? What does that mean ?(什么意思?)"Alice 肯定有什么事瞒着我,说不定还是个恶作剧呢。可是,这两天无论和美国同学还是留学生聊天,都没说到任何同巴斯图书馆有关的新鲜事啊?

罢了罢了,今晚的重点是复习,这门课一定要拿 A——我把注意力拉回到厚厚的课堂笔记上。

Alice 和 Costa 简单 PDA(public display of affection,中文可译作"公开秀恩爱",一般指恋人在别人面前亲吻、拥抱)了一分钟,便换上书呆子气十足的粗框眼镜,开始啃书了。

整个小房间陷入了安静,不,是死寂。终于有了大考前的气氛。不得不说,许多耶鲁学生都有的一个优点,是能够在不同模式间自如切换。前一秒还在唠嗑,后一秒就可以心无旁骛开始学习了。周六晚上还是穿着性感小黑裙的派对女神,周日白天就已经换上清爽的运动装,扎着马尾辫,不施粉黛地晨起跑步了。

Alice 也是如此。跟我嘻嘻哈哈卖够了关子,这会儿已经调回了苦读模式。

晚上 7 点到 11 点,三人学习小组的苦读颇见成效。夯实了知识难点之后的心情,自然是喜悦的。

快到 11 点一刻时,Costa 突然起身,深吸一口气,朝我和 Alice 打了个响指,"All right guys,我该去准备了!"

"祝你好运,亲爱的。你是最棒的!哦天哪,我现在有点紧张……"Alice 也站起来,使劲搂了搂正跃跃欲试着什么的 Costa。

"等等伙计。你去哪儿,要做什么?"我的疑惑卷土重来。这一定和 Alice,不,是他俩共同卖了一晚上的关子有关。

Two

"Ha Ha Ha, Leo, Naked run in twenty minutes and Costa will be there! Are you not excited?!"（哈哈哈，Leo，二十分钟后有裸奔，Costa 会参加！你难道不激动吗？！）

裸奔？Oh Wow. 今晚就要"欣赏"到传说中的耶鲁裸奔了？

开学初，大四的学生辅导员曾聊过耶鲁的裸奔传统——"基本上每学年两次，每学期期末考前的深夜在图书馆上演。只要是耶鲁学生就可以提前报名，不限男女，不限年级。而且，参加裸奔的人是绝对要'一丝不挂'的……"

哎呀，我竟然才缓过神来，现在就是期末考的前夜啊。

等一等，Costa，竟要去裸奔？这可是一个不能再工科男的工科男，平常总是一副心如止水的冷静模样，连笑起来都含蓄而腼腆，和风风火火的女友 Alice 简直一个天上一个地下。

这家伙是吃了什么药，决定去潇洒脱一把？

还没来得及琢磨缘由，我就被 Alice 拉出了小自习室。

一出门，仿佛进入了另一番天地。之前还很安静的巴斯图书馆，这时已经"燥了起来"。正运作着的笔记本电脑、摊开的参考书、写到一半的作业习题，全都被搁到了一边。大家也暂时忘却了"图书馆礼仪"，有的跷着二郎腿慵懒地瘫在松软的大厅沙发里，有的则直接旁若无人地坐上了自习桌，无不轻松喜悦地唠着嗑，不时有人发出咯咯的笑声和"oh really?"（哦真的吗）"oh my God"（天哪）的惊叹。

整个巴斯图书馆，都在迫不及待等着一学期一度的裸奔的到来。

"Alice，我有点不敢相信 Costa 会去裸奔……"

"我知道你感到不可思议！Costa 就是一个外表宁静内心狂野的家伙啊。哈哈，开玩笑。其实是因为我们俩那天打赌，谁的美国近代史大论文没拿到 A- 以上的成绩，谁就要裸奔。咳，算是我们俩激励对方不能贪玩的坏点子吧。结果，我拿了 A-，Costa 得了 B+，So you know... 哦，还因为十天后是我的生日，但那时已经是圣诞假了，Costa 没法帮我庆祝，他心里有愧，所以拍着胸脯说要以'裸奔'的方式提前祝我生日快乐。"

真是一对可爱的大活宝。看着 Alice 一脸的幸福样，我不禁对他们的甜蜜羡慕嫉妒起来。

终于到了 11 点半。巴斯图书馆的"燥度"此时已经临近顶峰。许多像我一样后知后觉的大一生在过去几分钟内，从校园四面八方涌进了图书馆大厅。就连一向不苟言笑的"扑克脸"图书馆保安大叔，也跟学生们站在一起大声聊起了天。

此时，谁还会担心明天的期末考呢？

突然，不知哪个男生在人群里大吼一声"Here they come！"（他们来了）彻底把巴斯图书馆推上了燃点。瞬时间，鼓掌声、响指声和尖叫声此起彼伏。整个耶鲁大学的注意力恨不得都聚焦在了巴斯图书馆的入口。

"他们来了！"

"啊啊，我看到他们啦……"

"嗷，今年人真多！"

望眼欲穿的等待之后是震耳欲聋的叫喊。

我眯着眼向不远处的入口望去，一个肉红色的军团由小变大，越发清晰，越发真切，携着一股荷尔蒙之风向人群处呼啸而来。

裸奔大军最初还抱团行进。但这股荷尔蒙飓风"登陆"图书馆大厅后，开始迅速分散、分裂，与捂着嘴的尖叫着的跳跃着的或者假装害羞甚至不屑着的人群混合在了一起。

我保证，那是我迄今为止见过的最健康最青春最阳光最纯洁最无邪的一群年轻人。这群"身体"里，有白人、黑人、黄种人、混血人；

Two

有体型健美的运动员，也有赘肉摇曳的胖子。但这些都不重要。重要的是，每个人都在欢笑着和大家拥抱击掌，互祝期末考 Good luck（好运）。一些家伙还从书包里掏出能量饮料、巧克力、水果糖，甚至是——咳咳，安全套（美国大学校园把"性"看成是再正常不过的事物，并不遗余力宣扬"安全性行为"），送给相识或不相识的人。

不出五分钟，我的帽衫口袋和大帽子里就被塞进了糖、巧克力和一枚安全套（直接转手送给了 Alice）。正准备吃块巧克力充饥时，我突然被一个人从背后用力熊抱了起来。回头一看，竟然是我的大四学生辅导员 Victoria！此时此刻，她已经"返璞归真"，但我们拥抱时，竟不存在一丝一毫的尴尬。

"Leo!!! Happy finals' week! It's so good to see you here! Best of luck with your exams!"（Leo！！！期末考试周快乐！在这里见到你真好！祝你考试一切好运！）Victoria 的每句话都带着一个或多个感叹号。话音刚落，这姐们儿又给了我一个正面的熊抱，然后跟着她的几个大四裸友往图书馆深处跑去了。

然而这时，我和 Alice 最翘首期盼着的 Costa 却不见踪影。裸奔大军早已在几分钟前便稀释到了人群中，Costa 跑哪去了？

连续问的几个裸军朋友都不知 Costa 去向，Alice 不禁焦急起来。

"再耐心等等，也许有第二波呢。"安慰着坐立不安的 Alice，我也有点着急了。

就在 Alice 快化成"望夫石"之际，不远处突然又出现一阵骚动。

定睛一看——是赤裸的 Costa！只见他手捧一个燃着蜡烛的生日蛋糕，在左右两位裸友的"护送"下，像罗马战士那样庄严而稳重地大踏步走过来。所经之处，掌声与欢呼不断。

"Oh my gosh, oh my gosh! That's my boyfriend!（哦天哪，天哪，那是我男朋友！）"Alice 拨开人群，朝 Costa 和两位护卫军飞奔过去。

那阵势，比白娘子和许仙含蓄的鹊桥相会要热烈多了。

"认识你，是我在耶鲁最美好的收获。很抱歉之后没法陪你过生日。那么，让我们假设今天是你的生日，好吗？生日快乐，我亲爱的甜心，我爱你……"

Costa 的深情告白还没说完，嘴唇就被已经泪奔的 Alice 用她的嘴唇堵住了。而不管是裸着的还是穿着衣服的学生，都自发唱起了生日快乐歌。巴斯图书馆从裸奔的"燥场"一秒变成了温馨的庆生派对。

二十分钟后，穿好衣服的 Costa 回到了工科男的沉稳形象。而 Alice 显然还意犹未尽。

"我说 Leo，今年你是观众，明年可就轮到你去裸奔了哦。"Costa 一边温习着边际效用曲线图，一边怂恿道。

"哈哈，我会考虑的，伙计。不过，看裸奔真的很神奇，虽然八小时之后就要考试了，我现在却一点都不紧张了。"

"跟你打赌，裸奔比看裸奔还好玩、减压。不信，你试试看。"

"哈哈，哈哈哈……"

这场裸奔释放了我心头的迎考压力，大一上学期的所有期末考我也都考得不错，拿到了全 A。我知道考试出色和看裸奔没有直接关联，我也无法用科学原理解释裸奔或看裸奔的减压效力，但我猜想，那种最无邪的坦诚相见，确实会让人心情愉悦吧。

在耶鲁余下三年半的 7 场裸奔，我又"有意观看"了两场，因刚好在巴斯图书馆学习而"不小心"看了一场，"无奈错过"了四场。我终究没有自己裸奔上一次，算是留下了一个永远的本科时代的遗憾吧。

从耶鲁毕业后的三年里，我还会时不时想起那个校园——期末考的前夜——热闹的图书馆——那群奔放的年轻人——Costa 的蛋糕和 Alice 的眼泪。我不是想念在裸奔上看到的青春胴体的具象，而是真切地想念——那种职场上找寻不到的、零距离的真诚坦率与无忧无虑。

在"憋纸"面前，人人都是书呆子

> 写不完的论文，
> 实乃美国大学的一大特色！

《哈利·波特》迷都知道，在霍格沃茨魔法学校有永远写不完的"paper（论文）"，对于写 paper 是有人欢喜有人忧，既有以赫敏为代表的学霸秒杀一切论文，也有纳威·隆巴顿这样的孩子对论文永远愁眉苦脸。

耶鲁虽不是霍格沃茨，我和我的同学们却也永远在论文海洋里痛并快乐着。不管你主修什么专业，写论文一定是大学最刻骨铭心荡气回肠的回忆之一。

耶鲁的一些中国学生给"写 paper"取了个别名——"憋纸"，足以见得在一所老牌常青藤大学写论文，是饱含着艰辛甚至"苦痛"的。记得中国孩子互打招呼时的一句话常常是"憋得怎么样？憋几页了啊？"或者是"最近还在'憋纸'吗？"而最常听到的回答，既有有气无力略感绝望的"唉，刚开始写，还有 10 页呢"，也有如释重负欢天喜地的"我终于写完了 / 我终于提交啦！"，折射出"憋纸"学生的百态。

从大一到大四，我憋出了各式各样不下 90 篇论文，成分大约是 75 篇英文 paper 和 15 篇日语 paper。我的耶鲁四年，是从写论文开始、以写论文结束的。如今回想起来，在图书馆里挑灯夜战"憋纸"到天明的那一次次经历，绝不仅是完成一项作业、得到一个成绩这么简单的。毕业三年后，我比任何时候都深刻而强烈地想念在耶鲁写论文时，那种痛苦后无限回甘的酣畅感觉。

第一篇大学论文的故事

在耶鲁，每个大一新生都得选修至少一门写作课。如果拿不到写作学分，是不能升入大二的。写作，被耶鲁这所西方老牌大学看作一项最不可或缺的基本功。

我在耶鲁的论文"生涯"，始于"大一学生写作研讨课（freshman writing seminar）"。每门都是小班模式，一位教授带领不超过 15 名学生，围绕一个核心话题度过"海量阅读＋课堂讨论＋大量写作"的一学期。

考虑到自己与美国学生的英语水平差距，基于一步一个脚印打好基础的考量，我选择了难度中等的一门主题为"美国本科申请与校园生活"的写作课。全班 14 个学生，除我以外的 13 个同学里，有 12 个美国人和 1 个英语是母语的印度人。

每次上课前，我们都要读完教授布置好的大量"readings"（阅读材料，包括书和单篇文章），思考并总结自己的观点，在课堂上展开激烈讨论。你一言我一语的交流，

我在耶鲁写的近百篇论文之一

除了 readings 本身的情节，更有作者的写作方式与风格。对于后者，教授会做出引导和讲解。

写作课固然要勤动笔。我上的这门课，要求每周一小篇，每月一大篇，期末时还得交一篇结课大论文。

面对这个挺艰巨的写作任务，开学伊始毫无畏难情绪的我摩拳擦掌，跃跃欲试，誓以唯一非母语学生的身份"杀出一条血路"。可没想到，写第一篇论文的过程就好像打了一场艰苦卓绝的战争。

这人生中的第一篇大学 paper 只要求写 4 页，其实称它"长 essay（作文）"更贴切。但要写的东西，叫"rhetorical analysis"，大概可翻译为"修辞分析"。在那之前，我连中文的修辞分析都没写过。

什么是修辞分析？换个说法，就是"咬文嚼字"：把作者的遣词造句抽丝剥茧般地研究一遍。

同班同学大多在高中写过这类论文，所以教授的讲解异常风驰电掣，前后不到十分钟。我奋力听懂了修辞分析必不可少的三个要点：

Ethos：可信度分析。作者的论点是否有说服力？读者能相信作者吗，为什么？

Logos：逻辑分析。作者的观点和例证是否符合逻辑？

Pathos：情感分析。作者在文章中想表达什么样的情感？这种情感对读者有什么影响？

听懂归听懂，但要下笔写时，我还是底气不足。

"万事开头难。何况这只是一篇小 paper，自己先努力尝试，不怕。"我给自己积极的心理暗示。

我要分析的是 2007 年刊登在《纽约时报》上的一篇题为"Little Asia on the Hill"（"山上的小亚洲"）的长文。作者从亚裔学生众多的加州大学伯克利分校说起，深入讨论了过去十年美国大学对亚裔学生的录取工作——种种证据显示，以华裔和韩裔为代表的亚裔族群在招生过程中可能受到了不公待遇。在美国"平权法"（Affirmative Action）的大背景下，要想被一流大学录取，亚裔通常面临比其他族群激烈得多的竞争，比如，亚裔考进哈佛耶鲁的几率比非裔和拉丁裔要低不少。

文章足有几万词，内容包括大量研究结果和第一手采访资料，充满着引语、评论、抒情、反讽、假设等各种修辞。写一篇4页的 rhetorical analysis，要从何下手呢？

我一时有些找不着头绪，而初稿需要在36小时之内发给教授做第一轮点评。雪上加霜的是，其他几门课的阅读量和作业在那两天都异常繁重，要想完成所有任务，非得熬个通宵不可。

没有时间做充分构思、找教授头脑风暴，我决定自己摸索着写完初稿。

然而，经验的不足导致我选择了错误的行文方式——我竟然决定逐段逐段地分析，直到文章结尾。

而更郁闷的是，我仅是在课上"初识"了这三个晦涩的拉丁词。当真正面对一篇文章时，我依然是雾里看花水中望月。一句话前一秒看还像 ethos（信誉证明），后一秒却似乎更像 pathos（情感证明）了。

就在这种半蒙半猜的状态下，我艰难"憋出了"第一稿。因为走了逐段分析的错路，我竟然足足写了八页，实在有点懒婆娘的裹脚布——又臭又长的意思。写最后几段时，在篇幅严重超标和时间越发紧迫的双重压力下，我开始信心不足，半白话半梦呓地结了尾，匆匆发给了教授。

可以说，这是我大学四年最纠结、最没把握也是最不满意的一篇论文初稿。我做好了被教授全盘打回重写的心理准备。

第二天下午,我收到了教授的回复。

Hi Leo,

Congratulations on finishing your first paper draft at Yale.(祝贺你完成了在耶鲁的第一篇论文草稿。)

Overall, I see that you worked hard on getting this done. I was truly amazed that you turned in an eight-page paper which certainly beats everyone else's in terms of length ☺!(总的来说,我能看出你在这篇草稿上下了功夫。我也很惊讶你竟然写了 8 页。这个长度绝对比其他学生的都要长!)

I do believe, however, that there're several things you can do to make it a stronger paper. A) ... B) ... and C) ...(不过,我相信你可以做些改动,把这篇论文写得更好。A)... B)... C)... 此处省略一千字谆谆教诲——作者注)

For another thing, it is usually not necessary to analyze every single paragraph of an article when you do a rhetorical analysis. Instead, please just focus on the key sections and sentences of a piece...(另外,在写修辞分析时,你通常不需要把一篇文章的每段话都分析一遍。你只需要集中笔墨在文章最核心的段落和句子上……)

Towards the end of the paper, in particular, I think you were a little running out of steam. The conclusion paragraph is not well-organized and does not effectively summarize your arguments in the previous paragraphs.（尤其是在文章结尾的地方,我能看出你已经有点累了。最后一段的结构不是很好,也没能很好地总结你在之前几段的论点。）

教授温和却毫不留情地指出了草稿里的所有问题。

如果不大刀阔斧整改,得高分一定是无望的。我不想自己大学生涯的第一篇 paper 就以 B 甚至 C 的成绩收场。

一些在高中成绩永远第一的耶鲁同学可能会说,大学里的课业成绩和排名还那么重要吗?何必让自己过度紧张呢!

可我并不是迷信分数,我只是要努力做到最好。又不是没能力,也不是没精力,更不是没时间,只要有一个机会,我为什么不好好拼一下?这大学里的第一篇 paper,再苦再烦我也要咬着牙写出彩。不为让教授对我这个留学生刮目相看,只为不违本心、对自己负责。

终稿提交前还有一个周五加周末两天,除去其他课业和吃喝拉撒所需的时间,假设这三天每天睡 4 小时,满打满算还有 20 小时让我去"力挽狂澜"。

定好了目标就要制订计划付诸行动。

第一步:找教授面对面逐条讨论邮件中的反馈

执行情况:按时完成

执行时间:周五下午四点,教授的 Office Hour(上班时间)

过程与收获:教授非常耐心地同我过了一遍修辞分析的三大要素,并发给我数篇修辞分析例文去自学与研究。茅塞顿开,醍醐灌顶,曙光重现。

第二步:研读教授推荐的范文,仔细分析行文结构与论点

执行情况:按时完成

执行时间：周五晚饭后，直到周六凌晨一点多

过程与收获：读第一篇时磕绊犹存，读第二、第三、第四篇时逐渐找到了门道，等读最后一篇时已经能轻而易举地抓住分析者的行文结构与分析方法。算是终于入了门！

第三步：重新构思自己的论文，列好提纲待下笔

执行情况：按时完成

执行时间：周六凌晨，直到快四点（灌了自己两杯苦咖）

过程与收获：结合研究范文的所得，忍住袭来的困意，趁热打铁再读待分析的 Little Asia on the Hill，提炼出若干处最典型的 ethos（信誉证明），pathos（情感证明）和 logos（逻辑证明）用法，摒弃之前逐段分析的错误方式，以"开头段+ethos分析+pathos分析+logos分析+结尾段"的形式列好了提纲。

第四步：打鸡血"憋纸"

执行情况：提前完成

执行时间：周六上午八点半开始，直到深夜近十二点（心里装着写paper（论文）的任务，早上七点多就醒了。索性不再睡回笼觉，一个鲤鱼打挺起床跑步冲澡进图书馆）

过程与收获：经过前面三步的"洗礼"，已经摆脱了写第一稿时的纠结和不自信，全程满血状态，下笔如有神，较原设想提前两小时完成4整页的写作，神清气爽喜不自胜，差点在午夜门可罗雀的图书馆里引吭高歌。

第五步：细读全稿，二次修改

执行情况：按时完成

执行时间：周日上午十点（带着前晚第二稿大功告成的喜悦与安定感，愣是没被醉酒而聒噪的美国楼友们干扰，一觉怒睡到八点半）

过程与收获：用充电至满格的脑子再审论文，发现一些行文上的瑕疵，但对总体结构和论点依然满意，算是给自己吃了一颗定心丸。

第六步：约见英文写作中心辅导老师，进一步修改（The Yale English Writing Center，是耶鲁为学生提供各类写作指导的组织，大多数辅导老师是教英语文学或写作多年之后退休的老教授，经验丰富）

执行情况：按时完成

执行时间：周日下午三点到三点半

过程与收获：拜访辅导老师前，我把第一稿和第二稿都提前发给了她。这位七十多岁的慈祥老教授竟然在我去之前便仔细读完了两篇稿，并在第二篇草稿上用铅笔注上了近十条修改建议，有对语言的雕琢，也有对论点的加强。老太太肯定了我第二篇的巨大进步——又是一颗定心丸。半小时的深入交流帮我把论文质量又往上提了一大截。

第七步：修改，定稿，提交

执行情况：按时完成

执行时间：周日下午四点到六点

过程与收获：带着老教授给的指导与信心，我再次回到图书馆那个被自己快坐出永久屁股印儿的沙发椅上，打开电脑逐段润色，终于在晚饭前给这篇论文画上了休止符。

从周五下午四点打响整改论文的第一枪，到周日傍晚六点完成第七个步骤，点击"提交"，我度过了在大一时最紧凑而富有能量的一个周末。

诚然，在这个周末我是个眼里只有论文和学习的 typical Asian nerd

Two

（典型亚洲书呆子），在这个周末很多朋友都在 party 上把酒言欢，对背着大书包穿梭于宿舍和图书馆的我表示重度不解，在这个周末的午夜时分的图书馆只有书陪着我，但为了实现这 48 小时内的唯一目标——把 paper 写好，我甘愿屏蔽所有玩乐懈怠的诱惑，把图书馆窗外不绝于耳的谈笑声当作最优美的背景音乐，一个人默默走完这个先苦后甜的过程。

几天后，当我已把精力放在其他课业和活动上时，我收到了写作课教授的电子邮件：

> 邮件标题：The grade for your first paper is now available.（你第一篇论文的成绩出来了）
> Dear Leo,
> You have received an A for your first paper. Congratulations!（你的第一篇论文成绩是 A——祝贺！）
> I am impressed by the considerable amount of improvement you have made since we discussed your first draft. The paper is impeccable in terms of its structure, arguments and prose. For example...（自从上次我们讨论过第一稿后，你对论文做出了很大的改善，令我钦佩。这篇论文从结构、论点和用词等各方面都无懈可击。比如——此处省略 1000 字教授对论文每个部分的赞扬。）
>
> Well done and congratulations again ☺（这篇论文你写得很出色，再次祝贺☺）

这就是我在耶鲁写第一篇论文的故事。而你一定能看出，在耶鲁写论文，是不可能东拼西凑蒙混过关的。哪怕是写一篇仅有 4 页的小

paper，也要读大量文献、构思、写草稿、找教授讨论，直至定稿。每次写论文，都是一次对新事物完整而透彻的学习。只有读完成百上千页的书，才能将其中的精华结合成自己的论点，浓缩在一篇论文里。

有时，棘手的论文实在可以剥人几层皮。我就数次看到写完大论文的同学露出"劫后余生"的表情，也多次听到"写完这篇论文再照镜子，觉得仿佛老了十岁"之类的感叹。

我倒是挺享受每次"憋纸"的感觉。就像爱嚼槟榔的人，纵使知道槟榔味道不好，也还是难戒其瘾。我也许算得上半个斯德哥尔摩综合征患者吧。

耶鲁四年，我虽然是经济学专业，却也写过各式各样的论文：几十页的经济学理论论文，金融市场论文，生物实验论文，艺术鉴赏论文，当然还有历史论文。

我最喜欢的是大三上"东亚帝国史"这门课时写的一篇论文。那门课上，教授带我们研究朝鲜和日本高僧到唐朝学习佛法的历史。我研究的是日本高僧圆仁和尚，当时从耶鲁贝内基善本图书馆借到了一本20世纪50年代的珍本，《入唐求法巡礼行记》（*Ennin's Diary: The Record of a Pilgrimage to China in Search of the Law*）。这是一本圆仁和尚用汉字文言文写的日记，历时九年七个月，每篇日记里都真切而朴实地记述了圆仁在宋朝求佛法时最细微的生活与旅行片段，颇有东瀛版《大唐西域记》之意。全书由美国历史学家和前驻日大使埃德温·赖肖尔翻译。

我用两天时间不眠不休读完了整本日记，数次为圆仁和尚在求法过程中的执着和艰辛而感动落泪。因为读懂了作者的内心世界、读出了感情，我的这篇论文一蹴而就，剖析了圆仁笔下的宋朝政治与风土，还提出了令人耳目一新的观点，被教授当作范文发给全班同学参考。

从大一时见到大论文作业的如临大敌，到大三大四时的胸有成竹得心应手，我在耶鲁严苛的训练下，从一只论文菜鸟变成了一根论文"老油条"。十分幸运，我的所有论文都得到了 A 或 A- 的成绩。

在耶鲁写论文的经历带给了我什么？

我想，首先是对书的爱变得更加饱满而深沉。当书不再只是读着过瘾和好玩，而是把书读薄、再把自己的想法变成一篇论文时，你会发现自己和作者离得特别近，和书里描绘的世界离得特别近。那种与书深入对话的感觉令我着迷。直到今天，我每读一本书时都会记录下自己的想法，有时还会写出一篇完整的书评。

写论文让我变得更加严谨。我知道了尊重别人观点是和阐述自己观点同等重要的事情——所有引述他人论点的地方（不管是否引用原句）都要仔细注明，否则就可能被认定为抄袭。这一点是美国大学做得特别到位而咱们国内大学尚存不足的。

当然，这近百篇论文确实"狠狠"锤炼了我的写作功底。遣词造句变好是一方面，且更多体现在英语写作里，对结构把握能力的增强和逻辑缜密度的提高才是更重要的收获。进入高盛投行后，动辄要写几十页甚至上百页的分析报告。大学时练就的写作能力让我有如神助，每次都能快准狠地在 deadline 之前完成让上司满意的草稿。

最重要的收获，我想，还是一股韧劲，一种肯下力气把事情做好的决心吧。

给了我正能量的耶鲁牛友 Charles

> 谁的人生中没有几个"CP 好友"呢,
> 然而,Charles 却成为了我生命中最特别的人之一,
> 从第一次见面的惊艳,
> 到最后的亦师亦友……

大三时我得到一份校园中文助教的工作,每周两次在图书馆一对一辅导中文。

Charles 是我的第一个学生。我教了他两年,直到毕业。和他的关系,也从师徒变为好友,甚至还因"出双入对"过多,被人误认成一对 CP[①]。

成绩好 doesn't mean everything

Charles 当年给我发的第一封"求助"邮件,大意是自己在耶鲁已经上了两年半中文课,最近遇到了瓶颈,自感学得"很差",需要辅导。字里行间满是"求帮忙"的迫切。

[①] 耶鲁是出了名的"gay friendly",对同志学生包容而友好。有句话调侃耶鲁同志学生"密度"之高,是这么说的:One in four, maybe more. 可以翻译成:四个学生里就有一个是 gay,可能还更多——这当然是夸张的说法了。

我欣然接受了辅导请求，心想着这位仁兄估计是学得云里雾里，需要"仙人指路"了。我得帮他走出中文学习的水深火热。

第一次辅导安排在了巴斯图书馆的一楼咖啡座。那里每天灯火通明，学生们可以毫无顾忌地出声讨论功课。

那天，Charles 穿着灰色羊毛衫，围着黑色围脖，安静地坐着喝咖啡看书。见我来了，他站起身和我握手、自我介绍、寒暄，简单几个动作却吸引了周围女生的注目和私语。后来才知道，他是耶鲁民间评选出来的"cover boy"，俗称"校草"。

我看到 Charles 时，其实也有那么一秒在暗暗惊叹世上竟有如此俊秀的男生。大概188cm的身高，金棕色的头发，深绿色的眼睛，挺直的鼻梁，一切都如古希腊雕塑般精致完美。但比长相更让人心生好感的，是他从容温和的表情和大方简练的一句"你好，我是 Charles"，举手投足皆贵气。就此打住，我是直男，仅是在抒发对美的赞叹。

辅导开始，Charles 自觉把对话语言换成了中文。

"李老师，可以叫我廖涛，我的中文名。我在学高级中文，可最近觉得学不好，让我感到头疼。我想提高一下。"

几句话的抑扬顿挫毫无问题，几乎听不出是个"歪果仁"。能上耶鲁难度最高的 Advanced Chinese 这门中文课的人屈指可数，这家伙水平不赖。

"好的，廖涛。能说说你具体都遇到什么困难了吗？我们对症下药，有的放矢。"我故意连说两个成语，想"刁难"一下他，建立"李老师"的威信。

"嗯，我也希望对症下药。最好能……唔……釜底抽薪，不要扬汤止沸。我这么说对吗？"Charles 一脸认真样地看着我。

他竟然听懂了我说的成语，还回敬了我两个难度相当、用法正确的词。套用现在的流行语，这也真是没 sei 了。这么多年来，我结识了很多中文流利的外国人，可像Charles这样才思敏捷、用成语见招拆招的，恐怕是后无来者。

"非常正确，你对成语是信手拈来啊，厉害！"

"信手拈来？哪里哪里。不敢在李老师面前，嗯，班门弄斧……"

好吧，我认输。赶紧回到正题："So, how can I help you with your Chinese?"（我如何帮你提高中文水平呢？）

Charles边介绍自己从高中开始学中文的历史，边把教材展示给我看。耶鲁的高级中文课原来真的很"高级"，课本里收录了《论语》等国内初中生学的文言文，李白、杜甫、王维的诗，鲁迅、冰心、巴金的文章节选，以及各种与中美社会有关的议论文。

最令我忍俊不禁的一篇，说的是一个叫张强的留学生，读书时与一位美国姑娘结婚，但姑娘后来发现张强并不爱她，结婚只是为了"骗"到美国绿卡。现在两人闹离婚，牵扯到"什么是真爱""美国宪法"甚至"男女平等"等高深概念。只能说，耶鲁中文教授太能编故事了，高级中文课学生哪是在学语言，分明是在用中文学习文化和社会百态啊。

再看Charles过往的中文作文和考试分数，我又吃了一惊：所有小测都在90分以上，期中考98分，两篇作文均得到A。这明摆着是个尖子生，怎么就"学不好"了，怎么就"感到头疼"了？

"廖涛，你的中文成绩很棒，口语也溜，到底是遇到什么困难了呢？"

"李老师，我认为成绩好doesn't mean everything（并不意味着一切）。成绩对我而言，不是最重要的事情。我想学习中文的内在，我想学得更加深刻。可是最近，我感到有点喘不过气。因为，我虽然上课学的词语句子都没问题，可是，我都没有机会和时间，去了解the stories behind the language（语言背后的故事）。比如，为什么是'两

Two

个黄鹂鸣翠柳'，不是'两只'呢？这些东西，教授没有在上课时介绍。而且，现在学的中文难了，能读得懂，但说不出来，口语好像没变好。所以，我想请你指导我，我想把中文学得更好，不是为了考试和背书才要学……"

对一个中文非母语的人来说，这真是一个毫无瑕疵的即兴演讲！

我也终于明白，Charles 来找我，并不是为了把成绩再提高 1 分，而是为了举一反三、学习"语言背后的故事"。对他而言，学中文绝不只是掌握一项新技能，而是深度认识和研究一种他热爱的语言、一门艺术。

在耶鲁的两年中文助教工作里，我帮过九个学生，八个人来找我的目的都是提高成绩。"老师，帮我改一下作文，我想拿 A。""Leo，带我温习一遍所有字词，我明天考试要拿 90 分。"而一旦交了论文 pass（通过）了考试，他们就消失无踪了。唯独 Charles，在见面前把自己的中文学习情况形容得最"堪忧"，却是成绩最好、最真心实意想学好中文的人。

有些人说，现在的年轻人比父辈急功近利了许多，做每件事都要计算投入产出，都是为了达到一个实际目的。可 Charles 是一个实实在在的反例，大学生活已经很忙，但他依然愿抽出时间，去学一件他已经掌握得很好的事，只因为他真的喜欢。成绩好 doesn't mean everything, real passion matters more（不代表一切，真正的热情更重要）。

那天晚上我辅导了 Charles 两个小时。我们讨论了"两个黄鹂"和"两只黄鹂"的区别，还延伸着聊了"僧敲月下门"和"僧推月下门"的一字之差。面对这个刨根问底的洋学生，我也变成了循循善诱的初中语文老师，引导他去分析鲁迅在《故乡》一文中"从屋里飞出了我那八岁侄儿"的"飞"字的妙用。Charles 发光的眼神告诉我，他很享受这段中文时间。

从那之后，我们每周两次中文辅导，雷打不动。我时不时电邮给 Charles 一些中国名家的美文，他竟几乎每篇都读，列出一堆问题，追着教授和我发问。我给他推荐的中国好电影，比如《活着》和《红高粱》，他也配着英文字幕看了不止一遍，甚至能模仿电影里的口音背出几句台词——金发帅哥说山东话的画面太美，估计你不敢看。

我教 Charles 中文，但有时我觉得他才是我的老师。他教给我的，远比我教给他的要深刻：对热爱之事的最纯粹的尊重与专注，一种匠心精神的体现。

毅力惊人的健身达人

师而优则友。我很庆幸因为中文认识了 Charles，进而成为他的死党。这位美男学霸的正能量和魅力，远不止学中文这一件事。

比如，还有强悍的毅力和自控力。

大三下学期，Charles 邀我成为他的 gym buddy，也就是健身搭子。

"Leo, you should gain more muscles. Train with me, dude."（Leo，你应该长点腱子肉。跟我一起训练吧哥们儿。）

Charles 从 18 岁开始规律健身，几年的挥汗换来一身无可挑剔的肌肉，不是那种蛋白粉充起来的大块头，而是让男女都赏心悦目的、火候恰到好处的鲜肉。

跟健身专家一起锻炼，还能免费获得运动指导，何乐而不为。那时，我刚好想开始系统打造肌肉块，便欣然接受了邀约。

第二天早上 8 点未到，Charles 就来敲我的宿舍门了。

"Leo，快起来，都 8 点了。"

我是个夜猫子，早上容易恋床。可为了不在好友面前认怂，想一想

Two

几个月后身形将发生跨越式的可喜变化,我还是一个鲤鱼打挺爬了起来。

"8点已经很晚了。以后早练时,得7点前到健身房,把热身做好。"Charles云淡风轻地说。

7点,Are you kidding me?(你在开玩笑吗?)

"当然不是每个训练日都要早起,哈哈。"Charles看着我受惊的样子,做了个鬼脸。

那天,金牌教练Charles帮我做了体测,当天晚上就发来一套为我量身定制的健身计划,每个步骤都解释得一丝不苟。

每周三、日:校园慢跑;周二、四、六:健身房器械训练;周一、五:休息。

周二:肱二头肌,腹肌,胸肌。

Step One:跑步机匀速15分钟;Step Two...Step Three...

而Charles给自己定的计划,是每周只休周一一天,运动量和强度都比我的要大不少,近乎自虐。

我一直对自己的耐力和意志力颇有信心,可看到Charles给的魔鬼训练计划时,也不禁头皮发麻。

但健身,持之以恒才能修得正果。为了几个月后"穿衣显瘦脱衣有肉"能带给我的"虚荣感",少睡点懒觉多流点汗水又算什么?

何况,有一位校草陪练,是多少人求之不得的美事。

Charles和我都是说完就办、绝不拖延的执行力党。自虐级健身行动正式打响。

俗话说男女搭配,干活不累。和Charles一起锻炼,绝对是男男搭配,运动加倍。Charles挥汗如雨的样子,就像一剂强兴奋剂、一针强效鸡血。以前举不起来的重量,也能咬牙搞定了。

耶鲁的学习生活总是繁忙异常，可几个月的健身行动，Charles竟一次都没有缺席和搪塞过。而我，本以为自己的毅力无人能敌，却还是因为各种原因翘了几堂训练。

记得那是二月初，一股几十年不遇的冷空气从北极圈呼啸直下，席卷了美国东北部。耶鲁大学城的最低气温骤降到零下二十多度，整个校园都被冻僵了，像是回到冰河时代。

那天早晨的原计划是环校园慢跑半小时，但经过一番思想斗争，我还是向窗外呼号的寒风妥协了，也不打算去跑健身房的跑步机。"这么冷的天，就让我享受一次小屋里的温暖安逸吧。"

刚想给Charles发短信商量停跑的事儿，这老兄的电话先打来了。

"Hey man，还是老计划，跑到菲尔普斯门集合。一会儿见。"

"Charles，今天这么冷，咱们暂停一次吧。"

"为什么呢？这种天跑步才有锻炼效果呢。好吧伙计，我先head out（出发）了。一会儿聊。"

半个多小时后，我和跑完4英里、脸冻得紫红的Charles在食堂吃早饭。他略显得意地给我看自己跑到科学山（Science Hill，耶鲁校区西北角的小山丘）后拍的小视频。清晨7点多被寒流席卷的校园空无一人，狂风大作的声音似乎要冲破正播着视频的手机，独跑者Charles裹着挡风跑步衣，朝镜头比出V字手势，冻住了的嘴角努力上扬。

"半小时里我几乎没看到一个路人。整个学校成了我一人的运动场，那感觉太棒了。"

"Leo，其实天气没你想象的可怕。又不是飓风或地震，稍微逼自己一下就出门了。刚跑的时候肯定难受，但只要跑起来了，就真的很酣畅淋漓。要想锻炼有成果，就不能轻易给自己找借口退缩。"

Charles的短短几句话，让我不禁为自己的偷懒汗颜。

Two

一个周五晚上，Charles拉我去参加他所在的兄弟会[①]——Sigma Alpha Epsilon（简称SAE，是美国最大的大学兄弟会之一）的周末聚会。这是耶鲁最有人气的兄弟会，要想参加派对，必须有会内的"兄弟"邀请才能入内。

虽然不是SAE的成员，但作为Charles的朋友，我受到了别样欢迎。兄弟们挨个过来和我谈天，带着我玩五花八门的drinking game（饮酒游戏）。酒量不错的我被热情的兄弟会男生们连灌十多杯烈性酒饮料后，开始脚踩棉花了。

午夜零点刚过，旁边姐妹会的一群喝得微醺的辣妹驾到，引爆了当晚派对的高潮。大家咋呼着准备玩一轮大型"beer pong"（"啤酒乒乓"，美国大学里最令人热血沸腾的饮酒游戏），把所有酒喝干。

一个已经喝成猴屁股脸的兄弟吆喝着让我和Charles加入"战斗"时，Charles突然大手一拦。

"Brandon，别让Leo喝了。我们该告辞了。"

"Come on Charles，才十二点多，好几天没见你了，干吗这么早走？"红脸兄弟不解地问道。旁边几个五官精致身材惹火的女生听到Charles要走，顿时满脸遗憾。她们来SAE的派对，多半是为了和耶鲁第一校草聊上一句吧。

"Leo和我正在完成一个健身计划，明早得早起。今天很尽兴了，但再喝，明天恐怕就起不来啦。你们好好玩，have a blast guys（尽情狂欢吧伙计们）。"Charles温和的语气里又分明带着一种不由分说的坚决。

第二天一早，当整个耶鲁都还在酣睡时，Charles和我已经在健身房会合，按计划完成了周六清晨的健身任务。

[①] 兄弟会，"fraternity"，是美国大学里很重要的男生社交团体，成员们以"兄弟"相称，定期举办酒局和派对，增进兄弟情谊，也开展各种跟学习、求职有关的活动。与兄弟会相对的是姐妹会，"sorority"。

"说实话,昨晚派对挺开心的,我其实也挺想多待会儿。但 party 伤身,如果因为通宵狂欢,第二天无法完成运动计划,我想我会十分后悔的。再说,我得对你负责啊。你喝高了我可抬不动你。"Charles 边啃着花生酱面包片边咕哝道。

多亏 Charles 强大的自我约束力,如果他没在场,我也许就会因为不好意思拒绝邀请而玩起 beer pong,继而破天荒地第一次喝高,然后昏睡到周六中午了。

那个学期,Charles 还参选了 Yale College Council President(耶鲁学生会主席),与另外两个候选人竞争"学生首领"的宝座。这可是无比"崇高"的一件事。我也有幸作为朋友加入 Charles 的参选团队,帮他准备竞选纲领、全校拜票。

那一个月,参选团队的成员们边忙学业边协助 Charles 冲刺选举,平均每天睡 5 个小时。而录视频、上辩论、发选文的 Charles,更是忙得应接不暇。即使这样,他依旧一天不差地坚持着我们的健身计划。按他的话说:"我心里有数,自己体能好,完全应付得了所有事。运动不能丢,把强度减轻些就可以了。"

因为有了 Charles 这个从不懈怠的 gym buddy,我的健身取得了前所未有的成效,整个人变得结实强壮了不少。

角色互换的"师生"关系

跟 Charles 认识后的两年里,我一次次被这个男生"震慑"着。除了专注力、执行力和自控力,他身上还有太多优点让我钦佩和自叹不如。

耶鲁有一个著名的评选,叫 The 50 Most Beautiful People on Campus(校园里最美丽的 50 个人),每年都会根据全校民意调查,选出长得最英俊和最漂亮的 50 位学生。一些同学觉得能入选"50 人名单"是一种荣耀，千方百计为自己拉票。

可是Charles，这个女生（和男生）都默认的校草、耶鲁的cover boy，却数次拒绝上榜，即使评选主办人不惜亲自登门，求他"赏脸"。

我问他为什么，Charles笑着说："他们老是抬举我。耶鲁长得好看的人多的是呢。而且上不上榜一点都不重要。"

我想，Charles就是明明可以靠颜值，却非要拼才华的典型代表吧。

经常有大学生朋友问我："Leo，能给我一些建议吗？现在感到好迷茫，不知道未来的路要怎么走。如何规划人生才好呢？"

杨绛先生说，你（年轻人）的问题主要在于读书不多而想得太多。我想把这句话改一下，送给"迷茫"的大学生们：你的问题主要在于做得不多而想得太多。

年轻时规划未来固然重要，但阅历极其有限时，眼界尚窄，因而很难看得很远，不太可能把未来好多年的"路"都想得清楚明白。

这时候，做好眼前事才是最实实在在打消"迷茫"的办法。一些朋友喜欢从青春偶像作家的鸡汤故事中寻找动力和启发，读到动情时甚至潸然泪下。但这样的鸡汤故事读多了，其实是一种精神荼毒。越读反而越没有了动力打拼自己的生活。

对未来最负责任的做法，是用意志力去打败那个软弱和渴望安逸的自己，把当下的事一件件做好。

像Charles这样家境优渥的高富帅都在努力不懈，出身平凡的我们又有什么理由不去摆脱迷茫的多愁善感，好好奋斗呢？

"野"出更广阔的视野

> 旅途中最重要的事不是享受美景和美食,
> 而是通过和当地人交流、碰撞,
> 发现更多匆匆过客所不能体会的美。

在耶鲁读书,绝不是窝在纽黑文小城里待到毕业。如果问我,除了学习以外,读大学时最该做的事是什么?我的回答会是:旅行。世界这么大,如果不在进入社会前多去看看,更待何时呢?

我想,大学时代的旅行,应该野一点、激进一点、独特一点、脱俗一点,绕过妇孺皆知的景区,去一些有了家庭和事业之后可能再也到不了的地方。

大学四年里,我拿着做暑期实习、打校园零工和发表文章赚来的钱,资助自己去全世界穷游。每一次闯荡都是不会再有第二次的学习和冒险。

对我而言,旅途中最重要的事不是享受美景和美食,而是通过和当地人相遇、交流、碰撞,发现买门票逛景点式的旅行压根触及不到的地方和事物。这样的旅行往往能带来更多的不可思议,所以更好玩儿,更刺激。

旅行便会有故事,而这些故事又偏偏不可能都是完美时刻。有些时候,故事中会有更多不可思议甚至令人咋舌的瞬间,下面就分享两个有些"个性"的异国旅行经历。

在东瀛学日语：碰到变态寄宿家庭女主人

大一时的整个暑假我都漂在日本，参加普林斯顿大学主办的中级日语夏季课程，在日本海沿岸小城金泽游学了两个半月。

当时，每个项目学生都被安排和当地 host family（寄宿家庭）同住，这样才能深度融入日式生活，尽量多地练习日文。

我的寄宿家庭是一个普通的四口之家：50 岁的藤井先生，44 岁的藤井太太，5 岁的女儿真步酱和 10 岁的大白猫明子。男主人在当地最大的报社工作，女主人则是自由画家。

第一天见面时，藤井一家请我吃了日式烤肉。我对他们的第一印象很不错：藤井先生内向但友好，喝了清酒以后就爱讲冷笑话；真步酱活泼可爱，眼睛又黑又亮扑闪扑闪的；明子喜欢呼噜着在我腿间蹭个不停；而藤井太太一看就是搞艺术的人，扮相是特酷的一身黑：黑帽子，黑框眼镜，黑色丝巾，黑裙子，黑凉鞋。我想，自己一定能和他们成为好朋友。

住进藤井家的前两周一切都好：白天我上日语课，傍晚下课后和藤井夫妇一起做料理，晚上我们会去天然温泉美美地泡个汤，有时还去看电影、唱卡拉 OK。真步酱很黏人，喜欢坐在我的大腿上让我陪她画画。周末，藤井先生会开车带大家到金泽郊外的山里兜风、打理在那儿的一片菜地。跟他们一起生活，我的日语水平提高神速。

唯一让我感到有些不舒服的是藤井太太。我渐渐发现，她会在我不注意的时候略含微笑地注视我，有时还会喃喃自语些我听不懂的东西。

"画家都有些古灵精怪的小个性吧。"我这么给自己解释，并没太往心里去。

然而，藤井太太的异样在接下去的两周越发明显，到了我再也不能无视的地步。那段时间藤井先生牵头一个大项目,每天晚上加班到深夜。家里就只剩下女主人、小女儿、猫和我。

做料理时,藤井太太会端着相机对着我拍个不停,边拍边发出令我百思不得其解的诡异笑声。吃饭时她一定会喝酒。微醺后就会重复说两句话:"要是我再年轻点,你会不会让我做你的女朋友啊?Leo君能不能等真步酱长大以后,娶了她呀?"

我强迫自己认为她是酒后失态,总想呵呵着破除尴尬,但屡屡无果。藤井太太得寸进尺,挨着我坐下,要么摸我头发,要么揉我肩膀,嘴里嘟囔着似日语非日语的话。我只能推开她,说句 Shitsureishimasu(日语的"失礼了"),然后躲进房间学习。

难不成,自己遇到了传说中的性骚扰?

一天半夜三点,我被枕边的轻微晃动弄醒了。揉一揉惺忪的睡眼,我定睛一看——好家伙,我旁边竟然躺着一个人,正是藤井太太!她未经我允许就破门而入,还睡到我的榻榻米上了!

我至今难忘她当时的模样:眯缝着眼睛,披头散发,嘴角还是挂着那种诡异的微笑。我毛骨悚然,朝她大喝:"藤井太太,你为什么会到我房间!请你立刻出去!"

我的喊声吵醒了藤井先生,他赶忙跑过来,边朝我连声道歉,边抱走了神经兮兮的藤井太太。我至今不知道她当时是醒着的,还是在梦游。

第二天早饭时间,藤井太太没从卧室里出来。藤井先生继续不迭地向我说对不起,却对妻子的奇怪举止三缄其口。我再也无法忍受这一切诡异,上课前果断地找到项目主任,以"遭遇女主人性骚扰"为由,请求更换寄宿家庭。

这是项目头一次接到学生投诉性骚扰,大家在震惊之余高度重视,当天下午就特派了两位项目辅导员,把我"平安无事"地接出了奇葩的藤井家。我收拾行李时,藤井太太变得更加匪夷所思。她倚在我的房间门口，大笑着叽里咕噜道："你走吧，走了你会后悔的。你走吧，都走吧。"

从那以后，我再也没和藤井一家有过联系。我想，如果当时因为怕麻烦或难为情，忍气吞声任由藤井太太继续"变态"下去，那么也许后果将不堪设想。所以年轻人，尤其是女生在国外游学时，绝对不能随便放松警惕；一定要时刻保护好自己，遇到不对劲的事情就及时求援，万万不可在异乡被占了便宜。

在印度贫民窟：普及安全性知识，教当地妇女"防狼"

大二春假，我和其他十多位耶鲁学生一起踏上了 Reach Out Yale（耶鲁最大的学生公益旅行组织）组织的印度公益旅行。此行的主要目的是深入当地贫民窟，为那里的孩子组建英文图书角、向成年人普及性知识。

我是整个团队最小、最没经验的成员——年方十九，单身，未尝人间烟火。想到接下去要向印度的父老乡亲们传授我也感到陌生的知识，不由得小忐忑、小兴奋。

在印度古堡前搭起人肉金字塔

去印度之前，团员们你一言我一语讨论过该如何在那儿避免食物中毒。

"贫民窟的脏乱差是无法想象、不可忍受的。我们要想 stay safe（保证安全），最好买矿泉水漱口，杜绝一切路边摊小吃。"

"哦，对了，跟当地人握手拥抱以后，最好用免水洗手液消消毒……"

我的这帮美国同学习惯了干净的生活环境，对马上要深入的第三世界国家心存戒备。

到孟买后，我们直奔达哈维贫民窟。那是亚洲最大的贫民窟，也是电影《贫民窟的百万富翁》的取景地。

达哈维确实脏而破败。1.75平方公里的天地里生活着上百万居民。如小山高的垃圾堆随处可见，臭气熏天。条件虽差，人们却生活得怡然自得：孩子们赤着小脚满地嬉戏，妇女们在家门口的橡胶水管旁洗发梳妆，男人们则光着上身聚在一起打牌谈天。

我们的向导、孟买"妇女希望"组织的发起人拉什娜女士用印地语跟大家寒暄，说明我们的来历。人们纷纷投来友好的微笑，就连老太太都倚在门口眯着笑眼打量我们。

一个卖印度酸奶的老伯热情地从大盆里舀出十几杯酸奶免费送给我们。苍蝇在四周嗡嗡转悠；盛酸奶时，他黝黑的大拇指几次不小心伸进了盆里。可我们还是一边说着谢谢一边接过了酸奶杯，毫不迟疑地品尝起来。也许是被贫民窟居民们的好客和单纯感化了，大家把之前的嫌弃和防备心全都抛到了九霄云外。

当天下午，我们的"安全性教育系列课堂"在贫民窟小广场拉开帷幕，吸引了上百个居民来听课。第一个环节是演示安全套的使用方法。不用说贫民窟的男男女女，我这个门外汉都脸红心跳。

教学方法十分直白：我们带来从耶鲁健康中心领到的数千枚安全

Two

耶鲁卫冕：闯出更好的自己

套，又提前在市场上买好几大筐香蕉，每个队员领十根，一根自己用于演示，九根分给各自面前的居民们用于练习。

此行队长大四学生 Jennifer 是主讲人，拉什娜当翻译。

"朋友们好！今天，请允许我们向大家演示安全套的正确用法。不要小看这个玩意儿，它对防止性传播疾病和意外怀孕有着重要作用。首先，请大家捏一捏手中的安全套，感受一下它的材质……" Jennifer 用她耶鲁合唱团领唱的好嗓音，大气非凡地做着开场白。

拉什娜开始翻译的时候，我感到所有人的脸都唰地红了起来。妇女们害羞得捂住了嘴，而男子们则忍着笑低下头。但令我们欣慰的是，没有人把这堂课看成见不得人的事情，也没有人中途离开。在保守的印度贫民窟，不得不说这是一个伟大的成就。

你能想象当时的奇景吗？蓝天下，上百个印度居民人手一根香蕉和安全套，在十几个美国大学生的引导下，一步步学会如何安全健康地 have sex（性行为），一切看上去都是如此和谐。

安全套环节还只是"前菜"，随后是更带感的妇女防身术课。我们请所有男居民离场，只让女人们留下学大招。拉什娜和"妇女希望"组织的几名女大学生志愿者是这堂课的主讲人。

"姐妹们，不要再软弱！我们要为了自己的安全和尊严而战！"拉什娜以慷慨激昂的语调开场。在印度贫民社区，妇女遭陌生人性侵的事件屡有发生，一直是印度国内最严峻的社会问题之一。

"劳烦几位耶鲁的男生到广场中间来。我们现在教大家遇到流氓时该如何应对。"

等等？我们前一秒不还是一伙儿的吗？拉什娜你们这是要把所有男生当成色狼道具吗？情何以堪啊。

"求手下留情……"我们几个男生纵使一百个不情愿，但为了逼真的演示效果，也只能咬咬牙配合做一回流氓了。

最享受开着车驶进未知的天地去"野"

Two

拉什娜继续讲解:"大家看,假设这几个坏蛋想正面袭击,你们不用慌张。首先要用小臂顶住他们的脖子,就像这样——"

和我搭伙演示的女志愿者十分配合地用胳膊挡住了我的脖子,一点也不手软。我的喉结被压得生疼。

"随后,另一只手猛击流氓的裆部,力气越大越好。"

谢天谢地,这个动作不是动真格。女志愿者把手放到我的裆前,示意性地挥了几个空拳,然后略带抱歉地朝我笑了笑。

"与此同时,用你的脚勾住流氓的小腿根部,将其绊倒……"

拉什娜话音未落,我一米八多的高大身躯就已经壮烈倒下。再抬眼时,我发现所有男生都被女中豪杰们制伏了,倒地时掀起的尘土在空中飞扬。

妇女们拍手叫绝,跃跃欲试。

"色狼"的使命并没到此为止。接下去十多分钟,我们几个男生继续被当成妇女学生们练习防身术的靶子。

"哎哟,我了个去,力气好大。"

"抱歉,可不可以轻点。"

"慢点好吗,真疼……"

我们的哀号在半空中回响。女人们入戏太深,大概真的把我们当成坏蛋流氓了。

好在我知道,这些跤不是白摔的;这堂防身术课虽然只能教会几十个妇女如何防身,但我们都相信总有一天,印度贫民社区妇女的安全会得到更有力的保证。

当晚我们准备收工回酒店时,被几位跑过来的妇女拦住了。哦,都是性教育课上的学员。她们每人手上提着一个小篮子,里面装着煮鸡蛋、馕、烤鸡肉和煮豆子等印度食物,热腾腾的。

领头的大妈说:"谢谢你们来达哈维讲课。今天学到了很多。尤其辛苦几个小伙子了。我们没什么好东西,只能给你们准备些吃的,请收下。"

下午上课时"凶神恶煞"地瞪过我们的几个妇女,此时都挂着满脸的歉意和感激,坚持让我们收下她们的好意。

折腾了一整天,我们确实饿了。大家收下食物,一上车就狼吞虎咽起来。

结果,白天的路边酸奶没把我们放倒,阿姨们的爱心料理却让全队几乎所有人都"华丽丽"地食物中毒了。也许,不上吐下泻一次,就不算到过印度吧。

和小伙伴们在新疆赛里木湖畔奔跑

把进投行定为本科毕业后的第一步

> 无论你的理想是什么,
> 对于职业规划,
> 一定要从全方位考量。

转眼升入大三,我要开始规划毕业后的生活了。

在这件事上,我没走捷径,也不觉得有捷径可走。我认为唯一靠谱的方式,就是了解不同选项,结合自身情况做排除法,最终敲定适合自己的那条路。

耶鲁本科生毕业后选择非常多,但半数以上的学生会这么走:

继续读书,进入管理咨询业(management consulting,以麦肯锡、贝恩、波士顿咨询公司为代表)、试水金融行业(会计师事务所、私募/风险投资、投行)、投身公益和非政府组织,或者开始创业。

对这些选项,我一一代入自己的情况作了思考:

继续读书? No. 从小学到大学已经在校园里待了 16 年,我不想再把自己局限在象牙塔里一心只读圣贤书了。作为男生,我相信自己要去社会这所更丰富的大学里闯上一闯了。更何况,我并没把教书和学术研究作为人生大方向,读完本科以后马上攻硕士博士,对我而言并不必要。

去做管理咨询？No. 管理咨询师恐怕是这个世界上出差最频繁的一群人了。我热爱旅行，可如果让我每天都为了工作满世界飞，我受不了。

公益和非政府组织呢？No. 从小到大我参加了很多公益和志愿者活动，也非常享受帮助他人、为社区建设出力的感觉。可是，我一个青葱的大学毕业生能在 NGO 里有多大作为和影响力呢？我经历尚浅，也没有资源，所以本科毕业后并不是把公益作为事业的最好时机。我更希望在有了一定事业基础后再进入公益领域。

创业？No. 我坚信创业不是凭一时心血来潮就能玩的事儿。当时我并没有足够好的创业点子，也没有给力而默契的合作伙伴，所以创业并不切实际。

金融行业成了一众选择中最合适的那一个。但下结论之前，我还是仔细对比了这个行业里的不同"工种"：

会计师事务所？No. 虽然从小就喜欢数学，对数字也敏感，但如果让我成天伏案和各种公司的财务报表打交道，我会疯了的。

私募/风险投资？Not now. 我对投资感兴趣，将来有一天也很可能会进入风险投资领域，但我觉得本科毕业后就搞投资还不是时候。一来我在金融方面的基本功还很弱，对各种实体行业了解也有限，二来我没有人脉，而投资却是一门 people business，不认识人有时就意味着壁垒。

排除了这些选项后还剩下一个：投资银行（investment bank）。

投资银行虽然叫"银行"，但绝不是工农建交那样让人存款理财的商业银行。把投行叫作金融咨询/证券公司，或许会更恰当。投行的主要职责之一，是为企业提供金融咨询服务，协助其融资，也就是帮着"找钱"。融资方式很多，比如发行股票、债券，又比如兼并和

Two

耶鲁卫冕：闯出更好的自己

收购其他公司。

投行工作既需要扎实的金融分析技能，又需要大量与人打交道，可以说是"软硬兼备"的一种工作。这恰恰符合我对毕业后第一份工作风格的要求。

选择投资银行，简而言之有这几个重要原因：

耶鲁的经济学专业偏理论，涉及金融、财会等实际应用方面的东西并不多。投行工作能教会我很多在学校学得很浅或压根没碰过的知识，比如搭建盈利预测模型。无论未来是否在投行走下去，这些金融实战技能都会让我一直受益。

早就听闻投行工作很累，熬夜是家常便饭。但我偏偏想进投行"自虐"一下，因为我要知道这号称世界上最苦的工作，到底能有多苦。我想在投行里摔打一下，让自己变得更 tough（坚强）。年轻时吃点苦，总比老了再拼要明智吧？

投行吸引我的另一点，是投行的人。没有一个投行员工不是过五关斩六将脱颖而出的，他们大多是顶尖大学里最出众的一群人。我想让自己一直在一个优秀的环境里和优秀的人共事、交友。我不太喜欢"精英"这个词，但在投行"精英"圈里开始职业生涯，我相信自己能成长得更快。

当然，我承认自己被投行的高薪吸引。坦率地说，我需要钱。作为单亲家庭的独生子，我应该尽早挑起大梁，不但要经济独立，还得多创收、不让妈妈再吃任何苦。"在投行赚到第一桶金"这种说法可能有些夸张，但投行确实能帮我实现一点原始积累。

还有一个考量我不想否认。高盛、摩根士丹利、摩根大通这样的世界顶级投行，确实具有强大的品牌影响力。说得再直白一些，耶鲁之后，我需要另一个标签来丰富自己的简历。这么说可能很"功利"，但这个世界经常是现实而功利的，你可以清高地怒骂，但在奋斗伊始，你也许只能选择接受。当你还年轻、还一无所有时,唯有尽己所能增加自己的竞争力和闪光点,才能争取到更高平台、更多机遇。

高盛公司 2013 届新晋 Analyst 李同学

应聘投行实习的两大经验分享

> 马云说：在一个聪明人满街乱窜的年代，
> 稀缺的恰恰不是聪明，而是一心一意，
> 孤注一掷，一条心，一根筋。

　　大三时我顺利拿到了高盛投资银行部的暑期实习 Offer。很多同学发私信"求经验"。我认为，应聘是一个 highly individualized（高度个人化）的过程——每个人会遇到不同情况，碰到不同面试官，被问到不同问题，拿到不同 Offer。所以在这里，我只想言简意赅地分享两点最重要的经验，希望不只对投行申请大军有帮助。

把最想去的那家公司研究透

　　面试时你一定会被问到一个问题：为什么要应聘××公司？这是个不容易出彩但也不至于让你丢分的普通问题，你能做的不仅仅是回答这个问题。

　　有时候面试就像相亲，如果你在和面试官对话全程中，都能表露出自己对这家公司的了解和热爱，那你就可能给面试官留下深刻印象，为自己加分。

我当时的首选是高盛。大多数应聘者会通过宣讲会和官网信息了解一家公司，但我不允许自己到此为止。我要比别人多做一点、更进一步，把高盛投行业务研究透彻。

怎么做？读书。面试前两周的课外阅读时间，我都拿来读跟高盛有关的书，前后啃了三四本，比如《高盛帝国》《解读高盛》，中文书英文书都读。

高盛最后一轮面试时，一位董事总经理照例问我"为什么选择高盛"？我从早就烂熟于心的"三段论"标准回答开始，引申到书里读到的高盛进入中国市场的故事、高盛为何被一些媒体称作"吸血乌贼"，以及保尔森（高盛前高管）从公司离开后担任美联储主席的故事。我不只是阐述事实，更把这些事实结合自己的情况进行表述，"趁机"突出个人亮点以及对高盛的认同。这位面试官全程"赞叹脸"，末了只对我说了一句话："Leo，你太厉害了，你对高盛的了解胜过公司绝大多数员工。如果不让你来我们这儿实习，我会觉得不可思议。"

对一个公司的透彻了解，绝不仅是显示你的渊博知识，更能给面试官其他积极暗示：A. 这个学生对我们公司是真爱；B. 爱读书、好学；C. 思维逻辑和语言表述能力很强……

"骚扰"有经验的前辈

这条建议并没什么新意，但还是要跟大家强调：这么做，真的很有帮助！

Thank Yale，这所大学在华尔街有成百上千位校友，我也在备战面试时得以获得数位校友的点拨。

不过校友们日理万机，几乎不可能主动帮你。要想让他们指导，还得自己积极联系和出击。

Two

耶鲁卫冕：闯出更好的自己

当时，我首先从耶鲁学生职业辅导中心要到了华尔街校友的联系表，再从几百人里筛选出了 5 位校友：他们正在高盛投行部工作，从耶鲁毕业不超过三年（最了解分析师的工作；职位还不高，最容易联系上）。

我仔细写好一封邮件：

尊敬的 xx：

您好！我从耶鲁学生职业辅导中心副主任 yy 女士处获得了您的联系方式。希望这封邮件并没有给您带去太多打扰。

我叫 Leo Li，目前是耶鲁大学大三学生，经济学专业。我正在申请明年夏天的投资银行实习。我了解您目前任职于高盛纽约总部。不知您能否在本周方便时抽出 10 分钟时间，让我与您通一次电话？我有几个问题，希望能获得您的指导。

非常感谢。

祝好

Leo

然后，我将邮件"群发"给了 5 位校友，最终有 4 位爽快答应通话。

打电话时，我把提前准备好的问题表放在面前，逐一询问，大到不同轮次面试的问题难度、如何应对风格各异的面试官，小到着装的颜色选择、提前几分钟到面试室外等候等。

每次电话取经都让我醍醐灌顶，也使我对即将开始的面试更有底气。

还有个"小聪明"可以一要。每次面试时，我一定会提及曾经联络过的几位校友。

"您知道吗，我前几天和 xx、yy、zz 通了电话。他们也是耶鲁毕业的,我们还一起上过课。感谢他们和我分享了很多高盛工作的趣事,帮我加深了对公司的了解,也让我更憧憬在这儿实习了……"

每每这么说,面试官都会很受用地微笑和点头。记得有一位面试官还开心地大笑:"啊,Michael是我的兵呢。我们在一个项目上,他特别好,工作很卖力。你们认识啊……"

所以,跟前辈校友联络,不但可以向他们取经,还能很自然地拉近与面试官的距离,增加友情分。

怎样优质度过大学四年

> 马基雅维利说：
> 目的总能证明手段是正确的。

大学四年，刨除寒暑假和各种长短假双休日，满打满算1000天，稍纵即逝。从18岁到22岁的四年只有一次，是一个人一生中最不能辜负和浪费的四年。

大学四年，每年都该有一个不同的过法，才能最大化这四年里的收获。结合在耶鲁的经历与体验，我把自己的想法放在这里，希望能让即将踏入大学的同学们参考。

大一

关键词：新鲜，试错，"野"

刚进大学时，每个人都带着一些孩子气，一股愣劲儿，一种初生牛犊的"二"。

当时浑然不觉，但如今看到大一照片里那个留着板寸头咧嘴大笑的自己，翻出当年在Facebook等社交网站上泛着傻气的帖子和留言，忆起自己刚入校园时的一些幼稚无畏的想法，我深感：哦，那个从高中鲤鱼跳龙门进了耶鲁的18岁男孩,当年实在是个愣头青啊。

大一生,与其说是青年大学生,不如说是换了地方上学的高四老孩子。

大学伊始,一切都新鲜而神奇。十八九的大一生,有最多权利去探索大学这个美丽新世界。

大一这年,你一定要 stay hungry, stay foolish(保持饥饿,保持愚蠢——出自苹果创始人乔布斯的一次演讲)。正因为你是一张白纸,你才不该有什么顾忌和犹豫。任何在纸上画的图案或形状都会给白纸增色。

大一这年,你要敢于试错。实际上大一时不存在什么"错误",因为一切都刚开始,充满着未知。除非你对某件事/某个职业有100%的热爱和确定,否则就不要过早把自己框定下来。"我一定读经济学专业""我将来会当医生""我准备毕业后回老家工作,在父母身边生活"——这些结论,留到大一之后再做也不迟,不要早早把自己箍死在一个狭小的范围里。

在大一这年尝试不同的课程、课外活动、专业(在美国等西方国家留学的同学大一不需要确定专业),接触不同的人,这么做并没有天大的成本、代价和风险;相反,不同的尝试会帮你发现自己最擅长和享受的事,找到同自己最契合的朋友。

大一刚开始不久,我和几个好友在草坪上天马行空侃大山。聊了什么东西,七年后已经不太能记起;唯一印象深刻的是包括我在内的五个人,只有一人最终学了她当时说的专业。

耶鲁每学期初都要组织一场盛大的 extracurricular activity bazaar ("课外活动大巴扎"),几百个学生社团会在中心校园吆喝与纳新。大一时,我从大巴扎上拿回了几十个社团的宣传卡片,从正统而"高贵"的耶鲁国际关系协会到稀奇古怪的"爬虫鉴赏社"都有。我试着参加了其中十多个社团的活动，并最终加入了三个最匹配自己兴趣和能力的社团：Reach Out 公益组织，The Pentatonic 无伴奏小合唱团和耶鲁模拟联合国协会。如果在大巴扎上思前想后，不敢放开手脚报名和尝试，我很可能会和一些影响了我大学四年的课外活动失之交臂。

大一时，我逼着自己跳出舒适区，特别 open 地去交朋友：住同一层楼的，上同一门课的，在图书馆书架拐角处邂逅的，在周末清晨一起练越野跑的，在食堂一起流着口水抢烤龙虾的……跟不同背景和性格的同学交流，让我学习到各种文化习俗、领略到各异的价值观。虽然跟他们中的很多人最终仅成了点头微笑之交，甚至忘了对方姓甚名谁，但大学里最铁的几个朋友，却也大都始于大一的那一声 nice to meet you。

所以，大一完全可以"心在野"，学得野，玩得野。哪怕出了糗露了怯犯了错走了弯路，你大可一笑而过——只是一个"乳臭未干"的大孩子，学识经验尚浅。更何况一路"野"过来，你一定会惊喜不断。

大一生，自由尝试和探索去吧。

大二

关键词：转型，打基本功

大二生迈进了 20 岁门槛，有些同学开始自嘲"老了""开始奔三了"。

实际上，大二确实有和大一不一样的过法。

对大多数同学来说，我相信大二是潜心积淀与思考的一年，是打牢基本功的一年。只有在大二"厚积"好，大三和大四时才能"薄发"。

首先大二生们得开始从心态上给自己"断奶"了。你得清楚，大二过完意味着大学旅程过半，在来到 50% 进度点之前，你如果仍把自己当成没玩够的大小孩，只会浪费很多提高自己内功的机会。

此时的你，真的要变成一个大人了。大一时你还能跟父母撒撒娇、时不时地偷懒或贪玩，大二时则必须对自己"强硬而严格"起来，不给自己留太多余地和借口。

相对于大一时"自由探索、广泛撒网"的策略，大二时应该"有所取舍，抓准重点"。人的时间精力有限，面面俱到的结果是什么都做不好、做不精。

学业：国内同学们的专业课在这一年难度更大，但难度大不代表拿好成绩的机会会变低。课业难是对所有人而言的。你需要更潜心地把专业课，尤其是可能直接关联到未来职业的那几门课修好。

对于在美国留学的同学来说，大二下学期需要确定专业（declare your major）。选专业是大学阶段最重要的决定之一，不能怠慢。

大二上学期开始前，你就应该谨慎思考最想读的专业都有哪些（如果已经心有所属，可以省略这个步骤）。假设有三个专业在你的考虑范围内，你应该仔细了解这些专业在学分、课程、论文、考试等方面的具体要求，最好还能读读几位主要教授的简历。

上学期开学后的选课期间，你应该跟这几个人谈谈待选专业：你的学术辅导老师（faculty advisor）、每个专业的 1 至 2 位教授，每个专业的 1 至 2 位大三/大四学长，以及你的父母。结合他们的建议，你应该能做排除法，将范围缩减到 1 至 2 个专业。

随后，仔细选课。我建议你选择一门难度较低的和一门难度很大的专业课，测量一下自己的水平——毕竟我们还是得考虑学分成绩，如果难度大的课上得很痛苦，就可能直接影响到成绩。如果拿不到好成绩，这个专业学起来就容易有挫败感，学分成绩不好还会影响到之后的求职或考研。

你还可以这么选择：你会很感兴趣的一门课，和你会倍感无聊的

Two

一门课。上这两门课,评估一下这个专业能"好玩"到哪里,又能"枯燥"到哪里。毕竟你要和一个专业亲密无间两到三年,除了就业前景等实际考量,你最好得享受学这个专业的过程。

课外活动与实习 / 兼职:大一时什么都能"玩上一把",大二时必须做减法,从你的日程表上削减、删除几项"不那么重要"的课外活动。

每个人对"不那么重要"有不同的定义。我在筛选"不那么重要"的活动时,一般会问自己三个问题:是否还有兴趣继续?是否从中学到了很多?是否觉得这项活动对未来几年的学业 / 职业规划有一点帮助?第三个问题听上去挺功利,但对每一分钟时间都很珍贵的大二生来说,我认为必不可少。

一些同学可能开始发奋"求职",他们想抓住一切机会积攒实习和兼职经历:无论是学校里的零工,还是各类公司 / 组织的实习生招募,他们都想"凑个热闹",给简历再添一个砝码。

我想说:且慢。大二还不是削尖了脑袋找实习的时候。想体验职场?不急。大三有的是你"卖苦力"的机会。

大二是打好学业基础的关键一年,与其去小单位发传单赚几百块钱,不如塌下心来多和教授切磋交流、多读几本跟专业有关的好书。当知识储备和心智修养都还肤浅时,大二学生很难找到"高级"实习。"高级"的意思是有难度和挑战,还要有一点名气和影响力的实习项目。比如,华尔街几大投资银行和Google、Facebook等科技巨头的夏季实习生项目,就基本只招收大三升大四的学生。

总之,大二确实比大一"难"一些,因为你要开始正儿八经为自己奋斗了。英语里有个词,叫"sophomore slump",中文翻译成"大二生症候群",说的是一些大二生会变得低落而萎靡,因为自己不再是最受宠爱和无忧无虑的"大一小孩"了,而同时也不是拿到全职/实习邀约或硕士项目录取的高年级"人生赢家"们。他们一时找不到自己的位置,状态全无,玩不好,更学不好。

但避免 sophomore slump 并不难。接受大二这一年"高不成低不就"的事实,清楚大二这一年"努力转型,稳打基础"的任务,一步步耐心地往前走,你不会在自己大二那年留下遗憾。

耶鲁图书馆前的"临时抱佛脚"

大三

关键词:成熟期,做决定,吃点苦

大三是大学下半场的开始,大三生开始逐渐习惯被唤作"师兄师姐",而他们也确实要进入厚积薄发的冲刺阶段了。

Two

很多同学觉得大四才是确定毕业后方向的最关键一年，是黎明前的黑暗。但我认为，大事应该赶早不赶晚，求职和考学的筹备一定要在大三这年启动。

相对大一的无忧无虑和大二的逐渐转型，大三确实是吃苦的一年。这一年你要啃掉更多的文章，写更长的论文，做更复杂的习题，而这还只是课业方面的难度升级。给人带来更大压力的，是对毕业后的思考与准备。

你最好是一个成熟理性而有条理的大三生。除继续学好专业课，你应该有条不紊地过完这一年。

首先，你要当自己的决策者，想清楚毕业后第一步要往哪走、怎么走：是继续学习（留学或国内考研），还是踏入职场？

如果选择出国深造，你一定要通过数项留学考试，比如，托福、GRE、GMAT。对大多数同学而言，这些考试不会是小菜一碟。如果把复习备考都放在大四，则很可能因时间紧张而颇感狼狈，所以大三就要一鼓作气完成。第一次分数不行也没关系，还有充足时间再战甚至三战。完成留学考试只是最基本的步骤，你还需要继续研究学校、选择待申专业与项目、准备简历、文书，甚至提前联系目标学校的教授（俗称"套磁"）。如此繁多的任务，能在大三做完的就尽量不拖到大四。

如果决定在国内读研，虽然通常得大四上学期才参加考试，但大三启动复习绝对不早。

如果想毕业后先工作，千万不能等到大四才开始投简历。很多良机其实在大三时已经出现。美国大学的大三生通常在第一学期的10月、11月便开始申请来年的暑期实习，在年底或寒假后开始笔试和面试。如果一切顺利，在春暖花开甚至更早时就会收到Offer。

我的大三"求职"一瞥：大三上学期的 11 月中旬前，我在网上提交了三家投行的暑期实习申请：高盛、摩根士丹利和摩根大通。11 月底我在新奥尔良度感恩节假期时，便收到了摩根士丹利的第一轮电话面试邀请。随后，来自三家投行的香港、北京、新加坡和纽约办公室的面试邀请噼里啪啦到来。12 月到 1 月初，我完成了五门期末考试，从美国飞回国内度寒假，还做了十多个电话、视频或华尔街现场面试，现在回想起来才感疯狂。

1 月中旬，我被邀请参加所有三家投行在纽约总部的终轮面试。还记得 1 月 14 日先去高盛面试，15 日上午摩根士丹利，下午摩根大通，面试日程之密集颇有点战场的架势。

幸运的是，我在第一天的高盛面试中发挥不错，下午便接到电话告知我被录用了。因为高盛是华尔街最出色的投行，还是我的第一选择，我便礼貌地取消了第二天两家投行的所有面试。

从 6 月底到 8 月底的十周里，我在高盛大中华总部的北京办公室卖力工作，获得高评分，大四开学伊始便接到了全职录用通知，俗称"return offer"。

从大三上学期开始申请实习到暑假过后拿到工作 offer，我一共参加校园招聘宣讲会 5 场，往返纽约华尔街 6 次，自习金融与投行讲义 30 小时，面试 20 次（相信我，这在大三求职党里算少的），实习期间参加 IPO 项目 2 个，熬通宵 5 次，平均每天睡眠 5 小时。

确实是挺苦，但当时却深感忙得有奔头，忙得神清气爽。

如果想尽早"解放"，把大四生活过得从容多彩，大三做好规划、吃点苦头就是必要条件。

大四

关键词：先苦后甜，收获季，再次"心在野"

Two

耶鲁卫冕：闯出更好的自己

如果你认同我"吃苦在大三"的建议，那么你的大四将少很多迷茫、抓狂和狼狈。

当然，大四的开场往往也是黎明前的黑暗。上学期，因为被各种 deadline "催命"而带来的压力，你可能会分泌四年里最多的肾上腺素。赶赴一场场全职工作面试，递交硕士/博士项目入学申请，这些都会让你感到很累甚至很孤独。此时，最重要的是相信自己——你打的是一场有准备的仗，因为在大三时你就开始规划毕业后的生活了。

在黎明前的黑暗里前行，你需要的是咬牙咬牙再咬牙，意念强大的同时也要加倍注意身体。有机会休息的时候就果断关灯睡一觉，能多吃蔬菜水果的时候就逼自己多吃些，以补充维生素。

等待应聘和考学结果的过程经常很煎熬，很考验人。我的数位耶鲁同学在拿到大 Offer 之前，被若干家公司/学校爽拒。面对拒信千万不要马上泄气，而是要相信好事多磨，最好的在后面等着你呢。

大四第二学期，你可能会分泌四年里最多的多巴胺——拿到那个期盼已久的 Offer，上完最后一堂课，交完最后一次作业，写完最后一篇论文，做完最后一次答辩等一个个"最后"都会给你带来无与伦比的轻松愉悦。

终于解放了！和大学说再见前，你一定别留下什么遗憾。没有了求职升学的负担，你可以找回大一入校时的新鲜与酣畅，再次"心在野"。

毕业前，可以怎么"野"呢？下面是我或我的耶鲁好友们毕业前做过的好玩事儿，仅供参考。

和一帮最铁的朋友出去疯玩一次，来场说走就走的旅行。不要去太大众的景区，而是选一些毕业后很可能没机会再去的"秘境"探一次险（我组了一个五人小分队去墨西哥中部探寻玛雅帝国金字塔遗址）。

旁听一节感兴趣但一直没机会上的课。这堂课与专业、学分、成绩、求职等一切"功利"考量都无关。就是纯喜欢、纯好奇（我旁听了一堂专讲恐龙繁衍和迁徙的生物课）。

去从没去过的 party，毕业前认识些新朋友。这个 party 是对你有神秘感，甚至会让你脸红心跳的活动（我毕业前去"foam party"上玩了一把——派对上大家衣着清凉，很多人会穿泳装，整个派对房间充满肥皂泡泡）。

跟暗恋的人大胆表白一次。毕业后大家各奔东西，有的甚至一辈子不会再见第二面。此时表白的成本最低，收益却可能最高，因为被你表白的对象也可能刚好喜欢你呢！我的几位耶鲁哥们儿尝试了此事，表白的结果格外可喜——有三人表白成功，有两对至今在一起，其中一对刚刚订婚。所以，毕业季无爱情、毕业即分手的说法并不永远成立。

除了这些好玩事，还有一件事你一定不要忘了——看书。我想，毕业前的一段时间是最适合看书充电的一段日子了。没了学业压力，也尚未开始下一段旅程，你应该让好书填充这段难得的空闲时间。毕业前，我从亚马逊上买了十多本好书，一本本津津有味读过的感觉，就一个字：爽。

1
····
2

1. 耶鲁毕业当天的回忆
2. 和耶鲁旅行协会"管理层"在图书馆前的 Jump！

美国大学十大"听说"的真相

> 美国大学可不是你以为的美国大学，
> 也许，它古板得可爱；
> 也许，它疯狂得别样。

这几年，越来越多的高中生希望到美国读本科。关于太平洋另一头的校园生活，我听到过这样那样的说法，有对有错。这篇文章挑出了其中的10个，让我结合自己在耶鲁的经历告诉你"事情的真相"。值得所有想考美国大学的同学一读。

学习篇

➤ 听说美国大学上课时记出勤，如果老翘课会死翘翘

基本正确，特别是以常春藤联盟为代表的顶尖大学。

美国大学多 seminar——研讨型小班课堂，每门这样的课通常只有10个上下的学生和1位教授、1位或若干位助教（大多是本校的研究生或博士生）。每次上课，大家都会围坐在一张圆桌旁，你一言我一语地讨论，有时简直像朋友聚会——只是气氛还没那么轻松罢了。

试想，这样的小班课如果老是有学生缺席，该多尴尬啊。教授都

找不到"聊伴"，根本没法把课堂讨论进行下去。所以，小班课的期末成绩里通常包括一定比重的"class attendance and participation（出勤与课堂表现）"，我在耶鲁上的几门 seminar 甚至给这一项分配了 30%-40% 的比重。换句话说，如果你老翘课，这 30% 到 40% 的分数就悬了，你的期末成绩也就"危在旦夕"了。

在耶鲁等大学，动辄两三百人的大课大多也有出勤要求，只是方法略有不同——每门大课除了由教授主讲的课时外，还有由助教组织的、通常每周一次的 section（小班讨论）。section 和 seminar 很像，以讨论当周上课内容和课后作业为主。Section attendance and participation 通常占期末成绩的 10%—20%。所以，如果你想拿 A，缺席 section 也是万万不可的，翘两次可能成绩就掉到 B+ 了。记得大三时，有次因赶去纽约华尔街面试而被迫要错过一次 section，我还是提前一周就跟助教发邮件请假外加示好，才勉强得到他的缺席许可的。

大二时接待一个清华学生代表团，聊到各自学校的课程设置。我说，耶鲁学生一学期通常上 4 至 5 门课，上 6 门课的人凤毛麟角，还需提前拿教务主任的许可才行。几位清华同学颇感差异："你们上的课好少啊。在国内，一学期上八九门课都很正常。"

这确实是国内和美国大学教学风格的不同。如果耶鲁的每门课都没那么多课时、那么严苛的出勤要求和那么大的作业量，哥也想一学期飙 10 门课试试啊！

➤听说美国大学本科阶段可选的学科专业比国内少

基本如此。

相比于国内本科专业的"五彩缤纷"，美国大学本科阶段的专业数量真不多。

以耶鲁为例，Yale College（耶鲁本科生院）一共只有 40 多个专业。

颇令人不可思议的是，国内大学里最受欢迎的金融学、会计学、法学、医学等专业，在耶鲁本科都没有。哈佛、普林斯顿等许多美国顶尖大学也是如此。是不是挺诡异的？

实际上，许多美国大学奉行的是"liberal arts education"（中文译作"博雅教育"或"通识教育"），视本科为打牢学术基础的阶段，相较于传授学生某个职业技能，美国大学更重视培养学生的综合能力，比如批判性思维、写作能力、逻辑分析和数理能力。而很多专业性强的学科，一般就放到研究生和博士阶段了。

所以，如果你说"我想到美国读医学／法学本科"，那多半是实现不了的。你可以在本科时读生物学或化学这两个基础科学专业（教授了医学院硕／博士项目所必需的初级知识）、政治科学、历史或国际关系专业（这几个专业对口法学院的硕／博士项目），然后在大四时再申请医学院或法学院。

生活篇

> 听说美国大学食堂的饭难以下咽。如果想对得起胃，就得时不时下馆子或自己做饭

哈哈，没那么惨。

美国饭确实相对简单粗暴，但我吃过的五所常春藤大学（耶鲁、哈佛、普林斯顿、哥伦比亚、宾大）以及西部著名大学——斯坦福大学的食堂都很给力，我这个对食物口味挑剔的人也可以给它们打85分。

光是耶鲁，就有大小30多个食堂，本科生的ID卡可以刷进其中的一半。几乎所有食堂都是自助餐形式，除粗线条的汉堡薯条外，更有欧洲东亚伊斯兰拉美、甚至非洲的风味美食，光是甜点就可以让人吃得流连忘返。

英语里有个词叫"Freshman Fifteen",意思是经过大一一年的胡吃海喝后,体重通常会飙高15磅。这绝不是夸张。我的许多美国女同学在大一时几乎都难逃"体型吹气球"的厄运。而罪魁祸首,当然就是美味的食堂了。

> ➤听说美国大学的宿舍很棒,据说没有"睡在上铺的兄弟",也没有"相约去搓澡"这种活动

确实如此。

美国顶尖大学的宿舍条件大都优越,即使是大一学生,也可能分到一个宽敞的单人间。我在耶鲁第一年住的,就是一个位于五层的三十平米开间,打开窗户便是一棵参天大榆树,能望见耶鲁地标性建筑——哈克尼斯塔楼。这堪称"看得见风景的房间"啊,完美!这要是放在宾馆,大概能称为"极致窗景豪华房"了吧?刚踏入宿舍时,我都感觉他们把我当小王子对待了。能在这么便利舒适的宿舍里读书娱乐睡觉,应该不失为赴美求学的另一个理由吧。

以耶鲁为例,除了"房型"基本是单人或双人间,宿舍还有二十四小时热水、独立淋浴间。每个宿舍区配有自己的食堂、健身房、娱乐中心、图书馆,甚至还有钢琴房和电影院。学生们只需提前登记,便可刷卡进入。

在这么好的宿舍里读书娱乐睡觉,确实可以称为一种享受。为了避免挤大学公共澡堂、为了住得舒服,也必须可以是想到美国读书的一个理由啊!

> ➤听说美国大学生比咱们国内学生更渴望爱情,绝大多数人都在学校谈恋爱

讲真,完全没有。

我感觉国内大学生比我的一众耶鲁同学更渴望沐浴在爱情的柔风细雨里。

耶鲁的一家校园刊物曾做过一项调查，"惊愕"地发现只有约30%的耶鲁本科生正在或曾在耶鲁正式谈过恋爱。这个比例，国内的同学怎么看？够低吧？

回想我在耶鲁的四年，身边的同学确实"单身狗"居多，很多人还一单就单了四年。按说耶鲁遍地是才子佳人，为什么谈恋爱的少呢？

主要原因，还是大学生活太忙。耶鲁的本科学业负担是全世界最重的之一，比耶鲁更苦的学校屈指可数吧，芝加哥大学算一个，麻省理工学院大概算另一个。试想，每周都有上千页书要啃完，每月都有一篇大论文要写好，每天还要分时间给各种校园活动，到了大三大四时又得应聘和考研，哪里还有大把闲工夫去风花雪月你侬我侬呢？

大二时我带一帮耶鲁同学到中国支教旅行，有天傍晚去厦大校园散步。途经芙蓉湖畔，只见一对对鸳鸯或在林中依偎，或在湖边拉手谈笑，时不时来个爱的抱抱或亲亲，让几个美国哥们儿看得两眼发直。其中一个男生更是苦笑着问："Leo, is every college student in China obliged to date someone while in college?"（Leo，是不是每个中国大学生在大学里都"有责任和义务"谈恋爱？）

> 听说在美国大学，你得有好酒量，还得多去party，才能融入"主流圈"、交到更多朋友

错。错。错。

Well，很多美国大学生确实热衷开派对，一些学校以社交活动丰富被称为"party school"（派对学校），美国电影和肥皂剧里的青春男女主角们也总是在派对上翩翩起舞、邂逅爱情。但事实并非如此。

Two

我在大学时的观察是,也许所有耶鲁学生都至少去过一个派对,但去过耶鲁所有大大小小派对的,也许只有一个人,或压根儿不存在。即使是耶鲁最有名的几个 party animal(派对动物,意为热衷参加 party 的人)在周一到周五的大多数时候也是忙正事的——上课、写论文、交作业、搞活动,而他们最铁的朋友,很多也不是在派对的觥筹交错中认识的。

美国大学鼓励学生们保护和发扬自己的个性。你完全不必为了所谓的"合群",把自己伪装成社交达人,穿梭于各种派对中。我在耶鲁就有几个朋友他们几乎不去派对,甚至从不喝酒(因为宗教信仰)。周末的晚上,他们会去健身房举铁,或者去耶鲁剧场看音乐剧。这几个男孩不是 party animal 却照样很有人气,通过才能和幽默收获了很多朋友。

所以,不喜欢去派对就不去。不要有任何压力去迎合任何人、任何文化。实际上,也根本不存在什么"主流圈"。每个人都应该当自己的"主流",通过个人魅力和自己喜欢做的事,在美国大学里成为受欢迎的人,获得友情和爱情。

书呆子,也可以很可爱。

综合篇

> ➤ 听说哈佛耶鲁这类学校往往也是"贵族们"的摇篮,学生大多出身富裕高知家庭

并非如此。

哈佛耶鲁确实有一些显赫家族的后代,比如我这一级就有印度首富的女儿,我大三时的一个同班同学就是美国前总统肯尼迪唯一的外孙。但哈佛耶鲁绝不是"贵族学校"。相反,美国的顶尖大学之所以顶尖,

一个重要原因是生源的多样——这些学校会聚了各路才华横溢的年轻人；而才能，与家庭出身并无关系。

我自己就是家庭普通得不能再普通的"中国来的孩子"，而我的耶鲁朋友圈里也不乏普通人甚至贫困人家的孩子。无论是富二代官二代还是普通二代，我们的共同属性是努力上进。在哈佛耶鲁这样的学校，纨绔子弟和懒人很难获得尊重，甚至无法生存下去。

美国电影《风雨哈佛路》里的女主角Liz，其母吸毒酗酒、疾病缠身、撒手人寰，父亲流落街头、自暴自弃，她也居无定所、食不果腹。但最终凭着超凡的毅力，克服重重困难被哈佛大学全奖录取。这是真人真事。Liz的经历说明无论出身背景，只要你足够努力、足够优秀，顶尖学校的大门就为你敞开。

能否进好大学，自身实力永远是第一决定性因素。

> ➤听说美国顶尖大学学费昂贵，对留学生来讲财务负担颇高，大多数人读不起

Yes and no.（是也不是。）

美国顶尖大学的学费加生活费确实高。要读哥伦比亚大学这样地处纽约曼哈顿的学校，一年下来就得七八万美元。

但是，越来越多名校正加大奖学金的发放力度。以哈佛、耶鲁、普林斯顿（英语里常简称为"HYP"）为代表的最顶尖大学，早在数年前便开始实行"Need-based financial aid policy"（按需发放奖学金）政策——只要你够牛、只要你被录取，这几所学校就保证你能读得起。如果你来自低收入家庭或第三世界国家，很可能获得高额甚至全额奖学金，不但四年学费全免，连生活费都可能包了。

除了这种极慷慨的按需奖学金，美国大学里还有种类繁多的资优奖学金（merit-based scholarships），在大学四年期间都可以申请。有

的奖学金数额还不小，能达到一年两万美元。

所以，不要因为顾虑学费负担而对最好的大学望而却步。如果他们足够想录取你，一定会尽其所能帮你减免财务负担的。

➤ 听说相较于其他族群，亚裔学生更难考进美国顶尖大学

真的不好说。

这几年已有过好几起亚裔美国人起诉常春藤大学在录取工作中"差别对待"不同族裔。最著名的案例，是约摸六年前一个叫 Jian Li 的耶鲁亚裔男生，将普林斯顿大学告上了法庭，声称自己各方面能力（成绩、课外活动与竞赛等）均比同高中的拉丁裔和非洲裔美国学生强，但普大却录取了他的少数族裔同学而爽拒了他。

尽管哈耶普等藤校声称对所有申请者一视同仁，但他们也同时强调生源"diversity"（多样性）的重要，这可能意味着拉丁裔和非洲裔在考学时确实比亚裔有优势。不像中国大学基本看分数招生的做法，美国高校录取过程充满更多不确定性。我觉得，这种不确定性有时难免夹杂着招生官的主观想法，而这也给录取结果留下了更多解释空间。

至于中国大陆申请者在 HYP 的录取几率，我虽没看过官方数据（各大学估计也不会透露），但通过非官方的聊天我可以比较有把握地说，比美国申请者录取率要低不少。

听我耶鲁的中国朋友说，人大附中每年就能有几十人一起申请耶鲁，而耶鲁虽然青睐人大附中的学子，但每年最多也就录取 1-2 名。所以，高中的内部竞争已然很激烈了。

至于亚裔 / 东亚留学生在大学里成绩如何？仅就耶鲁一家而言，我的观察是——学习几乎没有差的。耶鲁每年 GPA（学分绩）最高的几个毕业生里，一定少不了亚洲面孔。

➤ 听说美国名校学生毕业后都能到最牛的大企业拿高年薪

"手握哈佛耶鲁文凭,无论是高盛、麦肯锡,还是Google、Facebook这种科技互联网巨头的Offer都是唾手可得,而名校学生毕业后也大都会进入名牌企业当'金领'!"

这也许是对美国顶尖大学毕业生最大的错误认知。

人各有志,哈佛耶鲁也不是高薪金领的制造机。

在耶鲁,并非每个人都削尖了脑袋往华尔街挤。在我大学的"最铁哥们儿帮"里,最终只有我和另一个好友"不能免俗"地进了投资银行工作,过上了每天白衬衣黑皮鞋的"搬客"生活(英文"banker"——投资银行员工的谐译)。而其他几位哥们儿,一个到洛杉矶勇闯好莱坞,一个到中美洲国家哥斯达黎加的乡下教英语,一个到首都华盛顿立志从政,还有一个则考上了哈佛肯尼迪政府学院,继续深造。

在北大,判定一个毕业生是否成功的重要标准,可能包括有没有拿到"牛气轰轰"的工作或学校offer,是不是进了投资公司、咨询公司或外资会计师事务所,是不是拿高年薪,是不是获得了麻省理工学院的全奖录取……

而在耶鲁,更重要的判定标准,却可能是有没有找到你最想做的事情。这个"事情",跟个人兴趣挂钩更多,而不是薪水。在美国的顶尖大学里,人们不会互相judge(评判)对方毕业后的选择。只要是自己热爱的,就是受人尊重的,即使你耶鲁毕业后去农场喂猪(仅是举例,绝无歧视之意),也可以是一份很酷且棒的工作。

当然,哈佛耶鲁每年确实有一定数量的毕业生进入诸如华尔街投行这样的高平台。但他们也是过五关斩六将,才拿到聘书的。我这届耶鲁学生有百儿八十人向高盛投了简历,但最终只有七人拿到全职offer。美国名校内部的就业竞争,也是颇为严酷的啊。

读一所名牌大学，到底有什么好的？

> 名校 → 更好的平台，
> 更多的资源 → 离"成功"更近

只论事，不论人。希望文中的故事和观点能带来帮助和启发。

是啊，为什么一定要上一所好大学呢？

北大、清华、哈佛、耶鲁这些地方，就那么值得人们前赴后继地向往甚至膜拜吗？如今"学历无用论"已不是新鲜事，既然这种观点获得关注乃至认同，就一定有它存在的道理，对吗？

比如，最显而易见的是，当今很多商界精英、行业领袖都没镶过顶尖大学的金边：马云，马化腾，董明珠……更别提文艺圈的一众人生赢家了。而比尔·盖茨和扎克伯格即使进了哈佛，也是在辍学之后才开创了各自的商业帝国。

且慢，请让我捋一遍"学历无用论"的逻辑：因为学历和往后人生的"成功"没有必然挂钩——所以学历并非必需——所以在哪儿拿到学历就没那么重要——所以好大学也就不是非读不可了。

可是等一等，读大学，难道仅仅是为了给以后的事业做铺垫吗？

上学，什么时候被简化成了如此功利的一件事？

让我们暂且抛开"成功"不谈——忽略"为以后的事业发达增添砝码"这件事后，读一所好大学，到底对一个人有什么实实在在的好处？结合耶鲁求学经历，我想聊一点自己的拙见。

好大学不只教你知识和技能，更教你怎么学知识长技能

在名牌大学读书几乎没有不累的。这个累，是苦心志，是劳筋骨。

其实，名牌大学和普通大学用的教材很多时候大同小异，这也意味着所学知识的内容与难度并不存在天壤之别。经济专业的学生都要从微观经济的供需关系曲线学起，英美文学专业的同学也都要读莎士比亚。

我认为，优秀大学和普通学校在学习上的关键性差异，不在于"学什么"，而在于"怎么学"——学习的方法和过程，有时真的很不一样。

同一个知识点，普通学校的学生可能只掌握了皮毛，背一背概念，练几道习题，浅尝辄止；顶尖大学的学生却可能通过教授讲解、小班讨论、课外研究、文献阅读、论文撰写等多种方法，很深刻立体地消化一个知识点。

大二上博弈论（Game Theory）这门课。开课时，教授先带我们一起看了《美丽心灵》这部讲述博弈论大师、普林斯顿大学教授约翰·纳什的电影，让我们初步了解了纳什其人、感受到博弈论的美丽。学习博弈论最基本的"纳什平衡"时，教授不但通过"囚徒困境"等经典例子解释这个概念是什么，还让学生们试着设计出不同的博弈论情景题，发给班里其他同学去找"纳什平衡"。这样，一个知识点的学习就能引申出各种learning practice（学习实践），而每种practice又加深了我们对这个知识点的理解。直到今天，我还对博弈论的各种概念记

忆犹新,这一定得归功于当时的深度学习。

再举个例子。在一些学校写论文,有时不得不说就是个"东拼西凑"的过程。稍微查点资料,这里抄一些,那里再补一段话,改改措辞变成自己的"论点",看上去八九不离十,只要教授别刁难就能过关。

在耶鲁,每篇论文都可以写得艰苦卓绝。为了理出一篇论文的arguments(论据),我经常要干掉几本书、跑上几次图书馆、查过几回期刊数据库,有时还需要和教授面对面交流观点。写的过程更是丝毫不能马虎,文章逻辑、遣词造句等方面都需要"庄严"对待;引用别人的观点和数据时,必须仔细做好注释、写全"参考文献",否则就算抄袭,可能被追责。有些大四学生甚至会用一整学期来"憋"一篇毕业论文。当终于得到教授的肯定时,我有两个大四好友竟然当场喜极而泣。

经历这么多的"折磨"与历练,有必要吗?作为过来人,坦率讲,当年熬夜苦读时,确实有过累得想骂人的时候。但学习之后的成就感和长进,就好像品过好茶后的无限回甘。知识学得很扎实这点自不用说,更重要的收获,还是通过深度学习所提高的各种能力:阅读力,写作力,分析力,批判性思维等等。这些能力综合在一起,就加强了一个人的自学力。而好的自学力不但在读书时有帮助,在未来几十年职场的摸爬滚打里,也会使一个人获益无穷。

好大学,好在气场

"近朱者赤,近墨者黑"的道理妇孺皆知。还有一条更通俗的理论,说一个人的水平,大约是与他交往最多的五个人水平的平均值。对大学生而言,这五个人几乎就是朝夕相处的同学和教授,父母都不一定

耶鲁传统：戴着自己设计的帽子参加毕业典礼。

算得上。

二十岁出头的年轻人，三观尚未完全形成，性格也仍有可塑性。在三观稳固的过程中，每个人都或多或少受到身边人潜移默化的影响。若想当一个优秀的人，就最好多和比自己优秀的人在一起。

好大学，关键的"好"在于"人"好。没有一所好大学不是人文荟萃、牛人辈出的。在人才济济的校园里待四年，你会接触到各式各样的人才，通过和他们一起上课、写作业、运动、聊天、旅行、谈恋爱，你将一直被他们的正能量气场笼罩，不知不觉汲取到他们的优点，逐渐变成更好的自己。

耶鲁四年，让我倍感荣幸的一大收获，就是与一群"超级厉害"的人成为师徒、同窗和校友。

每个耶鲁学生的"厉害"都体现在不同方面。有才华方面的"厉害"：满分学霸，音乐诗人，发明天才。有阅历方面的"厉害"：十年级的暑假一路卖艺游遍南美并出一本畅销游记；18岁和22岁代表美国连续参加两届奥运会击剑比赛并获奖牌；幼时幸免于卢旺达屠杀，十年后与家人在美国重聚，长大后代表非洲难民在联合国演讲。当然，还有家庭出身方面的"厉害"：美国前总统肯尼迪唯一的外孙，印度首富唯一的千金，全球著名金融大鳄的小儿子……

我和这些厉害的同学一起揉着惺忪睡眼去赶清晨第一堂课，在图书馆啃书到天亮，在星期五晚上的大派对上喝酒唱歌，在周末乘火车去纽约逛博物馆和艺术馆……我们探讨政治民主、生物实验与伦理道德、同性恋权利等深奥话题，更会一起在星空下畅想人生未来。每个耶鲁学生都在释放着积极上进的气场，在友好和谐的气氛里你追我赶。和这样一群人在一起，压根不敢偷懒，更不可能颓废。那些家世显赫的学生，也丝毫没有纨绔子弟之气。从他们身上，我感受到了低调、谦逊、彬彬有礼。

耶鲁的教授们，是一群实力引领学术界，影响力延至政商、文艺等各个领域的牛人。大学四年里，我有幸跟诺贝尔经济学奖获得者罗伯特·施勒教授学习"金融市场理论"，同摩根士丹利亚太区前首席经济学家史蒂芬·罗奇教授讨论中国未来的经济走势，向著名的耶鲁大学投资办公室首席投资官大卫·斯文森教授讨教投资秘籍。除了上课时能近距离接触传说中的各位"人物"，我还有幸和教授们在生活中切磋交流：跟日文教授学习剑道，到德国籍的历史教授家里啃猪手喝黑啤，帮英文写作课教授打理后花园的花花草草。

因为四年的同学情谊美好而难忘，大家在毕业以后仍旧保持着密切联系，以耶鲁校友身份为傲。不夸张地说，地球的每个角落都有耶鲁人在积极改变着这个世界，哪怕是一座只有两个耶鲁毕业生的小镇，也可以成立一个校友会。而纽约、旧金山、伦敦等欧美大城市，更是有成千上万耶鲁人，从近百岁的老翁到二十多岁的小伙都活跃在校友活动中。

毕业后我喜欢穿着带有"YALE"四个粗体字母的耶鲁汗衫出游。而这个耶鲁人的标志，也几次帮我邂逅校友。有次去北海道的函馆旅行，穿着耶鲁汗衫在漆黑的山顶看夜景时，走来一位日本老先生，激动地用英语问道："你在耶鲁读书吗？"听闻我刚从耶鲁本科毕业，他更加激动地握紧了我的手，祝贺我完成学业，"我是1972年从耶鲁毕业的！"在这座偏远的日本小城偶遇大学长，我也很激动，用日语跟老先生聊起耶鲁往事。临别前，老校友递给我一张名片——原来他是三菱集团一位刚退休的高管。"Leo君，下次来日本，只要你在东京，就要联系我哦。"

还有一次到洛杉矶出差。在半岛酒店，我穿着耶鲁汗衫坐在大堂吧写文件。大堂的女钢琴师满脸笑容地朝我走来，"You must be a Yalie？"（你一定是耶鲁人吧？）得到肯定答复后，钢琴师说她的丈

Two

耶鲁卫冕：闯出更好的自己

夫和女儿都是耶鲁毕业生。"看到你真亲切，你让我想起了我女儿。Leo，如果你还能在这里待上一阵，一定来参加校友会的活动。下周，洛城的耶鲁校友会在好莱坞举办一场派对，梅丽尔·斯特里普（耶鲁毕业的著名女演员）可能也来参加。"

说起耶鲁的人就激动，有些扯远了。总之，若想在青春最好的几年里，结识一群高智商、高情商的人，和这群人成为朋友/事业伙伴/爱人，让他们给你带去源源不断的积极影响和改变，你就应该努把力，考上一所好学校。我相信，哪怕是只有一丁点上进心的同学，也希望与优秀的人为伍，而不是和沉浸在终日打游戏吃泡面、发自拍修美颜、恋爱对象换不停、浑噩度日胸无大志的同学玩在一起吧。

名校→更好的平台，更多的资源→离"成功"更近

如果使人受益一生的学习能力塑造和出类拔萃的师生这两点"好"还不能说服你下决心为名牌大学的入场券拼一把，那么我们再聊一点实际的"好"。

好大学带给学生的机会和资源往往是顶尖的。而抓住一个好机遇，你的起点就可能比别人高一截，毕业后直接进入人生发展的快车道。好大学，好平台，好机遇——这点其实不言而喻，但我还是想分享一个在耶鲁的小故事。

大三上学期，我决定申请投资银行的暑期实习。每年夏天，华尔街的几大投行都会录取一些大三升大四的实习生，把他们分配到投资银行部、股票销售与交易部、研究部等部门实习8-10周。实习生最多能拿到一笔相当于人民币八九万元的薪水，表现优秀的还能提前获得全职录用。这么好的香饽饽，自然受到一众大三学生的争抢。

实习面试开始前，几大投行的招聘团队通常会举办宣讲会，跟申请者"亲切见面"——告诉学生们投行是干什么的、"高大上"在哪里。

那年9月，高盛、摩根士丹利、摩根大通、瑞银等几乎所有投行陆续造访耶鲁。他们派出的公司代表，从大老板到初级分析师，也多是耶鲁校友，与学生们"唠嗑"时毫无距离感，除了分享正经的实习申请秘籍外，还会聊聊哈佛耶鲁橄榄球赛胜算、耶鲁最好吃的食堂，甚至当年曾有过的校园罗曼蒂克。

一众世界顶级投行的职员代表放下光鲜甚至自傲的姿态，在白天忙得焦头烂额之后，再搭两小时火车从纽约风尘仆仆赶到耶鲁，就是为了能吸引更多这里的学生应聘实习岗位。他们青睐"耶鲁"品牌，信任耶鲁学生的能力。这种待遇，是普通大学学生几乎没法得到的。

与我同届的一位高盛实习生来自美国南方一所普通大学，从大一便开始积累银行、证券公司的工作经验。平心而论，他能力出众，踏实肯干，绝对不输给任何一位常春藤大学的实习生。可他费了比我多得多的努力，才换来实习机会：没有一家投行到他的大学开宣讲会，他只得数次请假飞到纽约，参加各大投行在华尔街总部的"集体宣讲会"（面向所有院校学生开放）；几乎没有一位大学校友在投行工作，为了取经和"套磁"，他只得千方百计在宣讲会上要到了大佬的联系方式，数次发邮件毛遂自荐，才争取到一两个珍贵的面试机会；面试时，他甚至受到"不公正待遇"——当他问到无法进入下一轮选拔的原因时，某投行招聘经理竟非常不专业而旁敲侧击地说是因为他来自××大学，而不是哈佛耶鲁等"target school"（目标学校，华尔街几大投行通常在目标学校招收绝大多数实习生）……

作为耶鲁学生，我比他幸运、幸福了许多。除了让学生们在家门口参加宣讲会之外，数家投行为进一步表达诚意，还在耶鲁组织了几十场一对一的 coffee chat——员工请学生喝咖啡（注意，是投行掏腰包），为他们的实习申请出谋划策。高盛甚至专门请华尔街著名的金融培训

毕业后重回母校,在上过课的教室"到此一游"。

师到耶鲁，给学生们上课，一切免费。首轮面试，一些投行更是将考官团队"运"到耶鲁校园，免了学生们赶火车去纽约的麻烦。而普通学校的同学呢？"抱歉，我们不会在你校组织现场面试。""抱歉，我们没有针对你校学生的实习培训课。""抱歉，你需要自行预订航班飞到纽约面试。"

故事讲得有点啰唆，但只是希望把名校学生得到的各种"优待"毫无保留说出来。老实说，写到这里，我真有点为普通大学的精英们抱不平——你们很努力、很优秀，也许比名校学生更出类拔萃。可因为你们的学校在名气和资源上不够给力，所以没法给予你们一个高平台、一条快车道、一份加速度。

我们无法撼动这个现实，但我们可以绕过它——凭努力，考进一所好大学。同样优秀的两个人，那个拥有更好平台的人，往往会有更大的胜算，不是吗？

回到文章的最初——上一所好大学，有什么好的呢？

希望上面的三点，给出了一部分答案。

大多数人一辈子只会读一次本科，有的人会再读个硕士/博士。一生就这一次，那么为何不上个好学校呢？况且，好大学还有很多其他"好"：更棒的伙食，更美的校园，更多的奖学金……上大学，真的不只是为了拿学历，而更是为了——变成更好的自己。

做一个
被梦想录取的人

Today is difficult. Tomorrow is more difficult. But the day after tomorrow is beautiful.

03

初入职场

史上最完全且易懂的"投资银行 101"[1]

> 高盛的故事不知从何说起,不想吐苦水,
> 在繁忙的工作中,我反而觉得快乐,
> 所以我想先从那个被妖魔化的,
> 传说中的"投资银行"说起。

投资银行是一个名字叫"投资"的银行吗?就像"工商"银行、"建设"银行、"招商"银行?

我在投资银行能开户存钱吗?利率会不会比工农建交高些?能买基金理财吗?能给水卡电卡充值吗?

投资银行是一种专门把钱"投资"到银行里的机构吗?

……

关于投资银行(简称"投行")有太多神(奇)奇(葩)的问题,充分体现了人民群众强大的想象力。上面这些是我在不同时间不同地点听到的真真切切的关于投行的问题。

写投行的影视剧和小说往往戏剧化到失真的程度。市面上关于投

---

[1] 以下内容除特殊注明,讨论的均是投资银行里的"投资银行部"或称"企业融资部"(Investment Banking Division / Corporate Finance Division)。本章接下来的几篇高盛故事会多次涉及本文介绍的投行知识。

行的书，要么术语太多太抽象，要么把投行说得神乎其神，或者妖魔化投行。

投行到底是做什么的？

首先，投行不是名字叫"投资"的银行，不能让人们开户存钱和理财，更不能给水电卡充值。投资银行（investment bank）和"工农建交"等商业银行（commercial bank）完全是两码事，不是一个便民和接地气的所在。

投资银行的主要客户是各类企业，是为企业提供金融顾问和融资服务的"服务中介"。一家投资银行通常由投资银行/企业融资、股票交易、研究、财富管理、风险控制等部门组成。

投资银行部/企业融资部最经常帮企业做的，有以下几件事：

首次股票公开发行（initial public offering，简称"IPO"）：公司一开始都是私人拥有的，但一些企业想做大做强、进入资本市场的大海里时，就需要在公开的证券交易所第一次面向公众发行股票了，这就是 IPO。

债券发行（bond issuing）：公司发展过程需要更多钱了，那就融呗。不想发行股票，那就发债呗。只是，债券大多是要还本付息的，除非发行的是"可转债"——到一定时候把债转换成股票。

兼并与收购（mergers and acquisition，简称"M&A"）：把公司做大的一个途径，就是和其他公司合并，或者索性"大鱼吃小鱼"，"吞"下一家公司。联想收购 IBM、吉利汽车收购沃尔沃、滴滴打车收购 Uber（优步）中国，都是经典的 M&A 案例。

投行里都有哪些角色？

和所有企业一样，投行也是金字塔结构，大佬在塔尖，干活的工兵们在塔基。只是，投行的人员结构比大多数公司都要扁平（a flat structure）很多。这里以员工结构最扁平的高盛为例进行解释。

塔基的"兵"们，叫作"分析师"或"分析员"（analyst），他们刚进投行一两年，是工作时间最长、熬夜最凶、干活最多的生物。

比分析师工兵资深一些的"高级兵"，叫作"经理"（associate），他们要么是工作了 2 至 3 年后从分析师职位晋升，要么是从商学院拿到工商管理硕士学位后加入投行的新人。经理的工作时长比分析师短一些，但日子照样苦哈哈，因为他们既需要手把手指导分析师干活，也需要自己搞定难度大的、分析师尚不能胜任的工作，还要跟高一级的领导汇报。

"经理"的直接上司，叫作"副总裁"（vice president，简称 VP）或"执行董事"（executive director，简称 ED）。这估计是投行里最唬人的称谓了。记得中学时看到一则八卦新闻，说某台湾女星嫁入豪门，夫君是某华尔街顶级投行的"副总裁"。殊不知，"副总裁"只能算投行里的中高层领导而已。VP 们背景多元，有工作 3 至 4 年后被内部晋升的经理，也有很多空降兵：企业高管，私募基金等其他金融背景的人，甚至财政机关的领导。副总裁承担的多是拉客户抢项目的工作，他们经常出差，与企业高管"谈笑风生"，目标只有一个：说服对方聘请高盛作为融资项目顾问。

比副总裁更高一级的，是"董事总经理"（managing director，简称 MD），听上去同样霸气外露。但其实，高盛投行部在全球范围内就有几百个 MD。MD 算是投行里的"大佬"，有从 VP 职位被晋升上来的，也有空降兵，背景比 VP 还要多样。他们是每个项目团队的牵头人，

Three

初入职场：做一个被梦想录取的人

向 VP 发号施令，再由 VP 把指令逐级下达到干活的分析师那里。每个 MD 都有业绩指标，通俗点说就是，肩负着为公司赚钱的重任。MD 们经常在办公室神龙见首不见尾，因为他们总是出差，不是在跟客户谈项目，就是在去跟客户谈项目的路上。

在高盛，还有一种角色叫"合伙人"（partner），他们是金字塔的塔尖，只有业绩最杰出的 MD 才有可能被晋升。虽然是合伙人，可履行的依旧是 MD 的职责——不管职位多高大上了，都得帮公司赚钱啊。

关于投行员工的论述，畅销书 *Monkey Business* 有一个更搞笑自嘲的版本，把各级员工比作不同类型的猴子，可以一读。

投行人每天都在做什么？

投行人基本处在两种状态：正忙于进行中的项目（live deal，直译为"活着的案子"）的，和没在忙 live deal 的。

正在进行的项目有"很活的""一般活的"和"半死不活"的。在"很活的"项目团队里的投行人，每天都被各种 deadline（截止时间点）催赶着。

Live deal 虽然分 IPO、M&A 等不同种类，干的活却经常大同小异：搭建公司财务预测模型，开展客户公司的多种尽职调查（due diligence，是对项目公司的业务、财务、管理层、法律合规、客户及供应商等多方面深入透彻的信息收集，以确定公司未出现过重大不良问题）、撰写招股书或招债书、回复证券交易所/证监会对项目的反馈意见、准备项目全球路演（global roadshow，对于 IPO 而言，路演是到纽约、伦敦、香港等全球金融中心开展的为期 1 周左右的投资者会议，以确定股票认购额和定价区间）。

没在忙 live deal 的投行人，几乎都在做"拉客户"（client

pitching）或"客户服务"（client servicing）的各种工作。

"拉客户"，顾名思义指的是说服潜在客户公司聘请一家投行，协助其进行发股、发债或 M&A 项目。要 pitch 一个潜在客户，就需要准备演示材料（pitchbook）。Pitchbook 也被简称为"书"，涵盖的内容从行业和公司分析，到"为什么应该做 ×× 项目"，再到"为什么应该请 ×× 投行作为项目顾问"，洋洋洒洒几十页甚至上百页，可经常要在几天甚至 24 小时内完成。所以，做书也可以成为投行人的噩梦。

"客户服务"是为了跟已有客户或潜在客户保持好关系，也就是"持续跪舔"。此"客户服务"可不是"客服热线"的"客服"，而是技术含量挺高的活儿。比如，一家大国企客户领导想了解澳大利亚煤炭产业现状和潜在收购对象，就可能请投行做一个"行业分析报告"。为了"讨好"大客户，虽然这不是 live deal 上的活，也得咬牙接下，熬几个大夜赶出一份像样的报告"交差"。

投行人的常备武器都有哪些？

投行工作的紧凑和高压不输战场。若想胜利，必有利器。

利器一：黑莓手机（Blackberry）

这是投行人互相联络时用的最给力"神器"。主要功能是发邮件，一些投行发的黑莓也可以打电话。不论你身在何地，只要有 Wi-Fi 和蜂窝信号，同事们就可以通过黑莓找到你——每当有新邮件时，黑莓顶端的小红灯就会亮起，直到你看完所有新邮件后才会停止闪烁，非常固执和"烦人"，对吧？

深受黑莓"折磨"的分析师们还给这神器起了个黑它又黑自己的

Three

初入职场：做一个被梦想录取的人

名字：拴狗链。哪怕正和女朋友美美地在热带岛屿游泳度假时，也不敢轻易把黑莓扔一边。小红灯一旦亮起，就得赶紧打开黑莓，看看是不是项目上来了什么急活需要自己处理。

听说华尔街某大行有个特别解气的活动，叫作"Burn the Blackberry party"（烧掉黑莓派对）。一些年轻员工离职后会选择不把黑莓交还给公司，而是花200美元买下它，燃起一堆篝火，把完成了历史使命的黑莓投入熊熊大火，随后围着火堆喝酒狂欢跳舞，庆祝"回归自由"。

最近两年，投行们陆续开发了可以安装在个人 iPhone 上的邮件通讯系统，所以越来越多投行人告别了"拴狗链"黑莓。但被工作邮件逼得抓狂时，可没法随意怒摔自己的手机了啊。

利器二：Excel 表格

Excel 是投行人，尤其是分析师相爱相杀的伙伴。不夸张地说，一天 16 小时工作中有 10 小时都是跟 Excel 打交道。不论是做各种财务估值和盈利预测模型，还是整理金融分析图的原始数据，都需要在 Excel 上完成。

当然，投行人用的 Excel 是进化版的超级 Excel——内置了各种高级功能和函数。比如，高盛的 IT 部门就开发出了一套 Goldman Sachs Excel 系统，极大便利了投行人在 Excel 上作业。

要想提高工作效率，就得和 Excel 亲密无间——熟练使用各种快捷键。最高的境界，恐怕是完全脱离鼠标、全键盘操作 Excel 了。高盛就有几位 Excel 怪物，每当搭建财务模型时，他们双手敲击键盘的样子就像在弹一首快节奏的钢琴曲，让人眼花缭乱。

利器三：Bloomberg 终端机

投行人每天都要密切关注股市和债市的风云变幻。Bloomberg 终端机就提供了一站式查找各种财经数据的便利。每个投行办公室都有几台和普通台式电脑无异的 Bloomberg 终端机。打开屏幕，就进入了一个闪烁着各色数据的微型金融世界。想知道各大股票市场指数？只需键入几个字母，Bloomberg 机就会秒给结果。想了解某公司今日收盘股价？小 Case，键入公司代码，所有跟这家公司股票有关的数字就会逐一显现。

最"高大上"的投行都有哪些？

投行作为帮公司融资的"高级服务中介"，只要是有企业、有融资需求的地方就有投行。因为各国金融证券市场的政策、体量、发展情况均不同，每个国家都有在当地实力最强的投资银行，比如中国的中金公司和中信证券、日本的野村证券、韩国的三星证券、澳大利亚的麦格理投资银行。

然而，作为投资银行业鼻祖的华尔街和欧洲投行历史悠久，除了本土业务外，他们往往从几十年前便开始拓展海外业务，如今在世界各地都有相当影响力。英语有个词叫"bulge brackets"，指的就是以高盛（Goldman Sachs）、摩根士丹利（Morgan Stanley）、摩根大通（JPMorgan）、美银美林（Bank of America Merrill Lynch）和花旗（Citi）为代表的华尔街投行，和以瑞银（UBS）、瑞信（Credit Suisse）、德意志银行（Deutsche Bank）、巴克莱（Barclays）为代表的欧洲投行。

高盛作为全世界历史最悠久的投行，在除南极以外所有大洲的 37 个国家设有办公室。在大中华区就有香港(除日本外亚洲总部)、北京(中国总部)、上海、台北和深圳办公室。

一入高盛催人长

> 在高盛前 100 天的关键词，
> 是无止尽的加班和一次次冲出舒适区的挑战。

2013 年 8 月 20 日是个没有雾霾的星期二。

结束了夏天在纽约总部欢乐充实的新员工培训，我带着知识、信心和期待来到北京，成为一名北漂美企金融民工，坐标金融街 7 号英蓝中心 18 楼。

一年前这时候，我刚结束荡气回肠的 10 周实习。回耶鲁前，三个项目团队的大小上司轮番请我吃饭，不遗余力地强调高盛大中华总部的各种好，希望我毕业后回去。

我是那年的 star intern（明星实习生），9 月中旬便毫无悬念地拿到了全职录用。那时纽约办公室也联系上我，邀请我去跟那儿的投行大佬们喝个咖啡，给我调到华尔街的机会。

但就像我实习时已经想好的：到耶鲁读书，意味着我跟国内已脱节四年。我当然可以在纽约总部开始职业生涯，但我可能没法成为 the best，因为美国本土同事们会比我更如鱼得水。作为中国人，我不能放弃同国内的接触、对国内的了解。更何况，我喜欢北京，

在纽约与同事坐船去参加入职培训

也尚有太多亚太金融市场的知识可学。

所以,我回来了,回到了熟悉的金融街。那天早上,大家看到我都特别高兴。

"Leo 回来啦。Welcome home(欢迎回家)!"

我本以为对办公环境的熟悉和同事们的支持能让自己游刃有余。但实际情况并非如此,在高盛前 100 天的关键词,是无止尽的加班和一次次冲出舒适区的挑战。

无尽头的加班,不怨

早在纽约培训没结束时,我便被两个大 boss 提前预定,上了他们各自牵头的项目:两个繁忙异常的香港 IPO。

与我同届的分析师,有一半还在等着被分配到 live deal 上,有的甚至晚上九点就能下班了(对分析师来说这是早得不可思议的下班时间)。而我几乎没有机会喘息,就一猛子扎进了永远做不完的工作里:

Leo,请今天内完成这 10 家公司 2012 财年的盈利指标计算;
Leo,请把周五见客户用的 PPT 做好,明天上午 10 点前要;
Leo,麻烦做一个美国光纤光缆市场的行业分析,涵盖 ABCDEFG 这几点,尽快;
Leo,抱歉这周末得加个小班,我们最新一版的财务模型需要

Three

初入职场：做一个被梦想录取的人

> 改盈利假设数据；
> …………

进入 9 月，北京天气转凉，空气也变糟了。有时一连十天都是雾霾，从 18 楼办公室望出去的京城上空，简直像一锅上汤娃娃菜。

那段时间，周一到周五没日没夜地苦干，就连周末懒觉也成了奢望。我逐渐开始长痘，起初是两颊上的零星几颗，后来逐渐蔓延到额头和下巴，连成一片。

在大学里我还屡被叫作正太呢，回北京没多久就脱胎换骨，"华丽"变身了。校友再见到我时总会惊呼：Leo 怎么长痘了？都不帅了。你……还好吧？

作为职场新手，我那时一门心思努力工作，发奋学知识，提高业务水平。看着满脸的痘，我跟自己说：这算什么？等哥忙完这一阵就到国庆放假了。休息好了状态也就恢复了。哥，依旧是帅哥一枚。Skin beauty 对男生来讲没那么重要。

转眼到了国庆节。妈妈来看我，我欢天喜地订好了去天津的高铁票和那座城市最好的酒店，准备娘儿俩狗不理包子天津相声走起，好好休息几天，犒劳自己一下。刚到天津站没 10 秒，手机邮件就来了，是执行董事发的：Leo，项目时间表有变，现在就要进入港股上市前最后冲刺。你是团队的重要成员……

读邮件的时候，我妈正兴致盎然地问我晚上是想去听相声还是去小白楼散步。邮件后半部分我当时没读完，因为命运已经被宣判了啊——加班，加班，加班，直到……我也不知道直到什么时候。

于是，在天津那两天成了入职高盛以后最忙乱的 48 小时：大概有 44 小时我都待在酒店房间，做财务预测模型、写行业分析文件、参加电话会议、整理讨论纪要，直到椅子上留下一个鲜明的屁股印（但愿不是永久的印，哈哈），直到笔记本电脑都开始罢工。

剩下 4 小时，我争分夺秒陪我妈去转了转小白楼历史区。哦不对，是她一个人溜达，我坐在一家肯德基继续鸡血满格地开我的电话会。感谢我妈对我不离不弃，还给我叫狗不理包子外卖，也算不枉天津行了吧。

我安慰自己，也安慰我妈："嘿，起码酒店咱是真心住得值了！一点没浪费，还欣赏了两天天津海河极致夜景呢。"我妈深表赞同，没表露对儿子的心疼。

原计划的"天津四日休闲补眠游"，最终变成"天津加班二日行"。我改签了高铁票，国庆假第三天便带我妈回到了雾霾依旧的北京。10 月 4 日至 10 月 7 日，我每天都在英蓝中心与电脑为伴，独赏霾天里写意的日落。

那个十一后，我脸上痘又多了些，但不知道怎么回事，看上去反而更和谐了。但值得开心的是，项目全力推进，我也成了这届新同事里见证香港 IPO 胜利完成的第一人。大老板小老板都说：Leo is great.（Leo 很杰出。）下个项目的分析师我们只要 Leo。

入职高盛后的第一个黄金周，我不是为了得到上司的赞赏而拼，我是为自己拼，为责任感拼。既然选择了高盛这个不 easy 的平台，我就要咬牙接受和适应那里的高压生活。既然是项目上不可或缺的角色，我就应该完成好每一项工作。

牺牲一点休息的时间我不觉得是吃亏。我只觉得那证明自己有价值。年轻时苦一点，没什么可抱怨的。

后来，我开始恢复跑步，也适应了北京。脸上的痘渐渐消退，连痘印都没留下几个。

Three

初入职场：做一个被梦想录取的人

冲出舒适区的挑战

高盛分析师们最常说的话，也是"Sure, I will do.（好的，我会完成。）" "Okay, I will take care of it.（好的，我来做。）"

我们身体虽疲累，心却没那么累——毕竟还是投行金字塔最基层的角色，上面有好几层大小老板"罩"着，不需操心太多项目统领上的事。只要能 get things done（把活儿干完），就不会有其他方面的压力和负担，在分析师的舒适区里无忧地待着。

我参加的两个 IPO 项目都是任务多人手少。我是唯一的分析师，上面分别只有一位经理和一位执行董事，他们又同时在牵头其他项目，忙得团团转。也因此，我屡次被"推出"分析师的小舒适区，分担老板们的工作。这些逼我冲出舒适区的挑战，虽然让我几次压力暴增，却也使我成为同届分析师里成长得最快的那一个。

东鹏陶瓷香港 IPO 是我当时参加的两个项目之一。这家公司是国内瓷砖行业的翘楚，总部在广东佛山。公司上市前的冲刺期里，我经常跟着大小老板从北京打飞的南下东鹏总部，与公司管理层大佬们开会。每次虽然都穿着西服打着领带装深沉，但毕竟还是年轻小兵，开会时发言很少，基本都是两位老练的上司 hold 住全场。

金融街7号，高盛北京办公室永远灯火通明。

一天上午，我刚进办公室就接到了执行董事的电话：

"Leo，这个事很急。Sam（东鹏的首席财务官）刚给我电话，说有几页分析师大会用的材料要改，涉及到部分文字和图的调整，需要今天就面对面敲定。我现在在上海开会，Maddy（我的小老板）在国外，更不可能赶过去。所以 Leo，需要你代我们俩飞一趟广东，今晚前就和他们定好……"

"赵总，嗯……就我一个人去吗？"

"对，Leo，其实你比我和 Maddy 更熟悉分析师大会材料，毕竟是你一页页做好的。所以别担心，你没问题的。红杉资本（东鹏的主要投资方）的 J 总也会在现场一起讨论。我跟他们打好招呼了。"

我的心脏简直要跳出胸口了。入职才两个多月，我竟然就要代表高盛团队的两位牵头人，独自和公司高管、投资方代表坐在一起讨论工作了！

"Leo，没有什么人比你更熟悉这些材料了。You can do it.（你可以的。）"努力按捺住紧张的心情，我捶了捶胸膛，为自己打气。

几小时后，我打飞的赶到了炎热依旧的佛山。

深吸一口气，再整整领带，我走进了东鹏总部。东鹏的包副总、Sam、Sam 助理 Wing 小姐和红杉的 J 总已经在谈笑风生，整间会议室只有我一个突兀的 90 后。

"Leo 到了啊。辛苦辛苦，还麻烦你从北京飞来。请坐。"包副总亲切地招呼我坐下。要知道，他一直是东鹏高管层最不苟言笑的那位，我一度甚至有点怵跟他面对面谈工作。

"Leo 最近青春痘变多了，哈哈。是不是熬夜太凶？"红杉的 J 总笑着打量我。她是拥有会计师、投行家和风投家背景的大牛，之前几乎轮不到我和她直接对话。

几小时前的航班上，我还在为即将开始的孤军奋战而忐忑：怎么

Three

初入职场：做一个被梦想录取的人

跟高管们问好？他们会不会不睬我这个高盛小兵？会不会有我答不上来的问题？如果有，该怎么应对？万一露怯了要如何圆场？

进会议室后一分钟，我的重重思虑便消散了不少。很多时候的担忧，其实都是无谓的吓唬自己，完全没必要。

讨论会进行得顺利高效。让我最有成就感的是，大佬们根本没把我当小虾米，每个讨论点都会仔细询问和倾听我的意见，从一组数据更好的呈现形式，到一个核心业务亮点的语言表述，甚至连高管介绍页上几位大佬的照片尺寸和亮度，我都代表团队发表了看法。

风尘仆仆打飞的赶回北京时，已是凌晨一点多了。一下飞机我就看到了执行董事和 Maddy 的邮件：

> Leo, great job. Sam 跟我说今天的讨论卓有成效，分析师大会材料已经润色得差不多了。辛苦了，赶紧回家好好休息。

人生第一次一个人代表一个团队的出差，大捷！

我背着电脑包，大踏步走出了到达大厅。深吸一口带着雾霾味的空气，都觉得格外舒坦。

当接到超越自己本职工作的任务时，不应退缩，而该激动才对，因为这意味着你的能力获得了上司的认可。如果工作表现不行，团队怎么敢放你去闯呢？

完成任务的过程中，一定要摒弃各种思虑，尤其不要太在意资历老的人会怎么看你。只管集中精力和注意力在工作上，细心倾听和思考后果断表达出自己的想法。当你"有料"、能为项目带去积极贡献时，没有人会随便瞧不起你的新手身份；相反，只会对你刮目相看。

养猪场上的"搬客"

> 干得了投行，
> 下得了猪房。
> 不放弃一丝希望，
> 机会便会如约而至。

果断争取到的机会

2013年底，高盛正式被万洲国际有限公司（以下简称"万洲"）聘请为香港IPO项目的联席保荐人投行之一。万洲这个名字许多人听着陌生，但它的原名一定是中国人家喻户晓的：双汇控股。那家制造和销售猪肉食品，尤其是火腿肠的世界500强企业。

彼时，万洲刚斥资71亿美元并购了美国第一大猪肉食品商史密斯菲尔德公司（Smithfield），一跃成为全球首屈一指的"Pork Player"（猪肉玩家）。万洲的香港IPO，注定是一桩世界瞩目的大事件，是投行人都希望参与的里程碑式项目。

我所在的消费品零售行业组接过了代表高盛筹备万洲IPO的重任。那时，我仍在两个IPO项目上忙得四脚朝天，已分身乏术，所以失去了加入万洲IPO首发团队的机会，心里难免遗憾。

Three

初入职场：做一个被梦想录取的人

12月底的一天上午，我正在开电话讨论会，突然收到来自万洲项目的执行董事Yvonne的电邮。这是一封发给组里所有经理和分析师的"紧急求助"邮件。

各位：万洲项目即将开展生物资产尽职调查工作①。目前，万洲项目上的所有banker都在彻夜加班搭建财务模型、撰写招股书关键章节，无人能参加下周的尽调。本次尽调历时三天，从12月29日到31日，地点是河南驻马店的万洲肉猪基地，主要工作是猪舍考察和猪只盘点——也就是"数猪"。我们急需一位男banker的援手，协助万洲团队完成本次尽调工作。不胜感谢。

收到邮件的同时，办公室也炸开了锅。

"Holy cow，数猪啊！太牛了。"

"生物资产尽调好像很有趣。之前纽约团队做过一家渔业公司项目，据说还潜水去考察了他们的水产养殖呢。"

"竟然在2013年最后三天去尽调，是不是要在猪圈跨年，与猪共舞了？有点狠啊。谁会想去？"

听着同事们热火朝天的讨论，再一次读完言简意赅的求助邮件，我不由手心发烫心跳加速。那是每次机会来临时我的必然反应。

万洲IPO是我梦寐以求希望加入的项目。本以为已与它失之交臂，可现在柳暗花明又一村，良机从天而降，虽然只是项目工作的"边角料"——三天而已的生物资产尽调。

但是再次要的工作也是工作，是项目胜利完成所不可或缺的元素。何况，要想争取到机会，就绝不能对机会挑肥拣瘦。当大多数人在脏

---

① biological asset due diligence：IPO尽职调查的一种，适用于有生物资产的待上市企业，比如双汇（肉猪）、伊利（奶牛）。

活累活面前望而却步时，如果你能知难而进，就已经赢了一半。

三十秒后，我作出了决定——自告奋勇去数猪。

我即刻拨通 Yvonne 的电话，告知她我可以帮忙，但本着负责任的态度，我得拿到几位自己所在团队上司的批准。

求助邮件发出没多久就收到应援，正在香港焦头烂额着的 Yvonne 喜出望外，连声道谢。

第二步，我火速给自己的两位执行董事上司发邮件解释了万洲生物资产盘点的事，说明自己愿意熬通宵把项目工作提前做好，且去河南出差不会耽误太多时间。

与此同时，我跟几位在北京办公室的项目小 boss 和分析师口头说明了情况，直接获得了他们的批准和支持。

一小时后，两位大 boss 也爽快地给我开了绿灯。其中一个还不忘在邮件末尾祝我 good luck and have fun（好运并享受此过程）。

带着所有团队的批准，我马上给 Yvonne 发去了确认邮件。

"Leo，你是唯一回复愿意帮忙的，真的非常感谢。快过新年了，却得麻烦你跑一趟河南农村，难为你了。我马上让团队把你加入万洲工作组邮箱，提前准备就绪。"电话那头传来 Yvonne 如释重负又略带歉意的声音。

而此时我并没告诉她，妈妈刚从厦门飞来陪我过新年，只在北京待一周。去河南，意味着我只能吃四天妈妈做的可口饭菜了。

但不论如何，我抓住了这个机会，能参加那一年最重要的食品企业的 IPO 工作了。这让我异常喜悦。

要当猪场"知青"，必须先被隔离

数猪行动前两天，我每天熬到后半夜，提前把手头的项目工作保

Three

初入职场：做一个被梦想录取的人

质保量做好，还抽时间研读了万洲公司的资料，对这个项目有了初步了解。

12月28日下午，我从北京飞郑州，下飞机后又马不停蹄乘车赶往万洲位于驻马店乡下的大型肉猪养殖基地，抵达时已是深夜。隆冬时节，河南原野上只有伸手不见五指的漆黑和刺骨的大风。

同行的还有三位项目同事，都是只比我大两三岁的小伙子，来自摩根士丹利（万洲IPO的另一家牵头投行）、仲量联行（资产评估师）和毕马威（会计师事务所）。大家对接下去几天"未卜的"命运既兴奋又担忧——真的要跟猪同吃同住吗？

对于养猪场的第一印象，用"未见其形，已闻其味"来形容再恰当不过。虽然离猪舍还有数百米远，可浓郁的猪骚味已足够令初来乍到的人感到呼吸困难。

猪场的王副主任笑吟吟地打着手电来迎接我们。"各位领导辛苦了。你们都是北京和香港来的吧？我们这儿条件不太行，委屈你们啦。"

话音还未落，一辆满载成年肉猪的大卡车从身边席卷着尘土和猪的哼鸣呼啸而过，一阵更浓郁的骚臭味扑鼻而来，愣是把我到了嘴边的问候语堵了回去。

"各位领导，我们的猪舍考察和猪只盘点会在第四天早晨开始。进入猪舍前，得辛苦各位领导配合隔离48小时。隔离的目的是防止携带病毒进入猪舍、感染猪群。隔离期间会安排大家住这里最好的宿舍……"

听到要隔离48小时，四个数猪青年异口同声地"啊"了出来，对未来几天生活的不确定感又顿增不少。

王副主任继续给我们几位"领导"解释道："隔离期间得委屈大家在猪场生活区内活动，不能进入猪舍，不能外出，不能洗澡。现在天冷，进入猪舍前务必防止感冒。"

几小时前，我还是穿着西装和黑皮鞋，在京城最高端的写字楼里做着复杂估值分析的投行男，几小时后，我已经在700公里外的中原乡下为数猪做准备了。

虽然预感隔离的48小时将不会太舒坦，但站在猪比人金贵的这片土地上，我突然感到莫名的幸运。Life is like a box of chocolates（生活像一盒巧克力），我能尝到所有高盛同事没机会尝到的"猪肉味巧克力"，这难道不是一件非常值得纪念的事吗？

"各位领导，现在请大家做一下紫外线消毒，然后洗澡、更衣。"

不得不说，为了保证肉猪成长环境的绝对安全，万洲做得毫不马虎。

消完猪场第一毒，洗罢猪场第一澡，换上深蓝色的猪场工服和白色胶鞋，我终于进入生活区入住，此时已是凌晨零点三十分。

我们住的猪场豪华房是两人一间的15平米集体宿舍。屋内一张写字台，两张小床，颇为简约。和我同屋的是摩根士丹利的分析师Chris。他前一天也熬到后半夜，又从香港经深圳辗转到河南，早已疲惫不堪，一进屋就倒在了床上，无奈个子太高（一米九几），平躺时脚只能悬在半空。

"既来之则安之。"Chris蜷起双腿翻了个身，不久就发出了鼾声。

窗外隐约传来猪群的哼鸣，以固定的分贝和韵律在我耳畔回响，原来猪里也不乏夜猫子。这是纯天然的催眠曲，我很快进入了梦乡。

被隔离的两天是我多年以来过得最规律的48小时。

早晨7点半起床，我们会带着猪场赞助的脸盆和牙杯去开水房洗漱。

白天大部分时间，我和Chris会抱着各自的黑莓手机工作——生活区的网速让我们根本没法从笔记本电脑登进公司系统。但两个奋斗青年都认为，网速不给力并不是罢工的借口，所以在信号时强时弱的猪场，我们依旧坚持做完了力所能及的工作。屋里暖气不够，我们就各自裹着大棉被蜷缩在床上干活。

Three

初入职场：做一个被梦想录取的人

好心的王副主任为了给我们解闷，特意安排猪场播放"肉猪养殖入门"的教学片，美其名曰"看一场和猪有关的大片"，还让饲养专家陪同观看、现场答疑解惑。那两天，我学到了这辈子都用不完的养猪知识。Chris 一本正经地说："如果哪天在投行干不下去了，就合伙开一家高端养猪公司，给猪按摩听音乐喝啤酒。日本有'神户牛'，中国也能养出'驻马店猪'。"

养猪场上空的天是晴朗的天，养猪场里的生活是单纯美好的生活。

零距离数猪六小时

第三天清晨 6 点，猪场饲养员上门把我们叫醒。今天终于要进猪舍做生物资产尽调了。

6 点半，我们四位数猪青年开始入猪舍前的消毒。第一步是洗澡——48 小时以后的第一个热水澡洗得格外舒坦，即使是跟几十个男饲养员挤挤挨挨洗的集体澡。

第二步是消毒。天气寒冷，我穿了一件衬里的毛衣，被翻来覆去消了足足一分钟毒。接着，我们换上饲养服、胶鞋和手套，依次通过紫外线和水雾消毒通道。

"为了这次相聚，我连见面时的呼吸都曾反复练习。"消完毒的 Chris 哼起《漂洋过海来看你》。哦不，应该是"漂洋过海来看猪"吧。

进入猪舍前，王副主任和我们再次确认了生物资产盘点计划：饲养场共有 15 个猪舍，包括怀孕母猪、哺乳母猪、种公猪、幼年猪等多个种类的几千头猪。在尽调前一天，万洲向我们提供了各猪种的最新数据和猪舍信息。我们四位尽调人员要做的，是在饲养员引导下，现场逐舍盘点，以确认实际情况与公司资料相符，尤其是确认猪舍里没有疫病的存在。

数猪金融民工欢乐多

"如果准备好了,我们现在就进猪舍开始盘点。头三个舍是哺乳母猪和刚出生一周的小猪。味道比较重,大家多忍耐一下。"

一分钟后,我们在王副主任和饲养员的陪同下进入了猪山猪海:这是一个几百平方米的宽敞猪舍,分成几十个隔间。每间都有一头刚生产不久的母猪和它的猪娃们,少则两头,多则一小群。

母猪们听到开门的声响,不约而同转过头,上下打量着我们这群闯入者,而小猪崽们则是"初生猪娃不怕人",甩着尾巴扒着栏杆,朝我们直哼哼。

前一秒我们还在为眼前的"美丽猪世界"暗自惊叹,后一秒我们已经快被刺鼻还辣眼睛的猪臊味熏晕。

然而工作就是工作,从不该轻易打退堂鼓。我站定在原地,暗示自己正身处一片空气清新的湖畔,周围鸟语花香,天空白云朵朵。在这种"违背现实"的积极心理暗示下,一分钟后,我竟已几乎感知不到气味的存在。

三位数猪伙伴显然也逐渐从晕厥的边缘缓过神来。大家朝王副主任做了个"OK"的手势,开始了第一个猪舍的盘点。

"第一栏:1,2,3,4……合计6头猪崽和1头母猪。"

"第二栏:1,2,3,4……合计4头猪崽和1头母猪。"

"第三栏……"

代表了两家投行、一家资产评估方和一家会计师事务所的四位数猪青年在"猪林"中逐栏徒手盘点,每点完一个栏,都仔细将数字记

Three

初入职场：做一个被梦想录取的人

录在盘点表上。因为猪崽们喜欢乱窜，造成几个人盘点的数字偶有不同。这时，我们一定会重新来过，直到所有人点的数一致为止。

盘点同时，我们还会观察猪舍的设施和环境，确认没有毁坏失修的情况存在；碰到伏地不动的猪，我们会多在猪栏边停留片刻，并咨询饲养员，确认没有疫病发生。

从上午7点进入第一个猪舍，到下午1点从第15个猪舍筋疲力尽地走出来，我们一共与猪零距离共处6小时，这是一辈子都难被打破的"伟大"纪录。

我们领略了"猪生百态"：母子猪的温情满满，幼年猪的活泼好动，怀孕猪的慵懒笨拙，种公猪的霸气逼人。不管是哪种猪，都用它们无与伦比的气味表达了对我们的热烈欢迎。

最让我和数猪同伙们长舒一口气的是，这次尽调的实际盘点数与公司提供的数据完全相符，猪舍环境和猪的健康状态良好。

有了这个结论，万洲IPO才可以全速推进下去。

"知青"的总结

当天傍晚，数猪小分队在郑州机场解散。到了离别时才猛地发现，我们对过去三天的猪场生活竟都有些意犹未尽。四个"知青"紧紧拥抱，约好后会有期。

上飞机后，我累得直接"北京瘫"在了座位上。快睡着时，突然从后排传来一个乘客不满的牢骚：

"哎，服务员，怎么机舱里空气那么不好啊？有种腺臭味你闻到了吗？"

"不好意思先生，我也闻到了。可能是哪位乘客的行李有异味。起飞后通风系统会启动，到时空气应该会变好。"

这个略带无奈的对话让我如梦初醒——走之前竟然没换掉在猪舍里"浸泡"了六小时的毛衣！

也许是和猪待了太久，对它们的味道都浑然不觉了吧。

我赶忙向空姐要了两个毯子，把臭气源毛衣裹了个密不透风，才带着歉意昏睡过去。

因为航班延误，带着猪臊味回到北京办公室时已是午夜。偌大的办公室空无一人——2013年的最后一天，大家终于能早点回家了。

我决定善始善终，把此次尽调的总结报告写完再下班。坐在电脑前，四周寂静无声，脑子里却满是大猪小猪的样子和它们或欢快或忧郁的叫声。

过去的 72 小时，注定是我在高盛两年乃至未来职业生涯的几十年里都不会再有的奇遇。

第二天，我收到 Yvonne 发来的 Thank-you E-mail，定睛一看，高盛亚太投行部的主席等多个区域大佬也被抄送进了邮件。

Yvonne 盛赞了我的数猪"壮举"，感谢我在团队最艰难的时候雪中送炭，甚至放弃新年夜的难得安逸，在办公室加班到深夜。

其实，即使我对万洲 IPO 项目毫无兴趣，在接到 Yvonne 的求助邮件时，也依旧会自告奋勇去帮忙。作为初级员工，就要不怕苦不怕累，就得愿意接过别人不愿做的工作。不管是什么任务，都要真心实意去做好。也只有这样，才能赢得更多、更有分量的机会。

后来，在参与中国圣牧有机奶业的香港 IPO 时，我又一次与动物亲密接触，在寒冬腊月带领几个同事到内蒙古巴彦淖尔的有机牧场进行生物资产尽调。那次数牛也是荡气回肠的回忆：凌晨四点的披星戴月，零下二十度的塞外朔风，因沾满牛粪而直接报废的一双鞋，母爱泛滥的泌乳牛和黏人的小牛崽……

唯一不同的是，返京飞机上的空姐和乘客没再因为异味捂起鼻子。

Three

初入职场：做一个被梦想录取的人

在零下 20 摄氏度的内蒙古养牛场做尽职调查

在"绝望"中寻找希望

> 从小到大都没骨折过,为什么这次摔一跤就折了手腕?
> 还不偏不倚伤在"人体最难自行愈合"的那块骨头上,
> 而且正值事业的上升期,对于一个"万般皆下品,唯有事业高"的
> 奋斗男青年而言,这个急刹车几乎是不可接受的。

2014年1月,我正式加入中国圣牧有机奶业公司(以下简称"圣牧")的香港IPO项目团队。圣牧是国内最大的有机乳品公司,而高盛是这个项目的保荐投行,承担着最大的责任和工作量。

圣牧高管层上市心切,同高盛制订了魔鬼式的项目执行时间表,力求在2014年上半年完成IPO。圣牧的勃勃野心也意味着,高盛团队将度过昏天黑地赶deadline的六个月。

春节刚过,我便被安排去呼和浩特的圣牧总部做首轮业务考察。那是2月中旬的一天,京城飘着小雪,天阴冷难耐,我从早上进办公室起就感到一种异样的压抑,太阳穴突突直跳,还略有些气短。

"也许是这两天没休息好吧。"我打起精神头干活,说服自己不去理会身体的不适。

因为工作多得做不完,我订了当天最晚飞呼市的航班,好在办公室多忙一会儿。

一天无喘息工夫的忙碌,连午饭都是边发邮件边在工位上草草解

Three

初入职场：做一个被梦想录取的人

决。忘我地打完最后一个电话会议，一看表，竟已快七点，而我的航班将在八点半起飞。从金融街到三十公里外的机场得穿越高峰期的"首堵"城，有时一个钟头还到不了。

我赶紧抓起行李箱冲出办公室，高盛的司机已在楼下守候多时。内蒙古天寒地冻，我特意换了一双暖和的高帮皮鞋，跑起来都有些吃力，也可能是身体状态不佳的缘故吧。

办公楼大堂正在翻修，围了一米高的防护栏。而我正提着箱子飞速往外冲，等反应过来眼前有障碍物时已经晚了。心想着"工人师傅们，不好意思给施工添麻烦了"，我原地起跳准备跨过护栏。

要是穿着平日的轻便皮鞋，跨过1米高的障碍物简直是小菜一碟。可那天的皮鞋笨重了不少，再加上脑子已经累得有些迟钝，我做出了史上最不协调的跨栏动作：前脚尚未越过栏杆，后脚就急着跟上了。雪上加霜的是，我还背着双肩包、拎着行李箱。

2秒之后的结果可想而知。一米八七的我连包带箱从半米高的空中潇洒地"降落"，扬起一地尘埃。情急之下，我本能地用手撑地，所有重量狠狠地砸在了单薄的左手腕上。

一阵前所未有的痛感瞬时从腕部蔓延至全身，把所有疲劳和压抑都击得粉碎。

读书时在球场和田径场训练时也摔过几次，但这次的触地面只有手腕一点，压强十分可观，我顿时疼得哆嗦起来。

"不行，不能误了飞机。得赶紧出发。"强忍剧痛，我挣扎着爬起来，边吸冷气边往外跑，留下几个吓了一跳的工人在背后"啧啧"着目送我远去。

"师傅，麻烦您尽快。我的航班8点半起飞，今天就这一个航班，拜托！"

那天唯一的顺利，恐怕就是没被京城高峰期的交通刁难了。小车一路风驰电掣，穿西城越朝阳上机场高速。寒风凛冽的冬夜，我在温暖的车厢里独自"疗伤"，不准备把刚发生的小事故告诉任何人。

"从小到大都很皮实，蹭破皮崴个脚的事多了去了，这次只是疼了点，但肯定没问题。"我一边揉着开始发肿的手腕，一边"违心"地安慰自己。摔倒时的爆发式刺痛，此时变成了更加深刻的放射性钝痛。

到了机场，我以光速买了一盒跌打扭伤膏药，然后在头等舱通道一路闯关，总算有惊无险登上了飞机。

"Success（成功）。"望着肿成小馒头的左手腕，我欣慰地闭上眼睛，想强迫自己在飞机上睡着以缓解痛感，但终究无济于事。

已经不记得在呼市的那一晚疼醒了几次，或许压根没有睡着。只记得换过两帖膏药，不断给自己咬牙打气：受伤是自己的疏忽所致，绝不能耽误工作。手腕再疼，能疼过关羽的刮骨疗毒吗？

第二天，我按原计划起床，跑步，洗澡，吃饭，努力不去理会手腕的阵痛——经过一整晚或梦或醒的积极心理暗示，痛感竟真的减轻了少许。

一天的业务考察马不停蹄，结束时已是下午四点多，冬天的呼市黑夜将至。回到车上，我总算可以松一口气，翻开厚厚的袖口，关照一下受伤的手腕了。

当我小心翼翼更换膏药时，圣牧团队的同事突然惊呼起来：

"哎呀！李经理，你手腕受伤了！怎么肿得那么厉害？"

我只得把出差路上不慎摔倒的事跟他说了一遍。

"这样不行！您该早点说啊。走，我陪你去蒙科大附属医院看急诊。"

想到下一阶段的工作任务将更加繁重，而身体又是革命本钱，不得有任何闪失，所以医院真的是不得不去了。

在这家内蒙古数一数二的三甲医院，我拍了X光片。急诊医生端

Three

初入职场：做一个被梦想录取的人

着我的片子打量片刻后轻描淡写地说："小伙子骨头硬。应该就是创伤，不严重，三两周能恢复。别让左手腕受力，不要做俯卧撑。"

听到"并不严重"的结论，我如释重负。谢天谢地没有大碍，工作不会受影响了！

然而，故事并没有到此结束。

回到北京后，手腕的肿胀和疼痛都没有丝毫改善，红花油和膏药不见任何效力。打字快的时候，左手腕便疼得厉害。更糟的是，每晚睡觉时一定会疼醒几次，有时再也无法入睡，只得数着羊盯着天花板到天亮。

起初我还很淡定，心想伤筋动骨一百天，何况医生都说了问题不大，估计再忍一忍就好了。

然而几天后手腕情况非但没有好转，反而肿得越发明显，稍碰一下就嚯嚯地疼。

我开始焦虑了，一种不祥的预感涌上心头：莫非是呼市的医生误诊了？

为了不留下后患，我当机立断——去积水潭医院（北京数一数二的骨科医院）复诊！

不幸的是，在触诊和 X 光检查后，我担心的事还是应验了。

"小伙儿，你是真能忍疼啊。你带过来的这张片子和今天拍的片子都显示你的左手腕舟骨骨折了，而且现在来看，骨折线非常清晰，比刚受伤时又恶化了。舟骨是人体最难自行愈合的一块骨头，恢复不好的话有坏死风险。现在有两种方案，一是保守治疗，打石膏让它自行长好，但时间和结果都说不准，临床上有很多长时间无法愈合的案例；第二种就是手术，在你的断骨处植入一根钉子，把骨折处合拢，但术后还要戴一段时间防护手套，这种办法愈合率高很多……"

舟骨，坏死，无法愈合，钛合金钉子……

医生的一番话让我蒙了。从小到大都没骨折过，为什么这次摔一跤就折了手腕，还不偏不倚伤在"人体最难自行愈合"的那块骨头上？

我的内心是复杂而有些崩溃的。我怨那个内蒙古的"蒙古大夫"贻误了我的伤情，我害怕恢复不好会留下永久性后遗症。而在那一刻最让我沮丧的，还是骨折治疗将对工作的影响。那时我入职高盛半年多，适应期过后已逐渐上了正轨，各方面表现都不错，是同届分析师里最受领导赏识的员工之一，正在两个重量级 IPO 项目上奔忙。

在职场的关键上升期骨折，意味着我将不得不放缓工作节奏，暂别朝夕相处的同事们，回家养伤。我能做的将极其有限，为团队创造的价值也会大打折扣。

对于一个"万般皆下品，唯有事业高"的奋斗男青年而言，这个急刹车几乎是不可接受的。

然而，该发生的已经发生了。当遭遇不顺时，如果任由自己被懊恼的负能量场包围，只会使情况更糟。这时候要做的，唯有坦然接受事实，努力让自己平静下来，然后确定一个最佳解决方案并尽快开始执行，将损失降到最低。

"大夫，我要做手术。请您尽快帮我安排时间。"

我必须以最快、最有把握的办法对身体负责，尽量减小对未来生活和工作的影响。

因为是在出差时"英勇负伤"，公司给了我三个月的带薪伤假，并承诺在恢复不好的情况下可以延长。同事们也纷纷问候，祝"断臂大侠"早日回归，"项目上的事你甭操心，有我们在，你先好好养病"。遭遇挫折时，伙伴们的支持往往能带来巨大的精神鼓舞。

一周后，医生在断骨处植入了一根可以和骨头长在一起的钛合金钉子，痊愈后也无需取出。

Three

初入职场：做一个被梦想录取的人

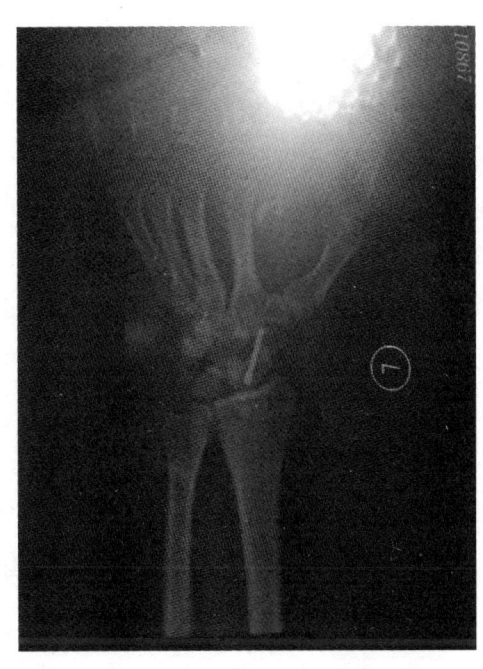

骨折"送"给我一颗钛合金钉子，永久保存。

手术的成功只是康复之路的开端。拆线后，我戴上了防护手套，继续固定伤处。天气逐渐热起来，密不透风的手套硬壳把皮肤捂得近乎溃烂，一出汗就奇痒难忍。

从动手术的那一天起，我的黑莓就一直没关过机。在暂别办公室的日子里，黑莓小红灯的闪烁会让我心安，让我觉得从未离开过那个灯火通明的奋斗场，让我知道自己参加的圣牧和长飞两个IPO项目都在日新月异地向前推进着。

术后第三周，左手腕的疼痛感基本消失，核磁共振检查也显示骨折线正在逐渐缩小。随着伤情一天天好转，我的心也日益"不安分"起来。

伤假开始前，上司叮嘱我一定要"专心休息，不留下任何后遗症"。团队成员们都做好了"Leo会彻底停工三个月"的准备，两个IPO项目目分别增加了一名分析师接替我的工作。

然而，我从未想过要"彻底停工三个月"。左手腕虽然伤了，可我依然耳聪目明思维敏捷，右手也依旧好使。这些难道还不足以让我提前复工吗？

更何况，两个项目都进入了最疯忙的阶段，同事们经常挑灯夜战到凌晨两三点，恨不得化身八爪鱼才能把工作做完。作为团队的一员，我没法不去帮忙分担，更不能接受同事们熬夜到爆肝，而自己却悠闲到长草的生活状态，这会令我自责、难堪和恐慌。

我有把握复健复工两不误。很多时候困难都是相对的。如果把困难想得很严重，它也许确实能严重得要人命，但如果在困难面前举重若轻，它也许真的就"不过如此"。

当我跟两个团队的上司说了复工想法时，他们的第一反应都是"Leo你疯了吗？骨头都还没合上就想工作，没必要的"。

但当我表达了自己渴望为团队分担压力，养伤期间可以"a) 在家远程工作；b) 参与无需双手打字的工作"时，上司们被说服了。从他们的语气中，我可以听出感动和感激。

就这样，我开始了边复健边"work from home"的日子。在复查、换药和腕功能恢复锻炼之余，我会坐在写字台前继续"金融搬砖"的生活：参加项目电话会议，手写进度纪要，收集行业和公司资料，遇到 deadline 不着急的时候，还会用右手打字写文件。总之，除了没法做财务模型（需要双手操控键盘）之外，其他投行的日常工作我都用右手搞定了。

最初，团队同事们担心我过早回归工作会影响康复，便故意不派强度大时间紧的任务给我。但我总是尽力多做一些，工作质量也与受伤前几乎无异。就这样，上司们渐渐放心了，开始托付给我更多的工作。

说来神奇，在家复工后，骨折处的愈合速度竟比全天候疗养时更快了。术后三个月的一次 X 光检查发现骨折线已基本消失。我想，这块人体最难自愈的骨头得以恢复,一定和复工带来的充实和安定感有关。

如今,左手腕的功能已经恢复了 99%,只留下一道蜈蚣状的手术刀疤。我想,这是高盛时代最重要的一个印记,因为它代表了年轻时的拼搏和在困难面前不妥协的决心。

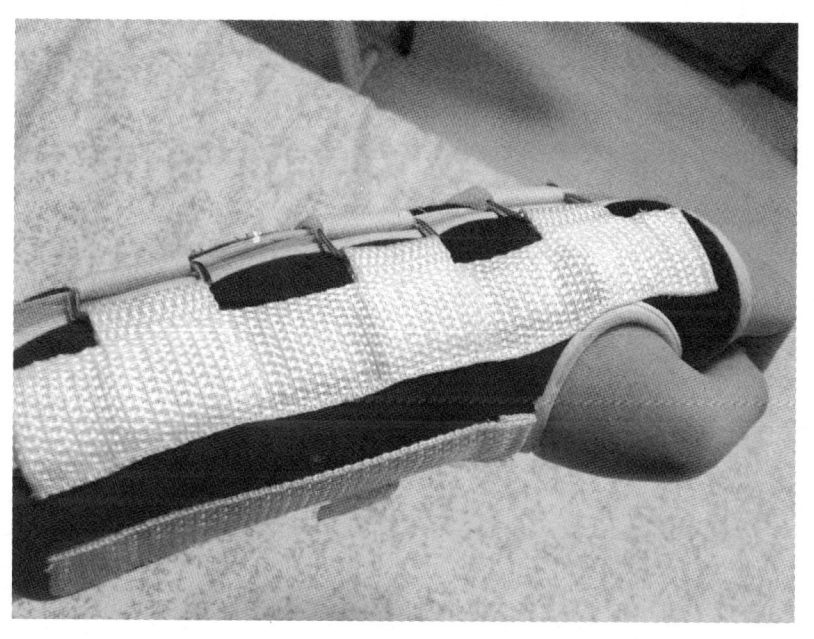

手术后好久,我都得戴着这个"托儿"。

投行赋予我的四大能力

> 忘时，忘物，忘我
> 诚实，朴实，踏实

可以用一串数字概括我在高盛的两年：

参加了6个港股和美股IPO项目，上市公司全部是各自行业的霸主，总融资额超过250亿元人民币。

去过中国的22个省区出差，乘商务舱/头等舱飞行15万公里换来一张国航白金卡，曾在海拔3800米的拉萨做税务和工商调档，也曾在零下28度的哈尔滨考察业务。

单周最长工作纪录：109小时。

熬夜纪录：连续两个通宵（外加第三天白天）。

搭建了合计1500张Excel表的逾20个财务预测模型。

完成了120本中文或英文pitchbook，最短的6页，最长的150页。

参加了近20000分钟的项目电话会议。

回复了大约55000封工作邮件。

Three

初入职场：做一个被梦想录取的人

不夸张地说，在投行奋战两年，堪比在一般公司工作五年甚至更多。这些可能有点惊人的数字背后，是投行对一个职场新手暴风雨般的、魔鬼式的锻造。

在纽约总部接受入职培训时，高盛总裁布兰克芬曾对我们说（原话大意如下）：Goldman Sachs will stretch you real hard in many ways – physically, mentally and intellectually. You will ride a very steep learning curve here at Goldman, and you will feel great about it.（高盛会从体力、心力和脑力等各方面磨炼你。在这里，你会攀登一个非常陡的学习曲线，这会让你感到很棒。）

我在高盛的每一天，确实都如布兰克芬说的那样，痛并快乐着。通宵加班的劳累和完成项目的欣喜都注定会让我永生难忘。

不论工作曾经多苦，我都感谢高盛给了自己最好的职场初体验。在高盛"get"到的技能将让我受益终生，不管我未来在哪里、做什么。

也许你未来不会进投行，但若想在职场上有所作为，我相信下面的四项技能都是不可或缺的——不论你将来会从事什么工作。

Attention to details（重视细节）

投行恐怕是我所知道的最"处女座"的地方，对任何工作都较真到极致，毫无妥协余地——不论是内容还是形式，每个细节均需要充分考虑、滴水不漏。

我在高盛实习时的第一个任务，是帮上司修订一篇 Word 格式的分析报告。彼时，我还没有使用"track change"[①]的习惯。在未询问

[①] 审阅修订，Word 里的一项功能，能够将修订部分显示出来，便于查阅和对比。

清楚上司要求的情况下，我就擅作主张，决定用"红色"来标注所有修订。更欠考量的是，我想当然以为只要修改内容和措辞即可，无需考虑其他。

当我把打着一块块红补丁、格式略显杂乱的修订版发给上司后不久，就接到了他的回复。电话里，上司有些不客气地说："Leo，你再把自己发来的文件打开看看。首先，你没用 track change，所以我还得手动把你的红色修订一条条改回黑色字体。第二，修改文件不只是改内容，还得校对格式。这篇报告的格式问题你都没碰。比如，第二段的最后一句话少了句号，第三段中间部分的引用用了英文引号，最后一段倒数第二行的间距有问题，变成 1.5 倍行距了……"

听着上司的"教育"，我的脸火辣辣的。这是我投行生涯里第一次、也大概是最后一次因为忽略细节而"被骂"。大三暑假的实习，让我一次次感受到"attention to details"这项投行基本素质的重要性：宏观到工作材料的内容和调性，微观到文件的字号、字体颜色、间距，都必须拿出处女座的那股"事儿劲"对待。全职加入高盛后，我养成了"check my work"以避免出现细节错误的习惯，终于把自己变成了一个给领导省心的"处女座"。

滴滴出行总裁柳青在高盛当初级分析师时，曾因为把财务模型里的一种外人看来微不足道的颜色搞错，招致上司批评。我的同级分析师里，也有女生因为忽略了一个难以被察觉的细节而被骂得梨花带雨。

有人吐槽投行这种不近人情到变态的"较真"：这么纠结细节，有必要吗？至于吗？

其实，投行人不是细节的俘虏，并非为了较真而较真。对精细缜密的崇拜与追求，源于对客户的尊重与责任感。作为项目乙方，投行团队获得了不菲的服务佣金，理应保证工作质量，不辜负客户的信任。

Three

初入职场：做一个被梦想录取的人

高盛能有今日的影响力和地位，与一百多年来高盛员工的精益求精不无关系。

Multi-tasking Skills（多任务处理能力）

投行人（尤其是初级分析师）常常需要兼顾多项工作，有时恨不得长出三头六臂十个脑来。我最忙时曾经同时在四个项目团队上，处理 10 多项工作，想不 multi-task 都难。如果不想没觉睡，就必须得管理好工作计划和进度，争取用最短时间完工。

进高盛两个月后，我逐渐摸索出一套自己的门道：每天早上到了办公室，我都会用五分钟在 To-do list 上列好一天中的所有任务，注明 deadline 和每个任务对应的上司是谁。根据这两个信息，我再快速决定好每项任务的优先级——高、中或者低。

为什么要根据上司来定优先级呢？这其实算耍了个小聪明。经过一段时间的观察，我总结出了不同上司的风格。比如，有些上司永远说一不二、不由分说，他让你"今天之内"完成一项工作，那么你就必须在午夜来临前交差，否则就"凶多吉少"了。而有些上司则是表面"唬人"的纸老虎，布置任务时貌似很强势——"很急，明天中午前务必给我"，但实际上并没那么火急火燎，说是"明天中午"交，但也许后天中午前都来得及。我还碰到过一个有点犯糊涂的上司，经常忘了给分析师定的 deadline 是什么时候。

所以，如果是说一不二的上司派的急活儿，那就是真急，优先级自然放在"高"档。如果是后一种上司给的任务，有时就能往后排一点。

当定好任务清单和优先级后，就要专心致志开始干活。有些人 multi-task 时是真的 multi-task：边打文件边开会边琢磨项目方案。但我并不推崇这种做法——怎么可能同时干几件事又能保证高正确率

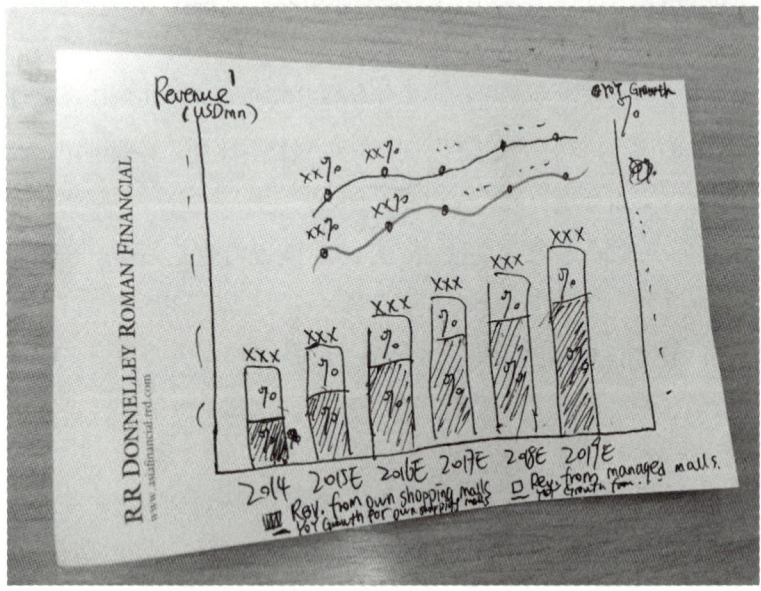

1. 在高盛两年,穿西装的时间比穿睡衣的还长。
2. 手画的财务预测数据图

Three

初入职场：做一个被梦想录取的人

呢？如果不是万不得已，我都会努力将宏观的 multi-task 变成微观的 single task（单任务），把工作一件接一件搞定。比如，9 点到 10 点完成任务 A，10 点半到 12 点是任务 B，下午 2 点到 4 点做任务 C……做一个任务时就心无旁骛，不去想尚未开始的其他任务，将分心可能性降到最低。同时有好几件事压在心头已经让人容易抓狂了，所以必须要自己把时间分段，每一段对应一件事，屏蔽干扰。

Ability to learn fast（快速学习能力）

如果用几个关键词总结高盛分析师的工作生活，除了"熬夜"和"高薪"外，一定还有"学习"。入职时，分析师们在纽约总部参加六周培训，学习最基本的投行技能（比如估值方法、金融会计知识等）。入职后，分析师们会接触不同的融资项目、资本市场和客户公司。培训时的所学往往无法完全应付实战场上的所需。

若想成为一个出类拔萃的分析师，不但要不断学习充电，还要拥有快速领悟、学以致用的能力。我在高盛的两年，不曾有一天中断学习。有因工作需要而"不得不学"，更有为了提高业务水平和竞争力的"主动求知"。

刚进公司时，我就有意识地拜师学艺，找到了两位可以请教的前辈，一位是朝夕相处的小 boss，另一位则是在工作上几乎没有交集，但业务能力出众且非常聊得来的执行董事。因为两个"老师"资历不同，所以我能从他们那儿学到不一样的业务知识，最大化学习半径。

跟着他们学艺的办法就是一个字：问。我相信新员工最不该顾虑的便是"多问"。初来乍到白纸一张，问什么都不会被人嘲笑。恰恰相反，勤学好问的新手往往受到上级的欢迎。

向小 boss 请教的问题大多关于我们正在忙的项目：小到一个术语

的定义,大到某种复杂的上市法规。渐渐地,我的知识盲点越来越少。而懂得越多,工作起来就越得心应手、越能帮他分担更多工作。

向执行董事求教的方式略有不同。不像跟小boss能天天见、天天问,我和执行董事每周吃一次饭,吃饭前我会提前在脑子里列好问题,边吃边问、边学。而求教的东西,不是项目上的鸡毛蒜皮,而是更宏观的金融知识,比如中国投行市场的发展史、华尔街投行的转型,香港和纽约证券市场的对比等。

除了拜师学艺外,我还尽量利用高盛给员工提供的丰富学习资源,为自己加码。与其说高盛是一个企业,不如说它是一所大学。在这里,有GS Knowledge Management System(高盛知识管理系统),还有GS University(高盛大学)。两个平台上有大量可以免费下载的资料,比如成千上万个融资项目的case study(案例分析)和几十种金融估值模型的讲义和模板。

对初出茅庐但求知若渴的新手来说,这些资源无疑是一座座大金矿。工作之余,我给自己制订每周和每月的充电计划,见缝插针学习。比如:

> 本周任务:研读周大福、普拉达、辉山的香港IPO案例,明白高盛在这些项目中的核心角色与贡献,结合当下资本市场情况对上市时的估值进行思考。

> 本月计划:下载并学习两个在培训时没接触过的Leveraged Buyout模型(简称LBO,"杠杆收购"),尤其要弄懂所有key assumptions(核心假设——做金融模型时很重要的数据)背后的道理;将本周看过的10个IPO案例要点再复习一遍。

因为平日工作实在很忙，我通常不给自己制订高得难以实现的目标。但任务就是用来完成的，一旦确定好当周、当月的学习计划，我就不再给自己讲条件，坚决咬牙学完。

Tenacity（一股韧劲）

有句话形容投行的残酷：女生当男生使，男生当牲口用。想在投行这样的高压锅里生存，就得学会"不娇气自己"。

"对自己 tough 一点"，不是指全然不顾健康、随意透支身体，而是对工作的强度和压力稍微"钝感"一些、别那么在意和焦虑的意思。

参加红星美凯龙香港 IPO 项目时我经常出差，最忙时曾经一天两飞，行经三座不同省份的城市。最折腾的一次，是前一天还在昆明考察，第二天就去了拉萨做税务调档，完全没有机会吃上一片抗高反药，就被因高原气流而颠簸不堪的飞机带上了海拔 3800 米，而那时正值隆冬，是一年中含氧量最低的时候。

敏感的人可能会有这样的反应："怎么办，都没有准备好就上高原，会有缺氧反应的，肯定很难受，好郁闷啊。我最好 24 小时抱着氧气瓶，不让自己有任何危险……"因为心里紧张，状态也受到影响，最终导致没法很好地完成工作任务。

但其实很多时候，人真的很有适应能力，也远没有自己想象的那么脆弱。不会淋一次雨就感冒，熬一次夜就神经衰弱，上一次西藏就发生高原反应。要想在工作中放开手脚干出成果，就不能娇气自己，一会儿担心 A 一会儿又顾虑 B。

那次在拉萨，我给自己的暗示是：没事儿，我年轻皮实，先好好工作，不去想自己正身处高原。即使有高反也是年轻时难得的体验，大不了去医院吸氧。

可能也正是因为这种"不怕、不 care"的气场，什么抗高反药都没吃的我平安无事地度过了在拉萨的三天，除了偶有头疼外，我大块吃牦牛肉大口喝酥油茶，甚至还到布达拉宫广场上慢跑了两次。

有一位高盛女 MD 以工作时韧性极强而远近闻名。她年近四十才生子，怀胎九月时还奋斗在一线，牵头着两个大 IPO 项目，日理万机。传言说，女斗士 MD 去医院生孩子前的几小时，仍在办公室边修改招股书边和美国总部开电话会。

有下属委婉地提醒女斗士注意身体，"孩子要紧"。女 MD 轻描淡写道："嗨，这都不是什么天大的事儿。工作中哪有这么唧唧歪歪的顾虑？只要能在该休息的时候好好休息，就问题不大。"

对自己毫不娇气的女 MD，如今已是两个健康漂亮宝宝的母亲。

Three

初入职场：做一个被梦想录取的人

职场"老"新人的一点体会：如何做一个好的职场新人？

> 即便是菜鸟，
> 也要做菜鸟中的佼佼者。
> 心无旁骛，
> 把完美注入细节。

"职场新手如何做？"永远是年轻人最关心的一个实际问题。而诸如"职场新人十大法则""职场新手通关秘籍""初入职场，你必须拥有的宝典"等文章也永远层出不穷。翻过几篇，句句在理，但大多欠缺实例支撑。何况，写"职场新人法则"的鸡汤大师，有的在职场打拼了几十年，已经不太能感知当今时代职场新人的困惑、不安和诉求了。

我今年工作满三年，跳过一次槽，第一份工作干了两年，第二份刚过一年，还在继续。应该说，我依然算是一个职场新人，但三年的职场锻炼，还是让我多了一份阅历、一些思考。我想以一个职场"老"新人的身份，结合自己在高盛两年的经历，聊聊如何才能成为一个给力而受人赏识的职场新人。

若面面俱到，职场新手法则实在可以写出厚厚一本。这里分享的建议，是我认为最重要也是自己最有感触的四个点，可能包含了鸡汤师傅们炒过的旧菜，但每一点都对应了我在高盛的所见所闻，希望能给各位还在读书或初入社会的同学一点启发——不论你是在外企、国企，还是自己创业。

接受办公室政治，但绝不当其中的积极参与者

有人的地方就有办公室政治，而这种"政治"，有时甚至意味着钩心斗角尔虞我诈。

职场新手如何对待办公室政治？我认为可以归纳成十个字："接受其存在，绝不蹚浑水。"

我是个天生不喜复杂不会做局的人，所以对办公室政治厌恶有加。明明可以通过实力把工作做好，干吗要制造这么多纠结的人事呢？我相信很多初出茅庐的毕业生，也和我一样向往简单的工作环境。可是，像校园那样单纯的地方，职场上几乎是无处可寻的，只因职场比校园多了一个东西：利益。

所以，职场新人必须要接受 Office Politics 这个东西的存在。但是 accept（接受）绝对不是 participate（参加）和 embrace（拥抱）的意思。如果初入职场就把太多精力投放在"搞"办公室政治中去，那么你就把自己置入了危险境地。

刚上岗的小兵还是白纸一张。首要任务理应是抓住一切机会和时间修炼业务能力，尽快上手。不管处在人际关系多么盘根错节的职场环境，过硬的工作能力永远不会坑你，只会保护你、提携你。即使遇到最令人沮丧的结果——被办公室政治排挤走了，你照样能凭硬实力找到更好的下家。

如果一进公司便恨不得张开所有毛孔关注人际关系局势，每天思考的都是"应该如何站队""跟哪一派走得更近""哪群人在公司更得势，哪些人最不受欢迎"，那么你本来就年轻而尚缺定力的心就更容易被

Three

初入职场：做一个被梦想录取的人

搅乱。因为担心触犯办公室政治的雷区而处处小心，步步留意，你甚至可能没法放开手脚把工作做好，更别提利用业余时间多学多充电了。工作伊始即成为办公室政治的研究者和参与者，你非但不会"得势"，还可能成为办公室政治的奴隶。

况且，职场新人是公司里影响力最弱的存在，效力多年的高层和老职员才是呼风唤雨的角色。这也就意味着新人压根不处在办公室政治旋涡的中心，一般不会受到大的影响和牵连，所以无需过度担心人际关系的复杂会挫伤自己的羽毛。

最关键的是，参与办公室政治会给职场新人带来不必要的麻烦，甚至惹来炒鱿鱼之祸。在某家投行的香港办公室曾发生过这样一件事：前一天还在熬夜加班的两个年轻分析师，第二天却突然从员工信息系统中"蒸发"了。大家都十分诧异——两人工作表现很不错，难道是商量好一起跳槽了吗？之后同事们得知了真相：原来，他们在公司的即时聊天软件上吐槽一个共同上司，可能用到了一些不雅的骂人词，被 IT 部门监控抓个正着，汇报给了人力资源主管。因为两人的言论有了"挑拨公司人际关系"的意味，本着维护员工团结的原则，HR 主管当机立断，给两人下了离职令。

两个分析师可能以为只是吐槽上司解个气，却没意识到已经蹚进了办公室政治的水。骂几句气话是过瘾了，可却因此丢了众人艳羡的投行工作，得不偿失。

花这么多篇幅讨论办公室政治，因为它确实是一剂毒药，对职场新人的毒性尤大。除了接受其存在外，要如何应对办公室政治呢？我想，不管办公室里有多么令你不快的同事，职场新人都要尽量与人为善。真诚友善经常是对付涌动暗流的最有力武器。另外，遇到同事们聚在一起嚼舌头时，职场新人千万不要参与讨论；如果没法回避，就安静地坐在那儿，不要表露出感兴趣的样子。对复杂的人际关系，要有一点定力和钝感力——"钝感"不是"反应迟钝"之意,而是不敏感、不过度担心、不过分纠结。

多为上司减少麻烦和负担,就是在帮自己

职场新手能做的事不多,能干的高级活更少——能力和经验的肤浅摆在那儿呢。可是,哪怕是最没技术含量的端茶送水,其实也能出彩。工作任务不分高低贵贱,只有"做得好"和"做不好"两种性质。而"做得好"了,就能帮上司减少麻烦。没有上司不喜欢能为自己减负的下属,也更愿意重用和提携给力的年轻人。

假设一项工作任务是"1",那么"为上司减少麻烦",不仅指完成好"1"本身,还指在力所能及的范围内,把"1"做到"1.1""1.2"。这多出来的 0.1、0.2,往往能区分出谁是"杰出"(outstanding)员工,而谁只能是"优秀"(good)员工。

我在高盛的第一个直接上司 Serena 是全北京乃至亚太区工作评分最高、最受大 Boss 喜欢的员工之一。她从某名校本科毕业后即加入高盛大中华区总部,在我进公司时已效力五年。如果单比投行最常做的那几项工作或者对公司的忠诚度,还有几位同资历的员工能与 Serena 媲美。

Serena 之所以脱颖而出,关键就在于她多做的那"0.1""0.2"。

Serena 的"0.1"例一:高盛大佬们为了推进项目满世界奔波,三天一小飞,五天一大差,在路上时只能用黑莓手机收发工作邮件。而通过黑莓查看邮件里的附件经常很痛苦,因为网速缓慢或文件过大,附件时常无法加载。每次 Serena 给出差的大佬发带附件的邮件时,一定会把附件中的关键信息以分点的形式总结好,贴在

邮件正文内。这样就给大佬们带去两点便利：第一是免了开附件的麻烦，二是无需花时间阅读附件全文，便可迅速"get"到最重要信息。

Serena 的"0.1"例二：投行员工每天制作"pitchbook"——给客户介绍项目用的 PPT 或 PDF 材料。分析师和经理完成的 pitchbook 草稿都要经过大佬一轮甚至多轮修改后才能定稿。每次请大佬审阅修订版的 pitchbook 时，Serena 总会把草稿打印并装订好，在有修订的页面下端粘上彩色贴纸：红色贴纸代表该页有文字修改，绿色代表图表修改，而黄色代表图文修改兼有。简单无奇的小贴纸免去了大佬一页页翻阅和查找的麻烦，提高了团队的工作效率。

Serena 的"0.1""0.2"之举还有很多。多做那 0.1 也许只花了 Serena 十分钟，却给大佬和团队省去了比十分钟重要得多的麻烦。我很庆幸入职时便能当 Serena 的"徒弟"，而我也效仿她，学会了"从 1 到 1.1"：每次项目会议后整理纪要，我会把需要高盛团队解决的重要事项用红色标出并单独罗列后再发给大 boss；与客户公司的管理层开会时，我会默默记下高管们的各种喜好，比如，如果董事长说爱喝皮蛋瘦肉粥，我一定在工作餐前让饭店准备好一碗热腾腾的粥；我还会把项目各团队核心联系人的手机号码整理成表，打印后做成可以放在钱包里的三折页，大佬有了这个联络信息卡，便再也不会遇到紧急情况时找不到联络人号码的窘境了。

因为这些 0.1、0.2，我也成了大佬们"抢着要"的员工。为上司减少麻烦和负担，绝不是巴结献媚，而是站在他们的角度，帮助团队更快更好地"get things done"。职场新人们千万不能轻视多做的这些 0.1、0.2——它们有时是锦上添花，但关系到选拔和晋升时，可能会左右全局、一锤定音。

宁愿不做任何承诺，也不要"Over promise, under deliver"

"Over promise, under deliver"中文可以翻译成"承诺的比实际做到的要好"，或者"做的没有说的好听"，与之相对的是"Under promise, over deliver"。两个词说的都是"承诺"与"实际行动"的关系，"under"和"over"调换一下位置，就可能让职场新手进入完全不同的境遇。

大多数人刚开始工作时都有颇高的心气和斗志，迫不及待地想证明自己、站稳脚跟。一些新人生怕让团队和上司失望，所以哪怕不是100%有把握完成的工作，也先一把揽下来，无意中许下了没法兑现的承诺——

> 好的，我本周五前就能写好50页的行业分析报告。
> 没问题，这个估值模型交给我吧。明天肯定能搭建好。

高盛前两年的一个实习生M毕业于一所欧美顶尖大学，各方面均出类拔萃。可几乎所有带过她的同事，都发现了她喜欢"Over promise"的毛病——而这真的算是她唯一的缺点了。

有次，我的一个分析师同事被要求在两小时内整理出20家公司上个财年的净利润率。同事正忙着另外两个急活，正焦头烂额着，便想到请M帮忙，而M也不假思索地回了一句："No problem，我一个小时就能搞定。"分析师听到这句话，自然放心地继续忙手头活去了。

一个半小时后还没M的动静，分析师同事有些担心，便去M的工位上找她，差点儿吐血——M竟然仍在修改另一个项目的pitchbook，

Three

初入职场：做一个被梦想录取的人

我的高盛员工卡。这小伙儿怎么样？

压根没开始整理净利润率数据。

"哦，实在不好意思，另一个项目的活比我预想的麻烦。我十分钟后就开始这项任务，尽快发给你，可以吗？"看着急得冒汗的分析师，M淡定地解释和道歉着，全然忘了自己拍过胸脯的承诺。

郁闷的同事只得冲回电脑前，心急火燎地下载好20家公司的年报，自己一份份地查找起来。无奈只剩不到半小时，他紧赶慢赶还是只整理出了10多家的数据。

这时，上司打电话来催了，可怜的同事只得道歉并解释情况。

悲催的是，这20家公司的净利润率是客户公司的CFO请高盛团队帮忙整理的，他一定要在上飞机出差前看到。得知高盛团队因为"一些原因"没法按说好的时间提供数据时，CFO不禁气急败坏……

在高盛，因工作疏忽而导致客户不满，是非常严重的错误。

最终，M 没拿到全职工作录用，即使她出的活有时棒到无懈可击。我猜想，上面这个"小事故"一定影响了她的评分，实习期间的屡次"Over promise, under deliver"就是她的阿喀琉斯之踵。

一旦做出了承诺，就是给了别人一份期待。承诺得越好，别人的期待就越高，承诺无法兑现时带给别人的郁闷甚至怨怒当然就越强。一次"Over promise, under deliver"便足以让自己的职场信用大打折扣——办公室远没有家和学校那么包容，"失信"往往被看作是严重甚至不可原谅的错误。

有时候，过度承诺是出于好心——渴望完成有挑战的任务，让团队刮目相看；或者，担心不做承诺就是"认怂"、会让上司看不起。其实，真的没有必要因为这些考量而拍胸脯说大话。职场新人能力尚浅，很多任务确实无法胜任，上司当然能理解，也不会因此就嘲笑或怪罪你的。

相反，如果以谦虚而积极的态度表示自己无法做出保证，但一定会尽力，并且最终又快又好地完成任务时，你就会让零期望值的上司惊喜——这是"Under promise, over deliver"带来的"意外之喜"。

初入职场，心一定要定、定、定

很多人从小到大都无数次听过这样的告诫："开学了，要收心了，好好上课，不要浮躁。"

初进职场和初入校园在这点上有很大的相似——要收心、要戒骄戒躁。只是，入职后"定心"比入学后"静心"的要求，我认为还要高一些。

第一个层面的"定心"，和入学时的"收起玩心、回归课堂"很像：毕业假期里总归是疯了几回野了几把，但开始上班时就必须要戒掉玩

Three

初入职场：做一个被梦想录取的人

乐欲了，否则根本无法集中精力应对初来乍到的纷繁压力。如果入职没多久就一边干活一边刷着朋友圈开着淘宝，或者天天期盼假期到来，盘算着周末"去哪儿浪一把"，你将很难在这份工作里有什么大作为。

更高一个层面的"定心"，指的是"把自己钉在这个工作平台上，脚踏实地、心无旁骛奋斗几年"的定力和决心。

有些职场新人喜欢"这山望着那山高"，总觉得做现在这份工作是屈才，还老爱吐槽公司的种种不是。在这种心态下，负能量与日俱增，没干多久就开始酝酿跳槽。

我在高盛时有两个同事经常抱怨公司。"成天没日没夜加班，命都不要了啦！""无用功太多，这些破pitchbook做得再精美有什么用？""辛苦一年，奖金就这么点，公司真是越来越抠了（他得到的年终奖有几十万人民币，和同届员工差别不大）。""哎，我得赶紧撤了，跳槽跳槽。"

我眼看着这两位仁兄越抱怨就越没干劲，心越不定。结果，他们俩干了不到一年就离开了高盛。一个选择去了初创公司，而另一个因为工作表现不佳而被"let go"（辞退）了，据说离职后好久都没找到满意的下家。

去了创业公司的那位，还没两个月就生了悔意，开始思念在高盛时的各种好。创业水太深，竞争太烈，人心太杂，这位海归同事完全无法适应，甚至感到手足无措。而薪水更是一落千丈，期权也暂时是"空中楼阁"。

职场新人在想吐槽和跳槽前，首先应该清楚现实：不管是什么工作，都有让人无语抓狂的时候。如果工作像吃饭睡觉打豆豆那般安逸，又为何要有工资这种激励工具的存在呢？不管是什么公司，都存在各种不尽如人意，没有一家公司是世外桃源。跳槽不该受浮躁的情绪支配，而是深思熟虑以后的慎重决定。

我认为，职场新人本不该有太多挑肥拣瘦的权利——你还什么都不是呢、什么建树都还没有呢，哪有足够的底气对现在的平台指手画脚呢？职场新人要做的，是看到公司能给予自己的各种机会，潜下心来学习和成长，等羽翼丰满些时再选择更好更高的平台也不迟。

告别高盛,创业去

> 离开并非是被压力打倒,
> 而是内心深处在呼唤新的挑战。

再见,高盛

2015年6月21日是我在高盛投资银行的Last Day。近两年的投行人生活,在这一天画上句号。

2013年夏天进公司时,我是朝气蓬勃的青葱小伙;两年后,朝气依旧,还多了一份职场带来的淡定和锐气。

对于在高盛的七百多个日日夜夜,我心里只有感恩。我把那些为了项目奔忙和熬通宵的日子看成是年轻时不可多得的历练。这个世界上有成千上万种方式开启职业生涯;从高盛出发,可能是诸多选择中最苦心志劳筋骨的,却也是最能促人成长、成熟的。

得知我要从高盛离职后,亲朋好友们反应不一。

有人说,Leo你傻啊,高盛是多少人梦寐以求却求之不得的高大上平台啊。放弃这么好的工作不要,你将来可别后悔。20多岁就能拿近百万的年薪,哪里还有这样的香饽饽呢?

有人说，Leo，发生什么事情了？身体不要紧吧？为什么不在那儿多干几年呢？

有人说，Leo，你终于逃离投行苦海啦。你要是在高盛待下去，那才是屈才。走得对！别把青春都献给投行了。

有人说，Leo，祝贺你。不管你接下去的路怎么走，都相信你能走得很好、很踏实。

他们也许不知道，其实，投行就像围城，在外面的人想进去，在里面的人想出来；其实，在投行，分析师离职是和太阳从东方升起一样平常的事情。与我同届的员工，甚至有干了不到一年便离开高盛的。对他们的关切，除了说一声"谢谢"，我并没做任何解释。

因为，我从高盛离职的决定没有受任何人影响，更不是任何难言之隐所致的无奈之举。其实，从进高盛的第一天起，我就做好了两三年后离开的准备。

我太清楚自己进高盛工作是为了什么：不是为了在那里逐级晋升到董事总经理——毕竟做大银行家不是我的人生理想——而是为了在这个高强度严要求的环境里以最快的速度打好基本功，为以后几十年的打拼走好坚实的第一步。

是时候迈出下一步了

2015年5月底的一天，我再次飞到香港出差。进高盛后的两年里，我已数不清去了那座城市多少次、在那里熬过多少通宵。我只记得，自己在香港见证了四个公司敲钟挂牌，圆了上市梦。

这次来香港是为了红星美凯龙集团的港股IPO（以下简称"红星项目"）。这是高盛北京和香港办公室高度重视的一个项目——毕竟，

Three

初入职场：做一个被梦想录取的人

1. 在金融围城里西装革履久了，就想呼吸新鲜空气。
2. 投行两年，我参加了同届分析师中最多的 IPO 项目。

待上市公司是中国家装家居行业的领头羊。

高盛是红星项目的保荐人和承销商,而我是高盛团队的分析师,自然要承接不轻的工作任务。一落地香港,我就直奔会议室和各方团队会合。

鸽子笼般的房间里坐着公司高管、投行、律师事务所、会计师事务所等团队的二十余人,桌上铺满了成堆的招股书草稿页,空气中弥漫着紧张和压抑的味道。

"这句话要这么说比较好。""这组数据挪到后面阐述会比较有说服力。""这个数字的计算口径请统一。""行业横向比较里再加上这个维度,会更突显公司优势。"

对招股书精益求精的讨论一直进行到凌晨一点,公司高管和各团队的大 Boss 们才"依依不舍"地离开了会议室,留下我们几个年轻同事继续干活。

结束工作时已是清晨六点多。天刚亮,但窗外的中环金融区好像从来就没沉睡过,水泥森林彻夜灯火通明。不知道又有多少人在这个亚太最繁忙的密不透风的 CBD 里熬过了一整夜。

我走出会议室,准备回酒店小睡一会儿,再继续新一天的战斗。走在皇后大道上,海风吹着脸颊,特别舒服。

虽然刚熬了通宵,但此时我的头脑比任何时候都要清醒。我想,是时候把离开高盛提上日程了。

这么想,绝不是因为工作太累了而赌气。熬过那么多夜,我没觉得这个通宵有什么特别。但在这个独自走回酒店的清晨,我确认自己对工作的热情正在不断减弱,也许很快就将熄灭。而更重要的是,过去一段时间的重复性工作越来越多,我已经很难学到新东西、获得新挑战了。

换个学术点的说法:我理性地意识到,继续在高盛工作的边际效益（marginal benefit，比如，学到的新知识和技能），已经开始不敌边际成本了（marginal cost，比如，高强度工作对身体带来的损耗；无法做更有意义和有趣工作的机会成本）。

当每多工作一天都会带来多一些 cost 的时候，就应该考虑离开，然后去寻找 marginal benefit > marginal cost 的机会了。

也许有人会说，我忽略了薪水。"高薪难道还不能给你继续留在高盛的强大动力吗？"

如果我已婚，需要养家糊口，那么我一定会把薪资看得很重。然而，恰恰因为年轻，我才不希望自己只是为了"钱"而工作。

钱固然重要，尤其是对我这样普通家庭的孩子。但在最年轻朝气的那几年，与其被钱拴在一个地方日复一日地工作大半辈子，不如带着热情去闯，尝试新的可能，练就新的能力。

如果年轻时能积累到足够的本领和经验，还怕日后会"没钱赚"吗？

接下去，请让我为"热爱"而忙

没费太多周折，我就想清楚了自己的下一步：不一定再追逐一个高盛这样的光鲜平台，但一定要把工作和个人热情紧密结合在一起。

前面的文章提到过，我的"Passion"是和旅游有关的一切事：从小便翻烂了 N 本地图和游记攻略，初中时成为携程旅行网的有问必答专家，高中时去戈壁和大湖科考，大学时玩得更野，穷游世界上各种不为人知的角落、成为耶鲁 Reach Out 旅行协会的主席……

我真的，生而为游。

要做什么样的和旅游有关的工作呢？我不想去携程、去哪儿这样的巨无霸公司，我怕到了那儿还会成为蹲办公室的白领一族；我想加入行业内有趣、有范儿的专家，做更精致的、更纯味的、体验性更强

创业筹备期，在云南的白族小山村。

Three

初入职场：做一个被梦想录取的人

的旅行。

我唯一想到的一个人，叫张玫。几年前，我通过她在"一席"的演讲知道了她。

她是谁？她是一个很酷的、带着一点传奇色彩的人：从小在云南大理的山里长大，90年代中期从国内考入哈佛商学院，拿下MBA学位后加盟麦肯锡香港办公室，后来辞职创办了高端旅行公司WildChina碧山，带全世界的老外探索原味中国，也带国人用更深度的方式游世界。她还是三个混血宝贝的母亲，跑过十多个全程马拉松比赛。

决定离开高盛后，我比之前任何时候都想找到她。

特别幸运的是，我很快通过WildChina网站联系上了人事部经理，进而和张玫约好喝咖啡，前后用了不到24小时。看得出，她也对这个毛遂自荐的应聘者很感兴趣。

见面那天，我西装革履，她穿纯麻色连衣裙，露出跑步晒出来的健康黝黑皮肤。

"能看出你是训练有素的高盛员工，哈哈。我在麦肯锡时也是这样。精神、板正得很。"张玫笑着露出一口洁白的牙。

其实这次见面有面试的性质，但我俩谁都没把它当成面试。从各自的旅行经历说到对国内旅游业乱象的理解，再到张玫的旅行风格和WildChina的理念，我们一见如故，一拍即合，自动达到了"One team, one dream（同一个团队，同一个梦想）"的高度默契。

如果一定要问她考了我什么面试题，我只能回忆起这两个：

"津巴布韦的首都是？"

"甘肃南部有一片藏区你知道吗？能不能说说你对甘南藏区的理解？应该用什么样的方式体验那里的自然和文化？"

我相信自己的回答让张玫满意了，否则她不会干脆地邀请我加入团队。

"Leo,你年轻,也有能力。我不会让你在 WildChina 当普通员工。我想,你应该和我一起,do something more fun(做些更有趣的事情)。我在筹备一个小的旅行创业项目,跟互联网和共享经济有关,会很好玩,甚至可能颠覆 WildChina 的商业模式,有点搬起石头砸自己脚的意思。我相信你会感兴趣。"

这杯咖啡喝完以后,我更加确定自己做了正确的选择。热爱的旅游行业+未知而激动人心的创业＝我的下一站职场冒险。还有比这更好的机会吗?

创业筹备期,在新疆的帕米尔高原。

创业多滋味

> 创业的魅力,在于能逼你练就一颗强大的心脏,和"小强"般的气场。

在创业的世界里,我是再平凡不过的一名小兵:项目也许注定"小而美",无法长成"独角兽",而我也不觉得自己是天生充满创业天赋的奇才,再加上试水创业仅一年多,经验还十分肤浅。

所以我不打算在这本书里长篇大论好为人师地聊创业,毕竟资历不够。我只想分享几条前金融民工、现初级创业狗的心得体会。

创业狗没主人,你就是自己的主人

你可能和我一样,创业前是大公司的白领,每天坐办公室,被老板派活。但从创业的第一天起,你就再也不是被发号施令的人了。虽然叫创业狗,但你其实要当家作主了。

每天员工干什么、这周的主要任务有哪几项、这个季度的业绩目标是什么、这半年的融资怎么搞定、这一年的营收要达到什么水平……一切微观宏观的问题,你都要费心、走心,甚至还得同时亲力亲为,所以人们才爱把创业者叫创业狗——累成狗啊。

当创业项目的主人，有点像做一个小 baby 的父亲，你得全方位对她/他的健康成长负责，否则小 baby 就有可能夭折。

当创业者，得放低身段，练厚脸皮，不怕碰钉子

在高盛，我虽然是个分析师小兵，但也能屡屡被客户尊称为"李总""Leo 经理"。创业后，我虽然是"联合创始人""COO"，但在公司刚萌芽、影响力还很弱的时候，这些听上去高大上的光环就什么都不是。

为了拉项目、谈客户、找资源、促合作，就得放低身段，不为创业前后待遇的落差而黯然神伤。你和你的公司还没做出什么成绩呢，别人凭什么要对你毕恭毕敬、为你开绿灯？

我在云南边陲小镇谈项目的时候，曾有淳朴的村民把我当成大城市来的骗子，到村里窃取情报、坑害百姓。被村民们毫不客气地赶到村口的刹那，我真是百感交集。几个月前，我还西装革履在亚太金融中心最高端的写字楼里和公司高管谈笑风生呢。

但这也恰恰是创业的魅力——能逼你练就一颗强大的心脏和"小强"般的气场。项目上线后，当时坚信我是骗子的大叔，主动打电话给我赔礼道歉，还请求把他们村子的民俗体验发布到我们的平台上。你看，有了实力就有了说服力，逆袭也不是那么难的。

中途调整商业模式和执行其实是家常便饭

开始创业我才发现，创业项目里一片坦途的实属凤毛麟角。很少有创业者能完全依照最初的商业计划一路走到底。从 0 到 1 的过程中

Three

初入职场：做一个被梦想录取的人

去彝族部落里体验"刀耕火种"

存在太多变数：政策风向变了，合伙人变了，融资变了，消费者口味变了……任何一环的变动都可能导致创业计划的改变。

筹备初期，我们想上"高材生带你深度游美国校园"这个板块，我也兴冲冲地在美利坚几所名校走了一回，招募到近百位出色的中国留学生。然而，在板块上线前，我们被签证政策打了个措手不及——所有持F-1留学签证的学生都不得在读书期间从事有偿打工。一旦被查到，就可能丢失F-1身份，甚至遭遣返回国，后果很严重。

我们要对学生们负责，绝不能因为"做生意"而给他们的留学生活制造风险。所以，在律师的建议下，我们忍痛叫停美国校园板块的开发，转而深耕国内乡土体验项目。

像这样的业务发展调整，其实每天都在创业世界里上演。夸张的例子也不少，比如我听说过一开始想做跨境电商的团队，后来彻底投身宠物美容这个小板块了。

创业，就是要跟各种人打成一片

当了创业狗后，我才发现高盛的生活挺单纯的，起码在人际交往方面：一天中十几个小时是和同事低头不见抬头见，而出差时打交道的客户类型也比较单一，大多是企业高管层。

创业后就大不一样了，每天都要在光怪陆离的世界里和各种人对话，有些人奇葩得堪比妖魔鬼怪。但为了推进项目，你就不能戴着有色眼镜去"judge"交谈对象，更不能因为反感一个人就随便拒绝和他对话。

在各地谈首批上线项目时，我深度接触了从乡级到省级的政府领导、潜在投资人、酒店运营商、旅行社老板、学生、自然学家等五花八门的人类。我在贵州大山里的村寨和侗族同胞喝过大酒，在合作洽谈后的 KTV 包厢被领导逼着陪舞，也无奈递过香烟、违心地叫过"张哥""王姐"。创业一年接触的人，大概能顶高盛的五年。

不管创什么业，其实做的都是一门 people business。如果能和人打成一片（当然不需要总是"交心"），很多时候就已经成功了一半。

创业人也可以回校充电

创业半年后，我决定申请哈佛商学院的 MBA 项目（Master of Business Administration，工商管理硕士）。

和半年前离开高盛一样，很多人对我放下创业回校读书的决定十分不解。

创业创得好好的，怎么不干了呢？

其实，他们都误会了。这次回学校读书，我是带着任务和"目的"回去的。

首先，我当然没有放弃正在做的创业项目，只是在读书期间会调整为之忙碌的方式。我很感恩团队对我继续念书的支持。我不在的时候，他们会照顾好公司的日常业务；而我仍将参加每周、每月的讨论会，为公司的发展献计献策。

更重要的，还是我此次去哈佛商学院读书的主要"目的"之一：这是全球最棒的商学院，在创业领域有卓越的研究成果、丰厚的资金与技术资源，当然还有济济的人才。我希望在那里将自己参与的创业项目介绍给更多出色的教授和同学，获得他们的智力甚至财力支持，为公司业务的下一步发展提供燃料。

其实，像我这样边创业边读 MBA 的，在哈佛这样的美国顶级商学院中大有人在。听硅谷的朋友说，在创业气氛最浓的斯坦福商学院，十个 MBA 学生里就有至少三四个要么已经在创业，要么正准备开始创业。

创业的这段时间里我学到了很多，但也意识到自己不是天赋十足的创业鬼才，还有点稚嫩。要想在创业世界里走得更好更远，除了继续在实战中积累经验，也需要抽出整块时间，系统学习创业相关的门道。而哈佛商学院的案例教学法，就能给予我最扎实的工商管理培训。在那里学习两年后，我相信自己会成为一个更成熟、睿智而有深度的创业者。

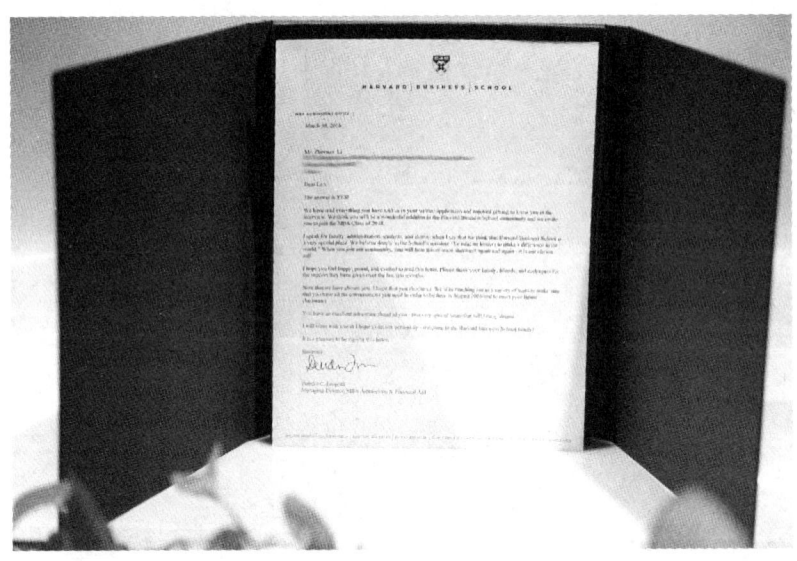

被哈佛商学院录取，并获得奖学金。

04

回归校园　敲开哈佛的大门

开学前一夜无眠,因为时差,更因为太兴奋了。投行两年创业一年后,我又回归了学生身份。
Hello, Harvard. Hello, the world.

在 HBS[①] 学习,是一种什么体验?

> 感受?
> 痛并快乐的酸爽!

曾听人说:"商学院挺轻松的,作业不多,还不算学分成绩,只要别挂科就 OK 啦。"

还听过更率性的:"谁来商学院是为了读书啊?搞搞社交,找找对象,两年就过去喽。"

这些人说的不是哈佛商学院,一定不是。

先聊学习。我不知道其他商学院什么情况,但在 HBS 学习,"混混就过关"是不可能的。尤其是 MBA 一年级。

几个二年级朋友回忆起一年级时,几乎异口同声地告诉我:"累!比读本科还忙!(他们说的是美国大学本科)。"

刚开学一周,我就体会到了学长们的感叹。与耶鲁本科的课业量比起来,HBS 真是有过之而无不及。

哈佛商学院是"案例教学法"(case method)的鼻祖,至今仍是

[①] 哈佛商学院。

Four

回归校园：敲开哈佛的大门

把案例教学做得最淋漓尽致的学校。所谓 case method，就是通过研究和讨论各种公司遇到的实际情况（real situation）来学习商业理论知识——"实践出真知"。

MBA 一年级学生几乎每天都要啃三个 case；只有两个 case 要啃时，大家还会在聊天时和 E-mail 里欢呼"It's two-case day today!"（言外之意：总算能稍微消停会儿了，有时间做其他事了。）

啃 case 的过程通常是这样的：

前一天领到第二天要在课堂上学习讨论的 case。每个 case 通常是密密麻麻二三十页 A4 纸，也就是说一天最多要读近百页的 case study。

Case 绝不是速读一遍就能轻松搞定的，而是要精读、慢读，边读边做笔记、归纳要点、思考教授在导读里提的问题。总之，读得很深入、很立体；碰到不熟悉的领域和议题时，还要请教懂行的同学、查找背景材料。

带着 case 的自学成果，大家每天都要参加"discussion group"（讨论小组）的集体学习。开学时，每个学生会被分到 6 人一组的 discussion group，在未来一年里"互帮互助"，主要形式便是一天一次的 case 讨论会，在会上捋一遍当天 case 的要点，加深理解。

经过自学和小组学两个步骤后，就来到了学习第三步：上课。每个班由 90 名学生和 1 位教授组成，每节课 80 分钟不间断。与其说是教授上课，不如说是教授引导着大家一起探究。就像剥笋那样，教授会不断抛出问题，从表皮开始，一层层深入 case 的内核与精髓。学生们要做的，可不单是回答教授的提问——大家对一个问题经常有不同解答和立场，有时还会出现完全相反的意见。这可是教授最开心的时候了——他会继续"煽风点火"，"怂恿"同学们针锋相对，展开一场友好辩论。

所以在 HBS 课堂上，经常能听到"不，我不这么认为""等一下，

Zheyuan Li @ HBS

你的观点我认为有漏洞""对不起打断,但请允许我指出你发言的问题"这样的话。反驳,在 HBS 课堂上不被认为是一种失礼,更不会伤了同学之间的和气,只会帮大家把 case 啃得更烂。

上课时还有一个会让人紧张的事:cold call(突然点名)。教授并非永远按牌理出牌,请举手的同学发言,而是不时点一个没举手的学生,邀请其发表意见。比如:

好的,那么 × 公司今年在中东地区的总体业绩表现到底应该如何评价呢?OK,Anne 怎么看?

当然,在热烈的"问与答"过程中,教授会不断在黑板上归纳重要观点,也会在最后十分钟总结当天的核心知识点。一堂课下来,教

Four

回归校园：敲开哈佛的大门

授最多时能提问超过百次。而学生也得以全程保持注意力高度集中的思考状态，压根不可能打瞌睡。

毫无疑问，课后作业也是一个都不能少：既有 problem set（习题集），也有小论文、课堂演讲、小组作业，形式多样，打分从不怠慢。

粗略地算，MBA 一年级时每天为了学习就要花费至少 8 小时，还得兼顾各种活动：学生社团、社交、应聘……所以，HBS 一年级的生活，不得不说是一种全方位的历练，有时还会有被剥了一层皮的"酸爽感"。而 HBS 的学生，也大都痛并快乐地享受着这样酸爽的 MBA 生活。

打了鸡血的哈佛人

> 庄子曰:"吾生也有涯,而知也无涯。"

Class of 2018 的哈佛商学院新生都是什么样的人?

哈佛的官方数据是这么描述的:

他们是从 9759 名申请者中被录取的 934 人(录取率 11%,乍一看不低,可申请者里很少有"吃素"的,几乎都是全球各地的佼佼者);

他们中的国际学生占了 35%,来自 68 个国家和地区;

他们毕业于 141 所美国大学和 149 所海外大学(包括本科、硕士、博士等学位);

他们的 GMAT 平均分是 730(满分 800);

他们的平均学分绩是 3.67(以满分 4.0 计算);

他们中的 38% 在大学时学 STEM 专业(即 Science - 科学,Technology - 技术,Engineering - 工程,Mathematics - 数学专业的其中一个),41% 学的是经济学/商科专业,21% 是人文和社

Four

回归校园：敲开哈佛的大门

会科学专业；

他们入学前的职业背景多元，有11%的人来自金融服务行业（比如投行的高盛、摩根士丹利；会计师事务所的普华永道、毕马威等），15%从事管理咨询行业（management consulting，比如麦肯锡、贝恩和波士顿咨询公司），15%来自高科技/通讯行业（比如谷歌、优步等），15%来自风险投资/私募基金领域（比如红杉、黑石）。

但数字显然还是太苍白，不能体现一个人的灵动。哈佛同学给我的最大的初印象，是——

精力充沛，似乎永远不知疲倦。

很多文章曾提到，世界上有一种人天生不爱睡觉，也不需睡太多觉，一天四五小时足矣。不少成就卓著的政商和学术界领袖便是这类人。"晚上十二点睡，早上五点起床进健身房锻炼两小时，七点半边吃早餐边浏览当天新闻，八点半开始一天工作……"

我当然不是"怂恿"大家争当这种怪物。但不得不承认，精力充沛的人在时间上有了不少天然优势。

在哈佛商学院学生里，这样睡觉不多的"怪物"的比例就比其他地方高。

同班同学里有一个叫Naori的女生，日本东京人，还是我的前同事——她在高盛日本总部工作数年，从初级分析师一直做到经理。高盛的很多人都听过关于东京office的恐怖传说：日本人本来就是工作狂，在高盛的日本人更是"狂上加狂"，每天都"日出而作日出而息"，将投行不睡觉的精神发扬到极致。

这个Naori能在高盛东京办公室奋战多年，很可能就是一台"人肉永动机"。

果不其然。认识Naori的第一周，我就被这个娇小日本女生的无限能量震撼了。

第一节课自我介绍时，我了解到Naori从高盛离职后，马上开始了一份"pre-MBA internship"：商学院入学前的实习。一些MBA学生为丰富履历、提高日后求职的竞争力，会在入学前做实习。她几乎是前一天刚跟高盛告别，第二天就撸起袖管在一家科技创业公司准备大干一场了。

"我对通信和社交领域的高科技公司很着迷。所以找到这份实习特别激动"。在高盛卖了几年苦力之后，Naori没给自己一个悠长假期，而是选择继续"顽张"（日语的"加油"之意）。

哈佛商学院的第一学期被很多人称作"hell semester"（炼狱学期），因为课业负担极重的同时，还要兼顾第二年暑期实习的申请。第一学期的第一周又可算是the hell week of the hell semester（炼狱学期的炼狱周），有太多东西要适应、太多人要认识。

在压力颇大的第一周，Naori竟然还在给自己"找事儿"。

开学后的第三天晚上，我在自修室看到Naori正戴着耳机，饶有兴致地做着什么。上前一问，原来她在上远程中文课。

"Leo，不要笑话我的发音啊。我觉得中文是很美丽又很重要的语言，之前在高盛时没空，现在总算有机会学了。我的老师是北大的中国学生呢，每天一小时线上学习，太有意思了……"

我担心她精力不够，问她"大丈夫吗"（日语的"没问题吧？"之意），Naori胸有成竹地回应道："大丈夫的哟。我们在这里每天只读三个案例，一点都不多的，不是吗？"

而实际情况是，几乎所有MBA一年级学生都对课业量倒吸冷气，

Four

回归校园：敲开哈佛的大门

有些人还叫苦不迭:"到目前为止都没读过这么累的学校。"

边上MBA边远程学中文的Naori果然像她自己所说的那样,非常"大丈夫"。每堂课,Naori都是最积极发言的几个人之一。更重要的是,她从不"bullshit"("胡说八道",在美国校园很流行的一个词,通常指没有逻辑、没有论点、不知所云的课堂发言),总能谈出自己的灼见,让教授和同学们频频点头。

不得不提的是,Naori来哈佛前的所有教育都是在日本完成的。英语只是她的第二语言。

开学后第一个周末的全班活动,也由这个日本女生一手发起。Naori提前选好了波士顿最棒的一家KTV,从发第一封邮件邀请全班参加,到确定时间、人数、同KTV谈优惠价,再到活动时的暖场主持和拍照、活动后的收钱,全部一个人滴水不漏地搞定。

而KTV活动也大获成功,全班90个人里的近70个同学参加,大伙都玩得意犹未尽、高呼"Naori is the best!"

在学习之外给自己找了这么多事儿,我猜Naori不用睡觉了。

"每天过得这么充实,应该开心才对,怎么会累呢?"Naori对我的担忧满脸疑惑。

开学以来,我陆续发现了好几个像Naori这样精力超群的人。有的同学每天清晨6点准时起床健身,有的一边上学一边远程把创业公司做得风生水起,还有的身兼数个媒体平台的专栏作家,课余时间笔耕不辍,每周都有大作发表。

来哈佛前读过一本叫《吉田医生哈佛求学记》的书:一位30多岁的日本女医生,边照顾四个幼子,边以出色成绩完成了哈佛医学院的硕士学习。为了育儿读书两不误,她每天都晚睡早起,可依旧干劲十足。

为什么这群家伙能如此精力充沛?

最重要的原因,是他们对自己要求高,从不安于现状,总是"想

Four

回归校园：敲开哈佛的大门

方设法"变得更优秀。因为想学好不熟悉领域的知识，他们心甘情愿多啃一本书、多做一个 problem set，多参加一次复习讲座；因为嫌自己身材还不够健美，他们心甘情愿克服起床气，早起一小时在健身房挥汗如雨；因为觉得自己还不够"有趣"，他们兴高采烈去哈佛本科生院旁听外语课，周末去郊外学马球、去波士顿素描写生。当想让自己变得更棒的意念很强烈时，疲劳感当然就被抛到九霄云外了。他们累吗？身体当然也累，但心不累；而心的"high"，又常能战胜身体的疲乏，让自己显得精神抖擞、不知疲倦。

你可能会问，他们做的事不全是好玩的事啊，比如啃书。再爱学习的人，也不愿意总是关小黑屋自习一晚上吧？

可以用另一个更直接的词解释：目标感。哈佛商学院的学生大多拥有明确而强大的目标感——非常清楚自己需要什么、实现什么目标。被目标感驱使着的人有时是处于鸡血状态而不自知的，就更别提因为觉得累而想偷懒了。

其实，来读哈佛商学院本身就是一件被目标感驱使的事：为了跳槽到金融行业、为了获得更高年薪、为了找到志同道合的创业伙伴，甚至还有——为了遇见一个出色的结婚对象、人生伴侣。而实现这些重要目标的前提便是完成一个个小任务，比如上好一门跟自己心仪行业相关的课，比如多做社会实践、提高简历竞争力，再比如，放弃周末的闲暇时间，飞去纽约甚至硅谷参加创投讲座。

两年 MBA 稍纵即逝，不抓紧完成这些小任务，就可能影响到大目标的实现。于是，目标感又催生了紧迫感，让人不愿懈怠。

回到开头写到的鸡血女王 Naori。一天和她吃饭，我问："Naori，你来哈佛读书是为了什么？"

"好问题，Leo，我想回亚洲做科技方面的创业，所以我要在哈佛多学创业方面的知识，多参加活动、认识一些 smart people，最好能找到未来的合伙人、拿到天使轮投资。中国有人口红利,很有活力,而日本市场却在萎缩,我希望之后做的项目能进入中国,所以现在抓紧时间学一点中文,起码不能对中文一窍不通吧……"

很显然,Naori 的"后哈佛梦想"不是动动嘴皮就能轻松实现的。听着她充满自信的回答,我更加理解她为什么能永远不知疲倦了。

我和哈佛毕业典礼历史上第一个中国籍学生演讲人何江

Four
回归校园：敲开哈佛的大门

凌晨四点半的哈佛图书馆，真的灯火通明吗？

> 凌晨的哈佛图书馆似乎成了国人口中的传说，
> 然而，事实是否如传言那样失真？
> 其实，效率才是王道！

查资料时，我发现这几年网上也零星出现过针对这个话题的"辟谣帖"或"确认帖"，但多为游客或短期交换生的随意分享，表述并不算严谨。

通过这篇文章，我希望给所有关心"哈佛凌晨四点半图书馆"的国人一个可信、完整并且正式的答案。

正当我坐在哈佛最大的怀德纳图书馆（也是世界藏书量第一的大学图书馆）写这篇调查文章时，还有同学在微博上发私信询问：Leo，我就想知道，凌晨四点半的哈佛图书馆是不是真的灯火通明啊？

到哈佛前，我在微博上问大家最想知道关于这所大学的哪些事。结果，起码有四分之一的同学请我"验证"哈佛图书馆凌晨的景象。

这令我始料未及。我本以为，大家最关心的理应是哈佛最牛的教授、最受欢迎的课，以及这里的学子是如何学习的。

在耶鲁读本科时，我第一次从网上看到题为"哈佛凌晨四点半图书馆"的文章。那是一篇被疯转的言之凿凿的热文,至今还时不时在微博和朋友圈里蹦出来唬人。

  凌晨4点多的哈佛大学图书馆里,灯火通明,座无虚席……

  文章里附了"灯火通明,座无虚席"的图书馆照片,还罗列了哈佛的"校训"和"箴言",可惜每句英语都千疮百孔,语法错误连篇,令人不忍直视。

  而那些错句也让我对文章的真实性不以为然。再者,耶鲁和哈佛是两所很相似的大学,我熟悉的耶鲁学生可没使那么大的蛮力学习,哈佛同胞又怎可能如此苦哈哈呢?

  但抱着对大伙儿负责任的态度,我还是决定到哈佛后,就来一次不含糊的尽职调查。出发前,我百度了"哈佛凌晨四点半",搜索结果让我吃惊——原来市面上已经有了以这个词组命名的励志书,还不止一种,销量也很不错。图书的百度百科里更有一段雷人的描述:

  哈佛的学生餐厅,很难听到说话的声音,每个学生端着比萨可乐坐下后,往往边吃边看书或是边做笔记。很少见到哪个学生光吃不读,也很少见到哪个学生边吃边闲聊。在哈佛,餐厅不过是一个可以吃东西的图书馆,是哈佛正宗100个图书馆之外的另类图书馆。哈佛的医院,同样的宁静,同样的不管有多少在候诊的人也无一人说话,无一人不在阅读或记录。医院仍是图书馆的延伸。哈佛校园里,不见华服,不见化妆,更不见晃里晃荡,只有匆匆的脚步,坚实地写下人生的篇章……

  我不知道这真的是书中节选,还是百科撰写者的大胆创作。但我

Four

回归校园：敲开哈佛的大门

相信，稍有点常识的人都能看出这段话就是个 joke 吧。到医院候诊时都"无一人说话，无一人不在阅读或记录"——Excuse me，他们还是人吗？

Anyways，言归正传。2016 年 8 月 28 日我抵达哈佛，办完入学手续后便准备尽快对哈佛图书馆开展"尽调工作"。

哈佛凌晨四点半的图书馆到底是什么样的？这次一定全面系统深度客观地查个水落石出，给关心这所学校学生的全国人民一个靠谱的交代，消灭一切甚嚣尘上的臆断猜测。

我的尽调由三部分组成：

1. 哈佛官网资料查询

我首先访问了哈佛大学图书馆官网（library.harvard.edu），在首页点击进入"Libraries/Hours"（图书馆/开放时间）栏目。

"Libraries/Hours"页面显示了哈佛 80 家大小图书馆的基本信息，其中就包括"Today's Hours"（今日开放时间）。下拉页面逐一查看，发现几乎所有图书馆都在零点前闭馆，只有 Lamont Library 的开放时间是"24 小时"，这是位于哈佛庭院（Harvard Yard）的一座本科生喜欢去的图书馆。

为保证足够严谨，我又继续点击了"Library Hours by Week"（按周显示的图书馆开放时间）这个栏目。这么做的理由？因为我想看一看期末考试期间，图书馆的开放时间是否会为了方便学生复习而延长。

12 月初到中旬是哈佛大学各院系的期末考试周。我将时间调到 December 4 – December 10（12 月 4 日到 12 月 10 日），再次查看各图书馆开放时间。

然而并没什么改变。Lamont Library 仍是列表显示的唯一 24 小时开放的图书馆。为避免漏看错看，我专门在页面上查找"24hr"这个关键词，结果全页面只有7个"24hr"，均出自Lamont Library，其他图书馆最晚只到"midnight"（零点）就闭馆了。

结论：根据官网信息，大多数哈佛图书馆都是"今天开门今天闭馆"，只有Lamont Library一家"灯火通明"。所以，哈佛学子若想在凌晨四点半的图书馆里发奋苦读，就基本只能去Lamont了。

2. 哈佛学生现身说法

想到文字信息和实际情况可能有出入，我在哈佛校园不同区域和院系随机采访了30位在校生，覆盖不同种族，既有刚入学的大一新生，也有已在哈佛苦读多年的博士生。以下摘选最具代表性的几个回复。

问题：你经常在哈佛的任何一家图书馆学习吗？你通常学多久？你是否会在图书馆熬夜到后半夜，比如凌晨四五点钟？

回答1（哈佛本科大二学生Jessica）：我每天都去Lamont学习，基本学到十一点多就回宿舍了。我每天需要至少睡六小时，不然大脑会没法工作（笑）。十一点多离开时，图书馆里的人通常就很少了。不清楚到后半夜还会有多少人，但估计是寥寥无几。

回答2（哈佛商学院二年级学生Liz）：商学院学生去图书馆学习的相对比较少吧。HBS（哈佛商学院）的Baker Library每天关门都挺早，绝不可能学到后半夜的。

回答3（哈佛法学院法学博士二年级生Hassan）：HLS（哈佛法学院）图书馆都是零点关门。我有时会去HLS Library做reading，但更多时候喜欢一个人在寝室学，论文提交前会熬得晚一些，但几乎不会超过凌晨3点。

回答4（哈佛教育学院硕士一年级生Laura）：平常都去教育学院旁边的一家咖啡馆学。相较于安静的图书馆，我更喜欢有点人声甚

Four

回归校园：敲开哈佛的大门

至嘈杂的环境，那样反而更能集中注意力。咖啡馆11点打烊，我是morning person（喜欢早起的人），十二点前就得睡，早上7点起床。我无法理解习惯学习到凌晨四点的人，那有点愚蠢不是吗？

回答5（哈佛医学院博士三年级生Robert）：医学院的功课挺重的，所以HMS（哈佛医学院）的学生都比较刻苦，但也不至于学到后半夜吧。我觉得还是得看自己怎么安排时间，另外效率真的很重要。Lamont Library？几乎没去过，我所知道的医学院同学也很少有人去那儿刷夜。

回答6（哈佛本科大四学生Yoon-Al）：啊，过去这几年确实熬过几次通宵，主要是为了写paper，但绝对不是常态！平常习惯去怀德纳图书馆的自修室学习，那里的噪声近乎零分贝，每个人都认真学习的气氛非常棒。平均每次去图书馆学习3小时吧，不会到太晚，完全没必要的。

回答7（哈佛本科大一学生Rawe）：So far so good（目前为止都很好）！来哈佛前曾担心这里的课业负担会压得自己喘不过气，但开学这几天感觉还是比较manageable（可以驾驭）的。目前都在宿舍学习，我的很多大一同学也喜欢在家写作业，或者和好友一起去咖啡馆，因为可以随时交流功课。在图书馆熬到后半夜？没想过，也最好不要吧！

结论：不同的哈佛学生给出了类似或干脆一样的答案——自己不会在图书馆苦读到后半夜，没看到或听说身边很多同学这么做，更不认为这有必要。唯一可能让学生待到凌晨四点半的Lamont图书馆，在随机受访的三十个学生中并无高人气，去那儿学习的学生也对"熬到后半夜"这一说法给出了否定答案。

上面两种方法的尽调实际上已让真相浮出水面了：网上疯传的"哈佛凌晨四点半图书馆的盛景"，并不存在。

3. 哈佛图书馆实地走访

为确保万无一失，我还是决定把整个尽调做完，在夜里实地拜访几家哈佛图书馆和每家的管理员。

我选择了四家最有代表性的：Baker Library（贝克图书馆，位于哈佛商学院校区），Harvard Yen-Ching Library（哈佛－燕京图书馆，位于东亚研究学系区域），Widener Library（怀德纳图书馆，位于哈佛本科生院校区）和 The Lamont Library（勒蒙图书馆，位于哈佛庭院）。如上面所说，唯一通宵开放的其实只有 Lamont.

实地探访情况概要（按走访顺序）：

贝克图书馆

下午四点半进馆（因为五点就关门了）

图书管理员回复：据我了解，商学院学生喜欢在宿舍或咖啡馆学习，而且啃书到深夜的少吧，因为还有其他更重要的事情要做。贝克晚上是不开门的，其实即使白天，人也不多——商学院学生白天除了忙上课，还得穿梭于各种社交和招聘活动啊！

哈佛－燕京图书馆

晚上九点半进馆（因为十点就关门了）。

图书管理员回复：来我们这儿查书借书的教授和学生多，但来这里自习的非常少。燕京图书馆关门早，到了九点以后就很少有人了。

怀德纳图书馆

晚上十一点半进馆（因为十二点就关门了）。

图书管理员回复：我在这里工作的几年里，从没碰到过这家图书馆破例通宵开放，从没有过。来这里学习的学生确实很多，但十一点以后就走得所剩无几了，因为每个人都知道十二点闭馆嘛（笑）。

勒蒙图书馆

凌晨两点半进馆。此时图书馆的自习室只剩一两个学生。

Four

回归校园：敲开哈佛的大门

图书管理员回复：（给他看了《哈佛凌晨四点半图书馆》里的"灯火通明座无虚席"照片）这肯定不是 Lamont 图书馆的照片，我们这儿没有这样的自修室。平日到了晚上十一二点时人就很少了，更别提后半夜。只有在期末考试前的一两天，人会稍微多一些，但也绝对不是"人满为患"，那样有点夸张了。

对哈佛大学图书馆的尽职调查至此告一段落。凌晨三点从勒蒙图书馆出来时，整个哈佛校园都沉浸在睡梦中，只有早起的鸟在鸣叫和我的脚步声在夜里回响。

网上热传的"哈佛凌晨四点半图书馆的景象"，大概只能在人们虚幻的想象中存在了。

调查后的想法

整轮尽调结果容易给人一种印象:哈佛学生没有大众舆论所描绘的那样"努力"和"苦逼"——你看,他们并不是每天都刷夜学习啊。

且慢,"熬夜"与"勤奋程度"真的成直接正相关吗?哈佛学生,或者说以哈佛和耶鲁学生为代表的美国一流大学学生真的不那么刻苦吗?

我认为,以学习时长衡量一个人刻苦与否是不太合理,甚至有点愚蠢的方法。在哈佛和耶鲁,我没有看到谁以"刷夜"为荣,更没有学生暗自较量谁能熬得更晚。这些学校学生崇尚的,是一个叫作"productiveness"(效率,多产)的词。

我没有在国内读大学的经历,不好对咱们国家的大学生妄加评论。但我可以肯定的是,哈佛耶鲁的绝大多数学生都相当 productive,具体表现在这些方面:

1.相较于国内同学,他们不轻易翘课(在很多美国大学,翘

Four

回归校园：敲开哈佛的大门

课是要扣很多分的）。

2. 上课时全神贯注听讲、记笔记，遇到不懂的就实时向教授发问，甚至展开一场辩论。力求在下课前就把新知识点都搞明白，而不是抱着"听不懂也没关系，反正课后还能补习"的补救心态。

3. 几乎所有人都会用 Google Calendar 等工具做每天的 To-do list，把当天的学习任务用"1、2、3"列出来。一些同学还会进一步划分优先级，给自己设置完成一项功课的时限。

4. Work hard, play hard——该学时就集中精力学，该玩时就使劲玩。我的很多同学前一晚还在派对上喝酒狂欢，第二天就可以做到完全地与世隔绝。他们会把自己"关起来"，心无旁骛地读完一本书、做完一份习题集、写好一篇论文。你有时会找不到已切换成学习模式的他们：手机关机，Facebook message 和 E-mail 都不回。高强度的闭关，往往能帮他们在短时间内快准狠地把学习任务搞定。

5. 带着清晰任务去学：我的很多同学在学习时都会带着一个很明确的目标。比如，我读这本书，就是要找到 A、B、C 三个证据，来支持我的论文观点；我下午去上这堂复习课，就是为了搞懂 xx 概念、yy 函数、zz 曲线，不弄明白不回家。有了目标，或者说目的，效率往往会高很多，而不是迷迷糊糊地学了一通，到头来还是不知道自己收获了什么。

有了上面这些让人非常 productive 的习惯，难道还需要每天都为了学习熬夜到凌晨四点半吗？

以熬夜伤身为前提的刻苦，不是好刻苦。

不要再盲目崇拜"哈佛凌晨四点半的图书馆"了，那不真实，也挺愚蠢。

05

进阶攻略

成长使用手册

枯燥英语有技巧

这是个老得有些古董味的话题。

近代以来，英语便雄霸国际第一语言的宝座。一口流利的英语，实在可以影响甚至改变一个人的命运。因此，也难怪几百年来，为英语哭为英语笑为英语痴狂为英语折腰的人手拉手站成一排，估计能组成一堵长达数光年的人墙了。

我9岁开始学 ABC，18岁去美国留学，过去三年每天工作都要用英语，所以同 English 打交道也有十五六年了。对于如何把英语学好，我讲不出系统的长篇理论，谨借这篇小文，分享自己同英语打交道的一些心得。

> ➤关于背单词

单词是英语最基本的元素，也是很多人头痛的源头。从学英语伊始的 apple、dog 这类"幼齿"单词，到大学四六级词库，再到托福雅思的几千单词、GRE 和 SAT 的近万单词，"vocabulary（词汇表）"

Five

进阶攻略：成长使用手册

永远伴随左右。

为了读懂长篇大论，为了写出英文佳作，单词是一定要背，并且要背得扎实牢靠，没有妥协余地。

我见过不同版本的"快乐背单词法"，简直把背单词描述成了滑滑梯过家家那般的简单美好。可我觉得，这不现实。想把单词背好，没有捷径可寻。除非你想糊弄自己，除非你只是想和单词们"混个眼熟"而不求甚解，否则还是得咬咬牙让自己苦一把。

怎么背单词？我有以下拙见：

背单词，不是把"单词"孤立出来逐一攻克，而是一个把单词融在句子和段落中立体学习和记忆的过程。

一些朋友说我要背单词啦，然后拿出单词表，上面有且只有单词和对应的中文意思，密不透风几大页。接着开始从左上角的第一个单词硬记到右下角的最后一个单词。几小时后头晕眼花地仰天长啸一声：我背完啦，噢耶！

结果，等玩回来以后再拾起单词表，傻眼地发现好多单词都似曾相识，却怎么也想不起什么意思了。更糟的是，即使记住了单词的中文意思，也基本不知道如何遣词造句。

这种孤立背词法，和揠苗助长无异。

其实，单词和句子是相辅相成的。脱离了句子和段落的单词，犹如离开了水的鱼。所以，我认为的（唯一）最有效的记词法，是：

1. 把生词放到句子中去理解和记忆；
2. 同时记忆一个生词的其他形式（名词／动词／形容词／副词等）。

举个例子，记"fantasy"（名词："幻想；想象；幻想物"之意）这个词，知道了中文意思和单词发音后，我接下来的两大步骤是：

1. 看例句，加深印象：

a) The high school students always live in a world of fantasy. （高中生总是生活在幻想中。）

b) I sometimes can't distinguish between fantasy and reality. （我有时不能区分幻想和现实。）

2. 其他形式的单词记忆：

a) 动词：fantasize（幻想；想象；或者用流行语来说就是"yy"）

i. At times when I finish my homework, I like to fantasize about being an astronaut. （有时当我完成作业时，我喜欢幻想成为一名宇航员。）

b) 形容词：fantastic（极好的，令人难以置信的，幻想的）

i. We are going to watch a fantastic movie tonight. （我们今晚会看一部超赞的电影。）

这种方法，乍一看比简单粗暴只背中文意思的方式要麻烦不少，但实际上是以生词为中心线索，举一反三地学习和吸收多种表达方式（固定搭配／句型）的过程。假以时日，不但是词汇量的拓宽，更是英文用法的多维度深化。这对长期学好英语是有百利而无一害的。

总而言之，背单词，不应抱着太大的功利心，不要想着轻松走捷径，而是应该潜心把这个学英语的第一步走好。

➤ "说什么"远比"发音好不好"重要

很多同学把拥有一口地道的发音看作是学英语的头等大事。有些朋友认为，会多少单词、能跩出多高难度的句子都不是最重要的，而能把美音的饶舌儿化或英音的厚重顿挫说好，才是王道。

"能说一口加州腔或伦敦音，那多酷啊！"

Five

进阶攻略：成长使用手册

从学英语第一天开始，我就是口音的崇拜者，从好莱坞明星嘴里流出的如钢琴曲般优美的英文尤其让我着迷。

想让自己的发音地道固然没错，但"学英语＝模仿和学会口音"的观念，我觉得有问题。

如果把地道的发音比作女人的化妆品和衣服，那么由语法、词汇、句子和文段组成的英语基本功，就应该是女人的"素颜"。没有漂亮的素颜打底，再惊艳的妆容也难把东施变成西施。

我曾在一次国际友人酒会上遇到过一位国内女大学生。女生外表出众身材高挑，自信大方地以一口绕着弯儿的美语作自我介绍，小小惊艳了我们几个一同聊天的中外男生。一个美国男孩问她的美式发音从何而来，女生说她没去过美国，也不是英文专业，但她觉得学英语很容易，只要听 Katy Perry 和 Taylor Swift 的歌，模仿她们就行了。

一开始我暗自佩服女孩的语言慧根。可大家一聊起来，她的口语却状况频出。先是语法混乱，基本没有人称和时态之分，再就是用词诡异，同为中国人的我还能大概猜出女孩想表达的意思，可几个美国哥们儿就只能尴尬得一头雾水了。最替她着急的是，女孩即使在用词上卡壳或出错，还惦念着把美音的"弯儿"发准。

"More and more happy"（"越来越开心"，此为错误说法。正确说法应该是 happier and happier）女孩说"more"的时候，恨不得把舌头绕成直角。

"地道"英语，首先要做到措词地道，而不是发音地道。"说什么"远比"发音好不好"要重要。

我在美国读书和工作时结交了几位新加坡和印度朋友。全世界英语口音最独特而自成一派的地方，我认为非这两个国家莫属。

"Hey Leo, do you have dime（time）? I nee do dog do you.（I need to talk to you.）"（Leo 你有时间吗？我需要跟你聊几句。）我的

印度朋友总是操着浓厚的南亚口语亲切地同我对话。

即使印度人和新加坡人的口音在国人听来有些"销魂",可他们用词准确地道,表述清晰流利。跟美国英国等传统英语国家人士交流时,他们鲜有沟通问题。而美国人和英国人,也并没有随便嫌弃这些略"诡异"的口音。

所以我想说,口音真的没有那么重要,千万不要成为口音的奴隶。辩证地看,没有哪种口音是对的或错的,其实美音、英音和澳音,也都是一种"地域口音",有人喜欢有人厌,就像北京话、上海话、四川话一样。

所以,首先应该好好夯实英文基本功,把词汇语法听力等都搞定了,才具备了飙口语炫发音的资本。能学会纯正的美音或英音固然好,但那只是锦上添花。哪怕模仿天赋不足,永远摆脱不了中国式发音,也没啥大不了的。说的内容好,写的文字地道,才是把英语学好的不二指标。

▶不要怕开口,不要怕开口,不要怕开口

这也许有点老生常谈,毕竟"反哑巴英语"运动在国内已经如火如荼开展多年了。但回国后,我还是发现很多朋友羞于开口或压根不想开口,"哑巴英语"这问题依旧不轻。

究其原因,还是担心自己说不好。

"我没学多久英语,说得磕巴,很不好意思啊……"

"我发音很烂,会被别人鄙视的吧。"

"我说不熟练,老出错,还是别开口扫兴了。"

这些顾虑,真的有必要吗?

上一段里我说,"口音"真的没有很多人想象的那么重要。中国式发音怎么了?

Five

进阶攻略：成长使用手册

很多时候的顾虑和枷锁，是我们给自己加上的。不要害羞，不要担心别人笑话。何况，过去这么多年同外国人打交道，我还没碰到哪个英语人士因为一个人的英语发音不好而明目张胆地嘲笑他的。

退一百步讲，即使说英语时出了糗，也没关系。别人顶多笑几秒罢了，根本没人会往心里去。

再做个类比。假设我现在是一个单薄的豆芽菜，想举哑铃练出点肌肉块。当我第一次踏进健身房时，可能会被里面琳琅满目的肌肉男所震撼。那都是怎样的壮硕与健美啊！

我想有朝一日成为他们中的一员，所以我必须摆脱自卑，大步向前，在一群举铁的壮丁中拿起角落里最轻的那对哑铃，开始健身长征第一步。

我严格遵照计划，每周练四次，并逐渐加量。配上科学饮食与充足休息，不出半年一年，我的身形一定会发生跨越式的可喜变化。

练英语口语也是一样的。关键是要 Get out of your comfort zone（踏出你的舒适地带），摆脱心理负担，多说，多说，再多说。

一开始没法连词成句，就跟着音频和电影鹦鹉学舌。总之，得让声带先运转起来。

有些起色了，就找到口语搭档经常练。我刚上初中时口语很差，但我决心在一年之内做到用英语"侃侃而谈"，所以一有空时就黏着美国和加拿大籍的外教，和他们有一搭没一搭地谈天说地。那时，我肯定犯过不少雷人的错，但我还是厚着脸皮继续"谈笑风生"。直到几个月后的某天，外教大叔突然看着我"深情"地说："Leo，我发现你的英语表达能力进步了好多啊！"

在积极开口说的同时，要注意加强英文基本功，就好比练肌肉时不能光顾着举哑铃，还要保证营养供给。只学英文教材里的课文不够，我建议可以订阅一本适合自己水平的英文杂志，或是下载一个美文阅读的手机 APP，每天都用通勤、午休的碎片时间学一点。当可以掌握更难的单词句子和语法时，说出的英语也会变得更"高级"。

总的来说，学英语的过程有时真的不舒坦。想学好英语，真的得下点苦力。就好比登山时会头晕缺氧，跑马拉松时会呼吸困难，举哑铃时会累到呻吟。

但几年后，当你写的英语文章如行云流水，当你说的口语堪比老美，当你的生活与工作都离不开英语时，你一定会感叹，当年的痛苦背单词、痛苦练口语、痛苦学语法，都值了！

留学申请中的"课外活动/社会实践"怎么准备?

无论是申请英美大学本科还是各种硕士项目,"课外活动"(extracurricular activities)/"社会实践"(本文统一称"课外活动")都是申请材料里必不可缺的一块,也是中国学生最容易感到棘手的部分。

在一套申请材料里,校内成绩与标准化考试是硬指标,但再高的分数也不过是一串冷冰冰的数字,更何况高分乃至满分如今随便抓都有一大把,实在无法在申请大军中差异化自己的 profile;而课外活动经历,却能把一个申请者有血有肉活灵活现地呈现给招生官,反映出申请者的性格、成长背景、价值观和理想抱负等多方面信息。

对于盛产考霸学霸的我大中华民族芸芸学生来说,拥有出色的课外活动背景,就可能有如虎添翼的奇效,在申请大军中脱颖而出。

可课外活动根本不存在什么固定评价标准,该如何准备呢?不少学生心里没底。

本科申耶鲁、MBA 考哈佛时,我都在申请材料中精心展示了自己的课外活动经历。年代尚不久远,记忆仍算温热,谨借这篇文章跟大家分享一些关于"extracurricular activities"的个人建议。

> **课外活动，千万别拼数量！关键是突出亮点**

中国高中生估计是世界上最日理万"题"的一群苦孩子了。即使想像美国孩子那样每天都能腾出几小时参加课外活动，也恐怕是天方夜谭，除非不去上学或天天打鸡血不睡。

对于中国孩子的课业压力，其实国外大学招生办也有所耳闻甚至抱有同情。有次和两位美国大学招生办的老师吃饭，聊到中国学生时他们有句经典评论：

"You guys are like machines! Seriously. I can't imagine how hard it is to study 15 hours a day in high school. That's miserable!"（你们简直就像机器！说真的。我没法想象在高中有时一天学习15小时该有多难。太悲催了！）

当我追问他们对中国申请者的课外活动成绩有什么期待或要求时，他们说：

"Well, it's challenging for Chinese applicants to be as actively involved in extracurricular activities as American kids. We look more for quality and impact, rather than quantity when evaluating an applicant's extracurricular experiences. You've gotta put academic work your top priority especially if you go to high school in China."（嗯，中国学生确实很难像美国孩子那样投入大量时间精力在课外活动中。当我们评估一个申请者的课外活动成就时，我们更看重质量和影响力，而不是数量。你必须把课业放在头等重要的位置，尤其对中国高中生来说。）

两位老师的话也许不能代表所有美国大学招生办的意见，但一定能给中国申请者们吃下一颗定心丸。

Five

➤真的不用拼老命地攒一堆"课外活动"塞满简历

换句话说,如果在申请材料里豪迈地说自己花大量时间做过这样那样的课外活动,精彩繁忙得像一线明星赶通告似的,则只可能让招生官生疑——你是如何幸存下来的?难道不上学了吗?对于工作忙碌甚至已经有了家室要兼顾的MBA申请者们而言,更应该突出全职工作中的表现和成绩,无需纠结课外活动的数量。

再者,招生官们通常要在一两个月时间内完成动辄上万份申请材料的审阅。有信息显示,他们初审一个申请者全套材料(申请表、成绩单、文书、推荐信等)的时间,也许只有半小时甚至更短。太琳琅满目的课外活动大概只会让招生官们看得头晕,找不到申请者的核心亮点在哪儿。

英语里有一句话说得好:"Everything means nothing."(一切都有等于什么都没有。)很多时候,Less is more(更少了反而是更多了)。乔布斯当年毅然砍掉苹果公司的多条产品线而只留下以iPod、iPhone再到他去世后上市的iPad、iWatch为代表的"i系列",最终让苹果以更简明有力的形象被全世界熟知和喜爱。

同样的道理,对待课外活动,应该forget about数量,care more about质量,用两三个核心亮点加深招生官对你的印象。

申请耶鲁本科和哈佛MBA时,我都有意把一些课外活动剔除在材料外,即使有些经历还挺抢眼。忽略一些课外活动,是因为它们和我想呈现的个人核心亮点关系不大。把它们写进申请材料,不但对我的竞争力加分不多,还可能会稀释我想通过几个主要课外活动来阐述的key messages(关键信息)。

考耶鲁时,我结合学校"注重人文与社会关怀和领袖精神"的风格,着重呈现了两大课外活动亮点:

一个有潜力和开创精神的学生领袖

　　主要例子：将模拟联合国活动引入学校，开创学校模联协会并任首届主席。

　　将"模联"从无人知晓的陌生概念变为学校里最受欢迎的课外活动，将模联协会在半年内发展成拥有100多名成员的校内最大学生社团。

　　代表学校，以首席代表身份参加复旦大学、外交学院和北京大学全国中学生模拟联合国大会，获得北大模联"最佳代表奖"，复旦模联"主席团特别代表奖"。

具有国际阅历和视野的上进少年

　　主要例子1：作为唯一的非美国籍学生，参加2008年在耶鲁举行的美国青年政治家夏季学院，毕业成绩名列前茅（毕业论文得到98分，满分100分）。

　　主要例子2：作为中国的两名青年代表之一，参加"改变世界者－吉尔福德论坛／伦敦青年峰会"，讨论青少年在社区服务中扮演的重要角色。

　　主要例子3：作为最年轻的科考队员，参加中央电视台和北京自然博物馆举办的蒙古恐龙坟场化石挖掘与西伯利亚贝加尔湖科学考察活动。

　　申请哈佛商学院时，考虑到哈佛对领袖气质的重视，我突出了自己在大学期间和毕业后三年里最"亮"的领导力事件，并通过这些leadership achievements呼应商学院另一个非常关注的点：平台与人脉资源的储备。

Five
进阶攻略：成长使用手册

大学期间

主要例子1：耶鲁大学Reach Out组织的第一位非美国籍主席（耶鲁最具影响力的学生社团之一，后文有详述）。

主要例子2：耶鲁大学管理学院—摩根大通学者项目的学生助理。

（备注：经历本身看上去与"领袖能力"不搭边，但实际上我连续入选两届学者项目，第一届时与港中旅集团副总裁共同完成课题研究，第二届时作为唯一的student coordinator协助商学院项目总监，漂亮地完成了各项研究与交流活动的组织工作，获得各位国企高管学者的肯定。除了出色的研究成果之外，"与几位中国最有影响力的国企高管成为朋友"这件事，一定会引起哈佛商学院招生办的关注）。

主要例子3：参与组织首届耶鲁大学中美论坛（US‐China Forum）。

工作后

主要例子：获选世界经济论坛"全球杰出青年"（Global Shaper of the World Economic Forum）。

➢不追逐"名头有多大"，要重视"收获与影响力有多大"

这几年，我从不少正准备美国留学申请的朋友那儿听到同一种观点和担忧：

"课外活动一定是越高大上的越好。如果能在简历中有那么几项国际级的活动经历，那绝对是锦上添花。即使没有参加过全球闻名的活动，也起码得保证一两项在国内能叫得上名字的。"

"可我所在的城市/学校是一个小城市/非顶尖大学，压根没有大城市／北大清华能提供的高级资源和机会。对于大城市的孩子／北清复交的学生，我只能望尘莫及。那些对他们开放的名头很响的课外活动，我根本没有途径争取到参与机会，只能是眼巴巴地羡慕嫉妒恨。"

"我的绝大部分课外活动经历是学校里的社团活动，听上去就很无聊，一定没有啥竞争力吧。唉……"

如果这些想法都成立，那么在课外活动占申请材料很大权重的情况下，来自大城市、好学校的申请者就占据了绝对优势，他们一定会把最顶尖美国大学的录取席位都"掠夺一空"吧？

可事实并非如此。

我认识几位来自二线三线甚至四线小城的朋友，他们没有大城市同龄人动辄"吓死人"的光环，却依然被哈佛、耶鲁和普林斯顿录取；同样地，我也听说过几位非北清复交背景的学生拿到了哈佛硕士项目的offer。

这些同学固然有拔尖的学业成绩和出色的留学考试分数作为硬件，但那还不足以让他们获得名校的青睐。课外活动经历呢？据我所知，他们中的大多数人并没有显赫的"名头"活动装点简历。

通过与几位这样的同学聊天、了解他们申请前的课外活动经历，再结合自己的申请经验，我得出一个重要结论：

> 课外活动，不是一个拼"名头"的游戏。有所谓"高大上"经历的申请者做不到高枕无忧，而仅有所谓"普通无新意"经历的申请者，只要做对了一件事，就有敲开名校大门的机会。
>
> 这一件事，是用脑用心地对待和参加一项课外活动；是通过课外活动的积极影响来获得成长和进步；是在课外活动中展现能力、创造价值、做出有意义的贡献。

Five

进阶攻略：成长使用手册

简而言之，可以用这几个英语词来概括：

Passion（热情），Dedication（投入），Growth（成长），Impact（影响力）。

如果能把上面这几点很好地呈现在申请材料中，就有可能打动招生官们、争取到录取机会。

一位被常青藤大学录取的小城女孩，在读大学前弹了十多年钢琴，没有一天间断。虽然小学时便过了钢琴十级，但她弹琴绝不是为了单纯的练技巧拿证书。钢琴是她传递善意和帮助别人的媒介，尤其是弱势人士。

初一时的每个周末，她都会请邻居家的盲人大伯来家听自己弹琴。没多久，大伯又介绍了他的盲友一起来女孩家听琴。从一开始的两三人逐渐变成十多人。女孩手指间流淌的钢琴曲让盲人们感受到了世界的美好。后来，"为盲人弹琴"的女孩在她的小城连开数场小型独奏音乐会，免费让盲人和其他残障人士入场欣赏。再后来，女孩拓展了她的"公益产品线"，除弹钢琴外，还组织几位同学拉小提琴、手风琴和二胡，甚至为盲人们同声解说好莱坞电影。

女孩将这段经历写成了大学申请文书，感动了招生办的官员们。

上大学后，女孩坚持在回国的假期里为盲友们弹琴。她说会一直这么做下去，因为"给他们弹琴，我也很高兴。这早就成了一个习惯"。

"弹钢琴"，纵使听上去再朴实不过，却因为被赋予了别样的意义，也能秒杀空有大名头但并不走心的课外活动。

举这个有点煽情的例子，就是想说明课外活动的"深度"有多么重要。

再举个我自己的例子。上面提到我在耶鲁时是 Reach Out 的主席。

每个春假和暑假，Reach Out 都会组织师生们到第三世界国家开展志愿者公益旅行（比如到危地马拉为穷人盖房子、到哥斯达黎加参加热带雨林保育工作），在 21 世纪初创办以来的十多年里，Reach Out 成功组织了近百次旅行，足迹遍布五大洲的三十多个发展中国家和地区。

虽然 Reach Out 是耶鲁最有影响力和人气的学生社团之一，但在不了解情况的外人看来，它不过就是千千万万 "on-campus student activities"（校园学生活动）中的一个罢了，表面上无任何光鲜和惊艳可言。

但 Reach Out 对我却具有非凡的意义。它是我整个大学四年最重要的课外活动亮点。

在递交给哈佛商学院的申请表和简历里，我清晰阐述了自己通过 Reach Out 获得的成绩、产生的 positive impact（积极影响）：

1. 大一时入选参加了 Reach Out 2010 年春假印度旅行（当时有 90 多个学生报名，只有 12 人获选），两周时间走访了新德里和孟买的多个贫民窟和社区 NGO，教授贫困妇女防身术、普及性知识；

2. 大二时成为 Reach Out 2011 年春假中国旅行的带队人，率领 15 名耶鲁洋学生到福建山区支教、到北京四中开展交流；

3. 大三时凭借前两年的出色表现，成功竞选为 Reach Out 历史上第一位非美国籍的主席；

4. 作为 Reach Out 主席，我领导 10 人的管理团队，协助近 20 名耶鲁学生成功组织了去往 9 个发展中国家（卢旺达，佛得角，尼泊尔，尼加拉瓜，多米尼加，中国，泰国，墨西哥，巴西）的 10 支公益旅行团队。共有 150 多名耶鲁师生参加旅行，人数刷新历史纪录。此外，带领团队短时间在学校募集到 2 万多美元的旅行基金（这个数字也是史上最高——Reach Out 规定不能拉校外企业赞助），帮助多位需要资助的学生完成旅行。

Five
进阶攻略：成长使用手册

Key messages:

1. 从大一开始参加 Reach Out 活动，到一年后成为旅行带队，再到两年后晋升为主席。通过这个逐渐成长的过程，我向哈佛展示了自己踏实做好一件事的热情力和专注度。

2. 通过担任主席期间完成的几个比较 Impressive 的业绩数字，我向哈佛展示了自己的革新力与领导力。而这两种素质均是哈佛商学院十分重视的。

事实证明，Reach Out 的经历确实引起了哈佛招生官的特别关注。在面试中，招生官顺着我申请材料的表述，抽丝剥茧地问了好几个关于 Reach Out 的详细问题。当我"娓娓道来"自己的 Reach Out 故事时，招生官几次露出了肯定的微笑。

除非是在国际奥赛中争金夺银或发现天外行星这样牛气哄哄的经历，课外活动并不讲名头大小。不要再盲目迷信所谓的"大活动"了。

重要的事情再说一遍。请记住让招生官们在申请材料里看到你做一项课外活动时的：

Passion（热情），Dedication（投入），Growth（成长），Impact（影响力）

哪怕这项活动只是听上去再普通不过的"担任校学生会宣传部干事"。

Last but not least：参加课外活动，一定要摒弃功利心

曾有不止一个朋友问我：
Leo，这个活动会对申请有帮助吗？

Leo，是参加这个活动好还是那个活动好？哪个更有竞争力？

Leo，哪些活动最容易 impress 招生办？

....

毫不委婉地说，当对待课外活动时有了明显的功利心，就走上了一条有点危险的歪路。

参加课外活动，绝不是在还没开始做之前就思忖着如何装点自己的简历，而是通过认真地投身于几项课外活动，锻炼和提高自己的各方面能力，比如领导能力、沟通能力、时间管理能力、抗压能力、创新能力等，获取学校课堂上得不到的新技能，从而把自己变成一个更出色而富有竞争力的人。

课外活动中最深刻难忘的经历往往可以变成打动人的故事，写进申请文书或推荐信里，帮助招生办更全面而生动地了解一个申请者。如果一开始就处心积虑地"筛选"最能讨好招生官的活动参加，一个人就容易变得浮躁而急功近利，从而无法潜心参与到课外活动中，很难真正获得成长和提高，也就没法写出真实饱满的申请材料了。

结合前面说过的，课外活动没有好坏之分和等级之别。摒除功利心，认真参与一项或几项课外活动，你一定会获得多方面的收获。

那么该如何选择课外活动呢？我自己会综合以下五个方面作出决定：

1. 有兴趣，有热情

这个必须是大前提。如果你对一项活动压根没积极性，参加了恐怕也只会折磨自己、浪费时间。

2. 不能影响学业

这个是根本要求。如果因为课外活动的喧宾夺主而导致成绩下滑，实在是得不偿失。任何时候都绝不能怠慢了"校内成绩＋标准化考试"这两项硬指标。

3. 能学到东西

参加课外活动最大的目标是get到新知识新技能,从而提高自己。没必要花时间在一项不能让你有啥长进的活动上。尝试探索一些有难度和陌生感的领域,也许会让你有意想不到的收获。

4. 已经擅长,或具有熟练掌握的潜力

这个也很重要。如果所做的活动完全是自己不擅长的,只会平添挫败感,得不到什么收获。比如,让一个毫无音乐细胞的人去练合唱,只能是浪费他的时间和感情。而让一个极具体育细胞的人去练一项新运动就是个不错的主意,因为凭着天赋、通过练习,他很可能会得心应手地掌握这项运动技能。

5. 能做出成绩、产生积极影响

前面提到了,最好能通过课外活动证明自己,并凭借自己的努力对周围的人和事带来积极影响。没有人不希望得到成就感,申请美国大学的同学们也不例外。更何况,在课外活动中取得的成绩还可以是申请文书的最佳素材之一呢。

总之,"课外活动"完全不可怕,反而可能是申请道路上最充满乐趣和惊喜的一段旅程。抛开功利心,塌心、潜心、专心、用心、走心地参与课外活动,你会让自己变得更优秀,而你的申请材料,也将发光发亮。

拿什么拯救你，我的拖延症

谨将此文送给自己和年轻伙伴们。愿我们都不枉费青春的十几年。

拖延症，大概是当代年轻人最"欲罢不能"的通病，这里的"不能"，是"做不到"之意，并非"不想、不愿"。我的朋友里不乏拖延症患者，不管多么高学历高大上高精尖的人，都曾"拖延"过，我当然也不例外。

什么是拖延？我的解释是，可以立马着手、当下完成的事情，却故意放那儿不开始。

背单词做习题可以"先玩会儿再干"，写工作总结可以"先睡一觉再说"，就连吃饭都能"再等会儿叫餐也不急，反正不太饿"。

我在耶鲁读本科时，有次要写一篇非常难的大论文。翻了好多文献，依然理不出最好的论点。此时畏难情绪爆棚，急性拖延症发作。不想写，不想写，不想写。把论文搁在一边逛BBS消遣，看到一篇题为《上万字经验分享，看了准能治好你的拖延症》的热门帖子。抱着侥幸和好奇点进去一看，只有一行字：**唉，还是再玩会儿，明天告诉你吧。**

那么，拖延时我们都在干什么？

刷朋友圈。

逛微博。

发自拍。

玩直播。

煲电话粥。

躺着。

发呆。

不动。

对一个慢性拖延症患者而言，有多少时间因拖延而流失？

非常保守地说，一天中这样那样的拖延有 3 次，平均每次十分钟。

所以，

一天就是半小时；

一周就是 0.5 小时 ×7=3.5 小时；

一年就是 3.5 小时 ×52=182 小时。

182 小时，

可以乘北京到纽约的直飞航班 15 次；

北京到东京的直飞航班 73 次；

北京到天津的高铁 300 次。

别忘了，这还是很保守的估测结果。

拖延症带来的副作用都有什么？

最显而易见的，是多米诺骨牌式的恶性循环：因为在 A 事上拖延，导致 B 事无法按时开始；因为 B 事没结束，所以 C 事也延误了；因为 C 事没忙完，所以 D 事 E 事 F 事 G 事都被搁置着。由此一来，每天都在赶各种 deadline 中度过，狼狈不堪。

因为拖着一件或几件事没做完，心里总感到没底，严重时甚至茶饭不思。有一篇大论文拖着没写完，你会痛痛快快跟老友们去喝酒撸串吗？有一个考试拖着不复习，你能舒舒服服睡一场大觉吗？拖延时的闲散发呆能带来短时放松和欢愉，但拖延后回到现实，面对眼前那一桩桩一件件事时，心中的不安和压力恐怕只会加重。

因为家务活拖着不干，引来妈妈不满，母女间难免一场拌嘴；因为承诺过要送的礼物迟迟不买，使得女朋友不快，甚至会带来一场不必要的情侣冷战；因为工作任务拖着不完成，导致上司对你的业务能力产生质疑和批评，甚至因此危及自己的饭碗……拖延症最大的副作用，还是对亲情友情爱情以及学业事业前途的威胁和伤害啊！

我们究竟为什么爱拖延？

简而言之就是几个"怕"：怕苦，怕累，怕受罪，怕失败。

被拖着不完成的事，大多需要费点脑力、心力、体力，是要求人们燃烧卡路里"用功"的事，是会让人疲惫的事。崇尚安逸享乐的天性自然会阻止一个人去吃苦受累。

被拖着不完成的事，通常不是轻而易举就能搞定的小 case，而是具有一定难度和技术性的活儿，比如考托福，写项目 PPT。面对这些有挑战性的任务，人们可能变得不自信，生怕自己做不好、完不成；因为承受不了"失败"的滋味而出现了逃避心态，索性把事情搁着不做。

当然，过度自信和有把握的心态也可以导致拖延："反正时间还多着呢。这么简单的事儿用不了多久的，这会儿不需要着急。"很多时候，这种大喇喇的心态佐以其他牵扯精力的事，可能会让人不小心忘了那项一直拖着没完成的任务，等恍然想起时已经误了 deadline，只有捶胸顿足"空悲切"的份了。

如何缓解乃至根治拖延症？

首先咱们得知道，不管是拖延还是不拖，事情总在那儿等着我们去完成，即使拖过了初一也拖不过十五。

"长痛"vs"短痛"，你要选哪个？

不拖泥带水地把一件事做完的过程，固然会有疲惫纠结甚至抓狂，但这还算是"短痛"；而拖着任务不完成所产生的不安稳感，尤其是被 deadline 追着的压迫感，只要你不把事做完，就会如影随形地一直折腾你，这实在算是"长痛"，而且还是深入到精神层面的"痛"。"长痛"不如"短痛"，所以咬咬牙逼自己立马把事情做完，绝对是更明智的选择。更何况，同完成任务后的那种如释重负的愉悦感相比，"短痛"实在算不上什么。

能两分钟解决的事，绝不拖到第三分钟去做

我的一位成功人士忘年交，执行力卓越得令我生畏。他的一句座右铭，是"能两分钟解决的事，绝不拖到第三分钟去做"。

比如，动动指头就能处理的工作微信，现在就发；动动嘴唇就能打的业务伙伴电话，立刻就打。如果他的秘书稍微磨叽了一点，他就会不留情面地问道："你难道是在等黄道吉日吗？"

几个团队核心成员起初曾叫苦不迭，对霸道上司的严格作风倍感压力。但渐渐地，他们不再抱怨，开始变得心服口服，更是庆幸遇到了一位雷厉风行的好老板。而这位大咖的公司，成立区区两年就已经在业界风生水起，盈利节节攀升，还在年初成功上市新三板。

在心里种下这句话：能两分钟解决的事，绝不拖到第三分钟去做。每天默念和践行，让这条信则牢牢扎根在自己的观念里吧。

每天列任务清单，定好优先级

要想不拖延，必须脑子不乱心不浮，必须清楚自己今天、明天、这周和更长一段时间的任务都有什么。

每天早晨起床时给自己列好当天的任务清单（To-do list），可以按时间先后顺序、更可以按任务的轻重缓急排序。列清单的重点是要明确哪项任务最重要，哪项可以放在最后。当看到有若干件事都需要着手完成时，拖延的念想会减弱很多。

这办法挺笨，也是老生常谈，但我自己觉得效果确实特好。为了督促自己不拖延，我每天早晨都会花十分钟列好当天的任务清单，完成一条任务后就把那项的文字改成绿色。作为一个不是处女座但胜似处女座的较真强迫症族，最令我赏心悦目的是一天结束时的"满屏绿"，而最令我浑身不爽的，当然便是"万绿丛中一点黑"——有任务没完成的时候了。所以我一定会想方设法把那件遗留事项搞定，决不拖到明天再办，除非实在遇到了"不可抗拒因素"。

从今天开始，用这个最朴素的土办法把自己的工作生活条理化和有序化，一定能杀死不少"强迫症菌"。

专注与自控，尽量保证整块时间，避免碎片时间

什么时候效率最低下？心理研究表明，是无法保证整块连贯时间做事的时候，是时间被各种事情（可以是完全没必要的干扰项，比如外界噪音、刷社交网络）分割得支离破碎的时候。

Multi-tasking skills（多任务处理能力）固然重要，但还有一种技能同样不可忽视，英文里叫作"compartmentalization"（区隔，区分，

Five
进阶攻略：成长使用手册

区间）——懂得如何去 compartmentalize your life，就是知道如何把你一天 24 小时的生活分成不同的几块，在做每一块事情时都高度专注。

洗澡时就专心涂沐浴露，享受热水冲过身体时的舒爽；学英语时就屏蔽最近在追的网剧，逼自己只读英语单词和句子；睡觉时就好好躺着，不要胡思乱想辗转反侧；吃饭时就放下手机，不要一边刷朋友圈等着别人给自己点赞，一边胡乱扒拉碗里的米饭……

当在每个整块时间内都能心无旁骛做一件事时，就能保证一定的效率。效率有了，事情就能快些完成，"未决事项"也就少了，拖延症复发的几率当然也就低了。

上面讨论了那么多治拖延症的办法，当然不是在说我们要永远绷紧一根弦地奋斗不息。只要是人，就必定有偷懒倦怠的时候，也必须要有懒洋洋放空自己的时候，否则就没有"劳逸结合"这个说法了。但避免无谓和有害的拖沓磨叽，对年轻人而言，确实是有百利而无一害的。

这七大毛病，99.9% 的年轻人都会有至少一个

这篇文章，是把咱们年轻人自己都不一定想直视的问题赤裸裸挖出来给人看。我想你会躺枪一次或两次或更多。我反正把自己写中枪了。

将年轻人自身的大 bugs（漏洞）一一列出来，是为了让我们变得更优质。青春就是个取精华去糟粕的过程。十年只有一次，3650 天弹指一挥间，不过得更棒一点，你觉得对得起自己吗？

好的，准备就绪，开始往下看吧。不用自责，不用脸红，因为我们可塑性还很强，还来得及跟这些毛病说再见。

捧着手机刷不停

曾几何时手机只是打电话发短信的工具，如今手机是许多人的生命，许多人是手机的奴隶。

只要是醒着的时候就得有手机陪伴左右，具体表现有以下这些：

1. 没有收到新的微信就觉得少了点什么，心里空荡荡的，甚至再

Five

进阶攻略：成长使用手册

也无法集中精力干正事。

2. 查朋友圈强迫症：看到小红点就得立刻点掉，否则浑身不自在，就好像有个地方痒却用手挠不到。

3. 发朋友圈/微博上瘾症：以"美美的"或"帅帅的"自拍居多，表情、角度和配文都尽自恋之能事。有时候发图只是为了让暗恋的那个TA看到。如果TA点赞或评论了，一整天都会变美好；如果没有，一整天都会怅然若失。除了想得到TA的回应，还希望获得很多点赞。每隔十几二十分钟就要看看有没有新的赞。如果得到三位数的赞，会美滋滋地觉着自己是万众瞩目的明星。

4. 刷交友app：单身大龄男青年居多，为缓解空虚寂寞而刷交友app上瘾，有一搭没一搭地聊。

5. 网购：每天必逛各种电商团购app，手机支付一键搞定的简易快速使人对花销变得不再敏感肉痛，感觉不到钱在哗哗地往外流。

我深信，缓解和消灭上述手机上瘾症症状绝不是不可能。想一想下面几条，动用起自己的毅力和决心，有一天你会把手机"打回冷宫"，起码也可以让手机不再篡位成你生活的主宰：

1. 保守算，平均一天百无聊赖玩手机会浪费1小时，则1周有7小时，一年有 $7 \times 52 = 364$ 小时。这几百小时能乘京津高铁700多次，更可以用来精进一项技能（减肥10斤练出漂亮马甲线，拿下英语四六级，会计师考试，CFA一级，日语二级……）。时间的流逝是最让人恐慌的事，何况你浪费的是一寸光阴一寸白金钻石的青春时光。莫等闲，白了少年头，空悲切。

2. 朋友圈点赞是伪装得最好的精神鸦片。哪怕获得你心仪之人的赞，又能怎样？代表TA爱上你了吗？代表你和TA好了吗？而获得200个赞，又能怎样？代表你是万人迷吗？这200个赞能立刻转化成什么实在的好东西吗（最庸俗地说，能变现吗）？在职场上获得上司对你工作业绩的表扬，在考场上获得可能帮你申到名校的高分，在爱人那儿获得能让你们爱情升温的一个拥抱一个吻，才是最实实在在的"赞"啊！

3. 在直播app上看的是什么？允许我不客气而主观地说一句，有些直播内容并非有营养的东西。迷上看直播，很大程度是因为你的窥私欲、想打听别人生活的空虚与无聊心态。花十分钟欣赏一个美女在app平台上搔首弄姿，或盯着一个帅哥抛媚眼秀肌肉，你得到了短暂的视觉享受，却种下了慢性的精神荼毒。至于毒害有多深，你得自己体会。

4. 手机app交友不靠谱。"干吗呢""在吗""吃了吗""有空？"——诸如此类的对话构成了app陌生人聊天的地基。有那点闲工夫在手机上磨叽，真不如把自己拾掇好、在各种质量高的兴趣沙龙活动里结交朋友来得更踏实和有效率。

5. 在手机上买东西不眨眼，等年底算一笔购物账时就会不敢睁眼。当月光族就那么身心愉悦吗？

6. 对了，你一定爱美。请牢牢地记住，长期低头玩手机会让皱纹更快爬上你的鲜肉脸，皮肤会因手机辐射而变得粗糙和黯淡。

让手机老老实实当你生活的小配角，对你、对手机都有好处，真的。

希望走捷径一夜成名，秒变高富帅白富美

"网红"从去年开始成了热词，一些人通过当网红发家致富、实现了财务自由。随着网红概念被越炒越热，年轻人的浮躁之气也升腾了起来。想学技能练本事、一步一个脚印往前走的人少了，想走捷径攀高枝一秒收获功名利禄的"90后""00后"多了。

"你看，这么多网红以前也是路人一个啊。凤姐都能当网红，有

Five

进阶攻略：成长使用手册

了人气以后还成了凤凰撰稿人、天使投资人。"

"papi酱，录个小视频吐吐槽就能受万众注目，获千万融资……"

"选秀出身的某男，在直播平台露露肉骂骂人就获得打赏无数。"

"还有那些玻尿酸硅胶整容脸泛滥的女网红，在微博上转发条广告都有数万收入，淘宝店更是年入八位数……"

羡慕嫉妒恨的心态加上对自己过高的评价，让一些年轻人忘形忘本，幻想自己有一天也能走上当网红赚快钱的康庄大道。

可是这种"捷径"，就真能走得又"捷"又简单？

你理解凤姐被无数人嘲讽甚至谩骂的无奈吗？你吃得了她通过政治庇护远走美国，也许很多年都没法回国和家人团聚的苦吗？你真的以为她放放厥词，发发自恋（自黑）照，读读"知音/故事会"就能当上凤凰网的专栏吗？

你能感受papi酱获得融资，不再是自由身以后的压力吗？你能承受她每时每刻不在酝酿下一个视频说什么、怎么拍的巨大脑力心力付出吗？你知道她在微博出名前，曾几次在其他平台上试错无果的不顺吗？

回忆专用小马甲、假装在纽约、小野妹子学吐槽、同道大叔……不错，这些微博大号现在是运营得风生水起，可这些大V的幕后团队抓住早年的微博红利期、用几年时间辛勤耕耘与积累直至成功的过程，你了解吗？你能耐得住厚积薄发前的煎熬吗？

鹿晗吴亦凡杨洋等一众鲜肉现在确实在风光无限的险峰之尖，你也许比他们长得还帅还嫩，但你未必能咬牙挺过他们成名前那几年的付出与妥协。他们的吸金能力令人咋舌，但未来某一天过气后的落寞甚至不顺，是你能以平常心接受的吗？

如果你对上面这些问题无感，坚信自己有一天能走上成名成功的捷径，那我佩服你，并为你祝福。

只是，你现在还认为有一夜变凤凰的捷径吗？

拖延症爆棚

这一条不在这里赘述了。请参见《拖延症候群拯救手册》。

迟到，总是迟到

这个算拖延症的一个变种，总之就是时间观念特别差。不管跟谁见面、赴多重要的约，都能给自己找到这样那样的理由华丽迟到。

6点的会，到了5点还在床上玩手机磨叽，5点15分起床伸懒腰冲澡，打扮完毕时已经5点45分，"不好，要迟到了！"等上了车，才意识到正值高峰期，主干道成了大型停车场，眼睁睁望着自行车电动车小三轮从机动车的缝隙间得意扬扬地呼啸而过。等终于到了见面地，可能已经快7点了……

每次迟到后都会感到抱歉或懊恼，但往往顽固不化，下次依旧迟到。

迟到，归根结底起因于对自己和对别人的责任感缺失、自我管理能力的低下。

迟到，会破坏别人对你的感觉，留下不讲诚信的印象。

迟到成了习惯，会让整个人变得懒散随便，碌碌无为。恋人间伤了感情，上下级间丢了信任。

如何治疗迟到症？书上网上给的鸡汤良方已经很多了。请自行选择最适合的方子对症下药。

当又动了不守时的念想时，就狠狠拍自己脑袋一下——

提前五分钟到，真的会要你命吗？

熬夜，没正事做也熬着不睡

这也算是拖延症的一个分支。

最典型的症状，就是哪怕晚上事情都做完了，一看表才10点多——太早了，再"醒会儿"吧，于是继续以各种手段 kill time 到三更半夜。久而久之就成了熬夜强迫症。

我自己也是熬夜党的忠实会员，入会时间大约是读本科时，会龄已有五六年，最近在尝试退会。大学时课业繁重，一周能有两天是要学习到前半夜、一天学习到后半夜。所以不自觉就习惯了"今天起，明天睡"的模式。进入高盛工作后，投资银行那种"把女生当男生使，把男生当牲口用"的拼命模式更是巩固了我的熬夜症。如果哪天有可能"今天起今天睡"了，也基本会把这种机会抹杀在摇篮里。

为什么熬夜？我想可以用三个字总结："不甘心"。不甘心一天就这么过去了，不甘心还没有休闲消遣够就要去睡觉。而"不甘心"的源头，经常是白天做事拖沓，无端浪费了很多时间，所以到了深夜"方恨时光易逝"。

拖着不睡时都在干什么？如果是读一本书、看一部好电影、来一次夜跑倒还好，起码丰富精神生活，出汗排毒。但很多时候的熬夜其实就是在空耗、在浪费生命——刷会儿朋友圈，看段小视频，煲个电话粥，一两个小时就不知不觉过去了。

我熬夜最凶的时候是大四毕业前和入职高盛的第一年，那时凌晨两点睡是常态。二十多岁血气方刚的身体逐渐出了状况：几乎没长过青春痘的脸开始冒疙瘩，从前跑步训练造就的那双结实的腿开始变得沉重绵软，连续跑上五公里就会气喘不已。

这还是熬夜最看得见摸得着的副作用。前段时间看到一篇令人痛心的文章，盘点了最近突发疾病而英年早逝的十多位优秀媒体人，大多年方三四十，本应是最风华正茂的年纪，但长期的压力和熬夜一点点摧毁了他们的身体，直至终结了他们的生命。所以，熬夜更可怕的副作用，是对精气神和免疫力的长期消耗，是给身体机能带来的潜移默化而不可逆的损害。

把熬夜带来的副作用和拖着不睡带来的寥寥欢娱做个比较，你现在还觉得每天都当夜猫子是件幸事吗？我不觉得，我也有点害怕了，准备不老让自己刷夜爆肝了。即使变不成早睡早起的 morning person，起码也要多点"今天起今天睡"的时候。

有觉能睡直需睡，莫待无觉空悲切。

对最亲近的人，尤其是对父母不耐烦

唉，妈你能不能少说几句？太烦了。

简直受不了你们，得，我反正快搬出去了。以后不跟你们住，我们都能清净点儿。

你能不能不这么黏人？我刚在忙，才半小时没接你电话你就不高兴。你让我怎样啊？我是你的奴隶吗？

你真是天下最不可理喻的人。脑子有病，莫名其妙。

……

诸如此类气急败坏甚至颇具攻击性的话，你是不是曾不假思索地甩给过自己最亲近的人：正值更年期或已迈入老年期的父母，曾经热恋得恨不得每秒钟都甜腻在一起的男/女朋友？

当你毫不客气地发火过后，是不是经常后悔愧疚，觉得对爸妈/恋人这么狠实在是不应该？

我自己和我的几乎所有年轻朋友都有这个毛病。对最亲的人，却经常最不耐烦。

几年前看过一篇文章,说其实离家上大学后,绝大多数人在余下的人生里,满打满算只能和父母"在一起"150次了,而这还是宽裕估计——确实,很多人长大后不会跟父母生活在同一座城市,每年只有大节假日时才会回家探亲(或者父母到子女的城市探望),两种情况合起来算一年4次吧。假设已经步入中老年的父母还能在你生命里35年至40年,那么两数相乘的确只有150次上下。当时我在美国读大学,一个人在宿舍读到这个数字时,竟泪如雨下不能自已,深感自己还不够孝顺。

对父母等最亲的人无端发脾气动粗,只会增加你日后感到愧疚甚至悔恨的机会。

前段时间读到一篇题为《不对亲近的人发脾气,是最大的教养》的文章,里面有两句话说得很好,分享给大家:

"你永远只能伤害你爱的人和爱你的人。这是个多少有点悲凉的真埋。如果我们沦落到要让家人难堪来获得满足,那么我们就是一个大写的弱者了。反过来我们也应明白:你最亲近的人,只有你才懂得如何去爱。深到骨子里的教养,就是好好对待自己的身边人。因为他们对自己的好,同样是深到骨子里的。"

看不进长文章和纸质书,书面文字退化

如果你坚持不跳行地读到了这里,那么恭喜,你还算有耐心和定力阅读长文章的人(但其实这篇文也不长)。如果你是抱着"快点刷到文章末尾"的态度跳到这里的,那我希望你耐着心读完下面几段。

曾几何时,图书馆是你最熟悉的地方,你喜欢在一排排书架里徜徉,只为找到那本最想看的名著;那时,你喜欢和伙伴们逛书店,碰

到想读却舍不得买的书,你甚至会席地而坐,如饥似渴捧着它读一下午,忘了时间这回事;曾经,你会给心爱的书包上封皮;你会把书依依不舍地合上,放在枕边;你会边读边做一本本的笔记;你还会和同学们交流各自读的好书……

最近这几年,生活节奏的变快和智能手机的入侵,使你花在读书上的时间和心思越来越少。一开始你可能还会觉得恐慌和遗憾:"好可惜,竟没能抽出半小时读完这一章。"可之后,你接受了与书渐行渐远的事实,再之后,不读纸质书成了生活的常态。即使有了整块空闲,你也更可能只是捧着手机刷个不停或邀三五好友"出去 high"。而最近读完的一本书的封面上,早已落了尘埃。

你甚至连手机上的长文都开始抵触了,一看到密密麻麻的字就犯晕。除了满是图画和快餐式语言的文章,你的生活里没有了其他读物。

因为太久没看过一本正经书,你的写作能力也在退化。以前你可能还想着成为一个诗人或散文家,但现在的你笔杆生涩,措辞贫乏,最信手拈来的词不再是学生时代熟读能吟的诗词,而成了"然并卵""撕逼""怪我咯"等毫无营养的网络用语。写作水平退化得连最程式化的工作报告都写不利落了。

与什么疏远,都不能与书疏远。

在信息爆炸的年代,更应该逆着社会大环境的浮躁与急功近利,摒弃那些快餐式的文化消遣物,让自己的身和心都回到安静的地方,捧起一本书,一页一页读起来。

对朋友圈里疯转的八卦文了如指掌头头是道,不是牛×,而是俗和肤浅。

对各种好书里的情节与观点信手拈来娓娓道来,才是真正的牛×与智慧。

有几个好友半年前组了一个微信小群,取名"180 天读 18 本书"。

Five

进阶攻略：成长使用手册

他们都是投行和国际律所里的大忙人，最惨的时候一周工作100小时。即使生活被塞得如此满当，他们依旧感到空虚和焦虑——跟同学聚会，除了工作上的事能聊几句，他们对其他事都变得有些愚钝甚至无知，这些事，包括好书、好电影和好戏剧。

他们意识到，只有读书，才能不让自己彻底被工作俘虏，才能让自己依旧是一个 interesting and cool person（既有趣又酷的人）。于是，这几个家伙开始每周末一次微信分享会聊聊过去7天读的书，每个月末交一篇千字读书笔记。他们还规定，这18本书不能是机场书店兜售的成功学，不能是网络小说，必须是年龄超过一个世纪的经典老书。

最近，我和读书小组的其中两个好友吃饭，聊天时深觉他们比180天前变得"气自华"了许多。虽然因为项目太忙，他俩分别只读完了14本和15本书，但谈到读书的过去半年，他们都觉得是入职以来最快乐而充实的一段日子。

这几天，他们已经把微信群名改成了"360天读36本书"。为什么我会知道呢？因为我也成了读书小组的一员。

即使说得功利一些，多读纸质书也是有百利而无一害的，你看，几乎所有成功人士都酷爱读书。在赶飞机时阅读，在周五的晚上阅读，在加班的闲暇五分钟里阅读。他们越读越智慧，越智慧就越成功，进入了良性循环。

读得书多了，写作功力也就自然开始回升了。不管世界变得多光怪陆离、先进得多令人叹为观止，有两样东西我们真的不能丢弃：阅读与写作。

如果读完这篇文章后你"毫发无损"，那么你是一位好青年，把自己写中枪的我由衷佩服同龄人的你。如果你每读一条就中枪一次，现在已经弹痕累累了，也别郁闷，因为这些绝对都是可逆的毛病。

从下一秒起，你可以：

1. 卸载手机上会浪费你很多时间的 app。

2. 规定自己每【××】分钟/小时才能刷微信/微博一次。

3. 把时钟调快十分钟。在别人见证下给迟到规定一种严厉的惩罚。

4. 不要再把时间花在不停地自拍和发自拍照上。真的没用的，而且发多了惹人烦。

5. 去书店吧，闻闻里面久违的书香，买几本好书，今天就制订一个阅读计划。

哈佛学生回应北大院长：
与其纠结人生方向，不如定好小目标

之前读到北京大学考试研究院秦春华院长写的《这些"牛孩"的人生方向呢》，这篇文章后来被换成《考上了北大哈佛以后，就走向人生巅峰了吗》等标题，在网络上引起不小的转发和热议。

秦院长写的是对以名校学生（文中称"牛孩"）为代表的大学生的几个担忧：他们的死板和拘谨太像了（从面试现场表现看出），成长模式和优秀的方面太像了，就连进大学以后的问题点也太像了——入读北大哈佛等好大学似乎成了追梦的终点，然后便找不到奋斗的人生方向了。

我算是秦院长说的那类"牛孩"：一路读着重点小学和中学长大，然后到这个世界最好的大学拿到本科学位，再攻读硕士学位。在感谢秦院长撰文关心学生之余，我想以一个"牛孩"的身份，聊聊自己的切身感受，一些看法可能同秦院长的观点相左，却可能是百万名大学生中的很多人想说的。

我绝无意写一篇旁征博引的反驳文，仅是分享个人拙见，不妥之处请海涵。欢迎老师和同学们一同讨论。

没找到"人生方向"是一件多可怕的事？

秦院长在文中最大的担忧，是年轻人的"共同迷茫"——哪怕是很多拼进了北大、哈佛的"牛孩"，也不知道自己接下去的"人生方向"了。

> 最令我吃惊的是，当我问他们（被面试学生——笔者注），你希望自己未来成为什么样的人时，很少有人能答上来。
>
> 小时候，每当大人问孩子，你长大了想当什么呢？孩子们总是兴高采烈地回答：科学家、宇航员、飞行员、警察叔叔（阿姨）……然而，当孩子们上学之后，这些问题就再也不曾被提起，仿佛从来就没有出现过。
>
> 但有一天当他们（北大、哈佛学生——笔者注）真的置身于无数次在梦中出现的校园时，常常会陷入深深的焦虑之中：接下来又该做什么呢？

如果长大后仍能像童年时那般无忧无虑、天马行空地幻想，该有多好。可是，经过十几二十年的学习和生活磨炼，我们早已变得更缜密、更谨慎，有了更多思虑，不再能一拍脑袋说出"我要当医生""我要盖楼房"了。所以，将"幼年时能脱口而出远大理想"与"长大后的方向暂缺状态"做直接对比，我认为略欠周密。

秦院长文中所述的"人生方向"，是指能让人充满热情的一项事业、能为之奋斗终生的远大理想，横跨人生未来几十年，是一个大而广的概念。

暂时没找到这样的"人生方向"，对牛孩们、大学生们、年轻人

Five

进阶攻略：成长使用手册

们而言，是一件该深感恐慌的事吗？

作为一个仍在摸索但未曾停止过努力的 90 后，我不这么认为。

不积跬步，无以至千里；不积小流，无以成江海。人生方向，就像是那个千里之外的广阔江海，必然是需要花费时间、经过一步步思考和实践才能悟出、确立的。哪怕是顿悟，也得有前期摸索作铺垫。

如果用一个公式来说明"人生方向是什么"，我认为可以这么写：

$$人生大方向 = 小目标1 + 小目标2 + \cdots + 小目标 n.$$

即：宏观的人生方向，是由微观的"小目标"累积而成的。n 的数值因人而异，有的同学找到人生方向花费时间较少，有的人会慢点——这都很正常，无须因为自己还在摸索而别人已经有了长远方向，就感到焦急。

试问秦院长和中国的大学教授们：你们二十多岁时，已经精准无误地找到未来方向了吗？

很多改变了世界的人，年轻时都经历过相当长的一段探索期。有的人可能比现在的大学生更摸不清未来方向。缔造了"苹果"帝国的乔布斯开始科技领域创业前，曾在二十多岁时只身去印度踏上一段宗教苦旅。奥巴马从哥伦比亚大学毕业后，回芝加哥穷人区干了三年义工，然后进入哈佛法学院读博士。彼时的他，很可能并没把"人生方向"定为有朝一日当选美国总统。阿里巴巴创始人马云年轻时曾教英语，后来开翻译公司。当年的马总肯定也没想过，未来的人生都将和一个叫"阿里巴巴"的公司密不可分。秦院长自己也在文中提到了美国的摩西奶奶，77 岁时才正式发现对绘画的热爱，开始创作。

所以我想，不能把"这些'牛孩'的人生方向呢？"渲染成一个会让年轻人焦虑的严重问题。二十多岁的年龄，尚有太多上升和可塑空间，没有定型实在是再正常不过的一件事了。

当然，我这么说不是在鼓励大家可以仗着年轻资本而不怕迷茫、"悠着来"。比早早找到关乎未来几十年"大方向"更重要的，是现在行动起来，确立好这个月、这半年、这一年、这两年……的一个个小目标，并坚决执行，让每个被完成的小目标都成为人生大方向上不可或缺的基石。

我们真的对下一步的目标和方向一无所知吗？

如果把"是否确立了现阶段和近期目标，并付诸实践"作为判定一个年轻人是否"迷茫"的标准，大学生们（不管是"牛孩"还是"非牛孩"）仍像秦院长描述的那般情况堪忧吗？

我观察到的实际情况并没那么"惨"。

先说身边的哈佛"牛孩"们。前几天，我同哈佛大学研究生院院长特别助理、哈佛研究生院国际战略发展主任 H.P. Tian 博士聊天。当问到中国留学生在哈佛的表现和未来规划时，她给予了很正面的评价（以下为原话大意）：

> 我了解的不同院系的中国学生都才华横溢，能力出众。他们头脑清楚，很有想法，知道自己想要什么，也都朝着自己的目标努力。

我认识的哈佛中国学生们确实如此。他们充满正能量，把学习生活安排得充实而有条理。虽不是每个人都确定了"人生大方向"，但都有清晰的小目标小规划正在执行着。

朋友何江（哈佛历史上第一位毕业典礼中国籍学生演讲人）便是

生活得"很明白"的一位年轻人。他从湖南农村考进中科大生物系，再凭优异成绩进入哈佛生物系读博士，如今在麻省理工学院做生物学博士后研究。

虽然何江还没确定未来是扎根实验室做学术，还是走出校园去探索技术＋创业道路（即"人生方向"待定），可你一定能看出，何江如今的优秀是一步一个脚印拼出来的：抓准"生物"这个自己喜爱又擅长的领域，完成一个接一个成长途中的"小目标"。不好高骛远，只求脚踏实地——对年轻人而言，这难道还不够吗？

再说更广范围的大学生们。前段时间，我发微博邀请大家分享"2016年最后100天的3个目标"，两天内便收到了来自全国各地大学生和海外留学生的几千个"小目标"：有要通过一场重要考试的，有要看完×本书的，也有要坚持每天跑步的。我们不能轻看了这些小目标。纵使它们再微不足道，也是寻找人生方向的基石。

秦院长、教授们，我们虽不能一步登天，但那么多年轻人都在为当下能做好的事不懈努力着呢。

"独处"和"试错"，就是找到人生方向的最佳办法吗？

文章末尾，秦院长分享了两个帮年轻人找到人生方向的办法：独处和试错。

> 每天抽一点时间独处，给自己的心灵留出一点儿空间，在完全放松的状态下听听内心深处的渴望。有时候，也可以拿出一张白纸，把自己的想法写下来。无论这些想法看上去多么幼稚，多么可笑，甚至骇人听闻也没关系，反正这是写给自己看的，与他人无关。

> 一个好办法是试错。不停地尝试所有的事情，……不要害怕失败，失败的成本很小，只要没有被开除或退学，大不了还可以重新回到课堂，一切从头再来。

谢谢秦院长的建议，但请允许我分享一点不同想法。

"独处"那段话读了几遍，越读越觉得像鸡汤书里"知心大叔／知心姐姐"常说的套话。诚然，我们都需要"一个人静一静"的独处空间。但我认为，"独处"并不是帮年轻人找到人生方向的最佳方法。试想，把自己关在屋子里，拿出一张纸天马行空地涂鸦狂写，真能灵感迸发、找到奋斗方向吗？不是每个人都能像牛顿那样，被苹果砸了头就发现了引力；或者像阿基米德那样，泡个澡就找到了浮力。年轻人之所以迷茫，很大的一个原因是脑子里没有想法。在这种想法缺失的状态下独处，几乎不可能有实质性的收获，反而可能越写心越乱，适得其反。

关于"试错"：诚然，人都是在尝试－跌倒－爬起－再尝试的循环中成长成熟起来的。确立短期目标和探索长期方向的过程，一定少不了试错，这点我非常赞同秦院长。

但我不得不说，当读到"失败的成本很小，只要没有被开除或退学，大不了还可以重新回到课堂，一切从头再来"这句话时，我被冷不防震了一下。想法固然美好，现实却很忧伤。如果年轻人的生活能像秦院长描述的那般简单洒脱，就完美了。

但不得不接受的事实是，我们中的绝大多数人，真的输不起。

十年寒窗，我们付出的努力只有自己和家人明了。这么多年的拼搏都是前期投入的成本，如果因为一次大胆试错就放弃大学学业，所有时间和金钱成本就可能瞬间变为沉没成本，无法收回了。

社会给我们年轻人的机会很多，但给我们的挑战和压力也"山大"。不是每个人都能像比尔·盖茨那样辍学后成功创业。对于非官非富的

Five

进阶攻略：成长使用手册

绝大多数大学生而言，先好好在学校里读书长技能是最稳妥的方式——我不是在说年轻人不能试错冒险，只是这"险"，最好在可控范围内"冒"，实在不可太激进。

那么，帮自己寻找奋斗目标和人生方向的方法有哪些？

下面的建议很多人也许不陌生，但确实都是我自己用过、觉得好的办法，分享给所有年轻人——不管你是否正在迷茫。

1. 读书，读书，再读书

<u>与其去想，不如去读</u>。智慧不是凭空蹦出来的，而是通过阅读攒出来的。在移动社交工具肆意侵占日常生活的今天，我们真的太容易分心了，很多人不知不觉就能在朋友圈和直播 app 上花掉一小时。放下手机，重拾书本，静心读几页书、几篇文章，你获得的将不仅是知识，还有能帮你找到目标和方向的灵感。

在大学里读完有关华尔街和高盛的几本书后，我对投资银行业有了更深的了解，也进而确定了毕业后第一个奋斗步骤：去投行苦干两年，夯实基本功。不管未来落脚于哪个行业，投行给我的各种基本技能都会让我受益终生。

我还喜欢读自传。这类书的一大魅力，是作者生活到第 50 页的时候，还不知道第 300 页会发生什么样的精彩故事。循着他们的奋斗足迹读下去，我们可以借鉴他们的经验，规避教训，学习成功方法，再思考和设计自己的人生路线。

2. 拜师求教

<u>与其去想，不如去问</u>。我们可以找的老师至少有两种：教授和学长。

大学生最该避免的事情之一，就是只在课堂上和教授发生交集，下课铃一响就"各奔东西"，成了最熟悉的陌生人。教授们是过来人，比我们有见识见地；很多教授也愿意与学生打成一片，倾听我们的苦恼和迷茫，帮我们出谋划策，还可能给我们介绍各种资源和机会。

读大学时，我有幸和几位教授成了好友，经常在下课后同他们 hang out：周末到教授家一起做饭，跟他们体验各种好玩事儿（学日本剑道，在农场上种菜）。和教授们的聊天过程也是学习过程，我听他们讲自己年轻时的打拼故事，也让他们为我毕业后的规划支招。一位赏识我的经济学教授，更写信力荐我去摩根士丹利纽约总部实习。每次跟出色的长者交流，我都感到充实和喜悦，心中的迷茫和困惑也往往能被驱散无踪。

和优秀的学长学姐交流更应该是必修课。他们刚走过我们正在走的路，有很多可以分享的热腾腾的经验，包括我们正经历着的挫折和疑惑。他们可能是比父母更能体会我们感受的人。缺乏方向感和上进心的时候，不妨和学长打场球（和学姐逛个街）、吃顿饭，抒发自己的苦闷和彷徨，让他们开导一下。虽不一定能立刻豁然开朗，但也会帮你减压、重拾一些动力。

3. 不要宅在宿舍和家里，走出去看看世界

<u>与其去想，不如去闯</u>。感到无力和迷茫的时候，切忌把自己关在宿舍和家里，大门不出二门不迈，任凭自己在狭小空间里独自疗伤或苦想，那样只会陷入恶性循环，越发消沉和自卑。

有意识地让自己走出每天两点／三点一线的生活圈，去完全不同的地方看一看，呼吸不一样的空气，到别人的生活里走一走。在旅行途中，太多人收获了灵感，甚至找到了奋斗目标。还是说乔布斯——他到了印度后，发现这个国家并不是一些人所宣扬的宗教净土，而是

处处皆贫穷和饥饿。印度之行让乔布斯意识到,比起宗教,也许科技与创业才能更好地改变世界,继而在之后创办了苹果公司。

4. 提高执行力

<u>与其去想,不如去做</u>。定好的目标就是要去完成的。如果不立马卷起袖子付诸行动,还不如压根没有目标。提高执行力和效率的好办法之一是给自己列 To-do list(任务清单)。

我从读中学开始列 To-do list,从最初在小笔记本上手写任务、逐一打钩,到大学以后在电脑和手机上填写自造的 To-do list,我的记录几乎从未间断过。如果按每天 10 项 To-do 来算,十年下来也完成超过 36500 个任务了。做完这几万个任务,就是实现了几十个乃至几百个小目标,也同时使我的"人生方向"更加清晰。

养成用 To-do list 的习惯后,你就会逐渐患上"任务完成强迫症"。如果哪天没做完某个任务(没法在任务清单上打钩),就可能感到浑身不舒服——这是一种好的"不舒服",因为它能督促你提高效率。

想跟国内大学教授们说——

在耶鲁和哈佛,我有幸遇到了一群出色的教授。他们不但传道授业解惑,更给了我师生友情甚至亲情。我把大学母校当成 the home away from home(故乡之外的家),很大程度上是因为教授们给的关怀,让我能在漂洋过海求学的几年里一直感到温暖。

我只想以一个普通学长身份,替所有离家求学的学弟学妹向国内大学教授们提一个请求,希望不算苛刻:

多给学生们一些尊重、耐心和鼓励,不论是在招生面试时还是学生入校后。下一次,能否将心比心,多理解一下他们在面试时"正襟危坐,面带微笑而不露齿"的拘谨,不再在面试时随意打断他们?当他们遇到困惑想找你们探讨和倾诉时,能否多为他们敞开办公室和家的门,为他们出出主意,而不只是隔靴搔痒地送一段鸡汤话?你们的一次悉心帮助,会让学生们感恩一生。

以一句话作为文章结尾,送给所有正在为未来努力着的大学生、年轻人:

人生方向,不是空想出来的,是一步步拼出来的;别焦虑,把这"一步步"走实,你就会走得很好。

跋

我妈和我

三个半月写完了 39 篇文章 20 万字。但过去 100 天，我一直留着一篇没写。这没动笔的第 40 篇文章，也是书的最后一篇。我要把它写了送给一个人：我的妈妈。为什么留到最后写呢？最重要的原因是文字功力不够，我怕自己写不好。

从小到大写了那么多东西，我竟几乎没写过"我和妈妈"这样的文章。我是个总在奔忙的粗心儿子，竟然神经大条到忘了用文字表达对妈妈的爱、牵挂和感恩。

晚上临睡前有时会思考，要如何写一篇跟妈妈有关的文章呢？想来想去想不出一个让自己足够满意的写法。或许，根本就没有一个最好、最满意的写法？

那就让我先回忆几个和我妈相处的片段吧。我极不擅在纸上吐露心意，但对妈妈的一切感情，都融在这一个个小故事里了啊。妈妈给我的爱，我从没忘记，以后也不会忘记。

"读"书

我大字还不识几个的时候,妈妈就开始告诉我,读书是一件多美、多重要的事。不过我觉得,她其实根本就没"处心积虑"地培养过我对书的兴趣。因为妈妈是那么爱书,读书对她来说实在是太理所当然了,理所当然到我从小也被影响,这辈子都不会离开书。

从幼儿园中班到上小学前的这几年,我每晚睡前都雷打不动收听"妈妈说书"。妈妈那时还是大学英语讲师,对教学较真到不行,经常备课到深夜。但9点到9点半这30分钟,妈妈是一定会抽出来,端着一本书爬到我被窝里的。

小时候我身体弱,爱拉肚子。只要妈妈带着书进了被窝,我的脚丫就能很快暖和起来,肚子也不咕噜噜地疼了。跟着一起暖起来的,当然还有期待听故事的心。

妈妈给我读的书,好像从来都不是"幼齿"的童话故事——即使我那个年龄段的小孩接触的都是大灰狼小白兔。

第一本在被窝里听妈妈讲完的书是《西游记》。妈妈还真牛,各种声情并茂,各种深度入戏。唐僧、孙悟空、白骨精、蜘蛛精、黄袍怪……每个角色都被妈妈的声音演绎得惟妙惟肖。我老是听得不想睡觉,哼哼着求妈妈再读一个故事。

妈妈不只给我读,还考我。读到关键情节时,她会停下,问我下面该怎么接。我也特捧场,每次都飞快转动小脑瓜。有好多次,我的回答还真和作者之后的描写一模一样!

《西游记》之后,妈妈又给我念完了《三国演义》《水浒传》《爱的教育》,甚至还读过一些《儒林外史》里的故事。除了涉及男欢女爱(比如潘金莲西门庆)和血腥暴力的故事她默默跳过外,其他故事妈妈都会念给我听。最值得一提的是,妈妈从来不会因为我是个理解力有限

的小孩,就简化故事情节、降低难度。

我后来问为什么,妈妈说,要尊重作者和原文,更何况,"谁说你就一定听不懂呢?你可是听得津津有味呢。"

我想,再过个几十年,等妈妈老得看不了书的时候,就换我到被窝里给她念书。妈妈是不是也会意犹未尽地求我再读一个故事呢?就像20年前的我那样。

看恐怖片练胆儿

妈妈常说:"柘远长大后真是变了一个人。敢闯,能折腾,目标高,不怕累。"

嗯,我小时候是挺文弱的,和现在截然不同。胆子小,腼腆,在幼儿园时甚至被小女孩欺负过。

妈妈坚决不允许我这么长大。为了练我的胆子,让我变成男子汉,各种招数都使过,后来看,都奏效了。

四五岁时我特别怕水,妈妈非要在给我洗澡时拿着淋浴头往我头上脸上喷水,起初我吓得哇哇叫,尤其恐惧水进鼻子的感觉。妈妈可不管,狠着心继续喷。渐渐地,我不怕水了,直到开始享受温水浇在脸上的感觉。

进小学前,小朋友们陆续开始各种学前班,钢琴绘画作文什么的。妈妈没给我报任何班。她说:"我这儿子已经够文静了,如果再上这班那班,成天坐在那儿,就更不活泛了。"

妈妈鼓励我去疯去野。

我对大自然和昆虫爱得不行。她说:"太棒了,走,去抓虫子。"

家后面就是一片山,草丛里蝗虫、蚂蚱、螳螂、蝈蝈可多了。最初,妈妈会带我深入半米多高的草丛一起野,抓回满满一袋虫子,还允许我把聒噪的蝈蝈放在纱窗上养着。

我逮昆虫的技术突飞猛进,并逐渐有了"粉丝"——他们是同样对昆虫充满好奇的小孩儿们。妈妈这时就不管我了,任我去疯。

我成了孩子王。一到周末,就率领一群半大孩子漫山遍野抓蚂蚱扑蜻蜓。我的逮虫技艺最高,总能"破除万难"徒手拿下大虫子,再慷慨分给小伙伴们。

变成野孩子后,我自信了,也不再腼腆。

说到练我的胆量,有件事,现在回想起来我还是乐不可支。约摸在1998年12月的一个风雨凄凄的周六下午,妈妈要我陪她看日本恐怖片《午夜凶铃》,说是要帮我长胆子。看片过程中,我妈双手捂住眼睛和耳朵,间或透过指缝偷瞄一眼阴森鬼魅的画面,而我则泰然自若地从头看到尾,全然没有战栗的反应。我妈美其名曰是通过恐怖片练我的胆量,实则是她不敢独自欣赏这部恐怖段位极高的片子。不过,她自有一番理论。做家长的不能事事强大,要时不时地示弱,给孩子锻炼成长的机会。

支持儿子"沉迷"网络

我从小就爱地理和旅游,翻烂过好几本地图册和旅行攻略书。哪个城市市区什么轮廓、市区里的河叫什么、机场叫什么、A城和B城距离多少公里、哪个省的最高峰海拔是多少米、有什么少数民族自治县和景区,我至今都能信手拈来。

上初二那会儿,携程旅行网开始崛起,渐渐家喻户晓。一次上网偶然发现Ctrip.com后,我就迷上了这个丰富的旅游网站。

携程网那时有一个板块叫"有问必答",有点像旅行版的百度知道和知乎。"有问必答"里有大约50位"认证专家",都是旅行知识渊博的达人，回答网友们提出的各种旅行问题，那时我觉得携程网的"专家"是世界上最酷的工作了，暗暗下决心要成为他们的一员。每天放学做完作业后，我都会迫不及待到"有问必答"里解答网友问题。因为回答的数量和质量都不错，一个月后，我真的当上了携程网社区的旅行专家，应该还是年龄最小的。

专家就是有"收入"一族了，每回答一个问题能获得30个积分。我更有动力在携程网上待着不走了，一心想着攒够5万分，换一台索尼数码相机。

一般家长发现孩子迷上网络，都会忧心忡忡，想方设法帮孩子戒除网瘾，督促他们专心学习。我的妈妈却是个非主流家长。得知我成了携程网专家，她拍手点赞，压根没担心过这会影响我的学业。

我说："妈妈，等我用积分换个相机，咱们下次出游时就能拍出好照片啦。"

妈妈总说："不许急功近利。要是当专家只是为了换奖品，妈可要瞧不起你啦。你现在是专家了，回答问题时更要仔细确切，千万不能糊弄网友。"

我把妈妈的话放在心上，努力"提高业务水平"。有时为了保证回答的精确度，会在网上和书里查半天资料，花不少时间。

一天晚上我在有问必答社区泡到快11点，有点心虚了，旁敲侧击地问："妈妈，我每天在携程网上晃荡，你不会……生气吧？"

妈妈边看书边说："儿子，你自己把握得很好啊，我看你学习成绩完全没受影响。而且在携程网当专家也是学习，还是你最擅长和喜欢的领域，何乐而不为？"

有母亲这样满格的信任，我反而能把学习和课外平衡得更好了。谢谢您从没在功课上给我正面施压过。

那条在小树丛里乱窜的大黑鱼

我高三上学期时,我们俩真的挺苦,妈妈或许比我还苦。彼时我已放弃国内名校保送机会,请假备战耶鲁,破釜沉舟。

我心气很高,发誓走好这条蹊径。妈妈的压力也很大,可从来不在我面前吐露半点。妈妈看我的眼神里,永远只有鼓励。

妈妈暗暗做了最坏的设想:儿子拿不到奖学金,只能全自费去留学。这意味着四年一百好几十万人民币的花销。我们不宽裕,这个花费得逼我们砸锅卖铁。

可妈妈从没尝试说服我放弃。无论如何,都会支持我出国读书、追梦。

那段时间里,妈妈是超级铁人。电视台新闻责编的工作已经很累,可妈妈不给自己休息放假。每周末都在家教英语,连轴转地上六七堂课,迎来送往几十个学生,只为每个月多赚些钱。她还接了好几个汉译英翻译的大活儿,经常伏案到后半夜。

妈妈,那时我全身心准备留学考试和申请,已分身乏术,没能帮您扛。对不起。

有天晚上,妈妈抱着一个破袋子回家。袋子里是一条沾满了沙砾和草屑的大黑鱼。妈妈一脸疲倦和狼狈,可还笑嘻嘻地打趣道,这鱼实在太有劲了,折腾得我够呛。

原来,为了给我补充营养,妈妈特地去离家很远的海鲜晚市买了活蹦乱跳的大黑鱼,准备给我炖汤。这鱼活泛得很,愣是从袋子里逃了出来,跳进小树丛。妈妈赶忙去捉它,黑鱼不是等闲之辈,东躲西藏,老让她逮不着。即使好不容易扑到了,它也能使出浑身力气再次从她单薄的手里逃脱。

海鲜晚市地处偏僻,四周一片漆黑,几乎没有路人。没人帮她,她也不信邪,跟黑鱼战斗几回合,它才终于缴械投降,被妈妈按回已经破了的袋子里。

妈妈跟我描述时一脸轻松样,我却听得流了眼泪,逼自己不去想象妈妈在黑夜里捉鱼的狼狈样。

这些年,我喝过很多鱼汤,但味道都比妈妈那晚做的黑鱼汤差远了。妈妈,什么时候你再给我做一碗黑鱼汤可以吗?馋了。

从出生到如今的二十多年里,妈妈没缺席过我成长的任何一个环节。与其说我俩是母子,不如说是忘年交。我对她没大没小,她对我没小没大。

当然,朋友归朋友,妈妈还是很有"母后"威严的。我如果犯了涉及三观的原则性的错误,妈妈对我绝不会手软。小时候有一次特喜欢姥爷的一支钢笔,爱不释手到偷偷把它带回家,想着下次去看姥姥姥爷时再还回去,神不知鬼不觉。

可我这小伎俩怎能逃过妈妈的火眼金睛呢。发现我偷拿了钢笔,她毫不客气地揍了6岁的我一顿,让我"长记性"。妈妈说:"以后再敢小偷小摸,小心我打断你的手"。

我成年前,妈妈给我写过一封信,字里行间都是阳光的味道。她说,妈妈不求你未来做多大的事业,只盼你生活得快乐、踏实、不违本心。妈妈送给我四个关键词:courage(勇气), honesty(诚实), perseverance(毅力)和sympathy(同情心)。她不厌其烦地提醒我,一定要做善良靠谱的人。这些,都已经成了我DNA的一部分。

妈妈说自己是个大龄女文青,我对此实在不能同意更多。除了嗜书如命,她也为电影痴狂,尤其喜欢法国、意大利和伊朗的片子。妈妈担心我上学和工作太忙,没空欣赏好电影,就把自己写的影评一篇又一篇地E-mail给我,邮件末尾不忘加上一句:难得的好片。有机会你还是自己看一遍,能长智慧哦。

我逐渐到了适婚年龄,妈妈的大学同学里都有当奶奶的了。对我的罗曼蒂克史,她几乎不过问。她跟一些为了孩子找对象而忧心忡忡的老同学们说:"嗨,孩子才二十多岁,一点都不着急。他谈没谈恋爱、什么时候结婚,都他自己决定。他就算是gay我都觉得没问题!"

妈妈,写到这儿我越发感叹自己命好,能在这一生成为你的儿子。

用"相依为命"来形容我俩的关系,一点不夸张。在这个单亲家庭,你是娘也是爹,而你说,我是你的一切,是你的生命。

妈妈,记忆里你从没在我耳边苦口婆心地说过任何"做人做事"的道理。可你知道吗,你教给我的,比任何刻意的说教都要多得多。我这些年来的每一次进步,每一份成绩,每一个蜕变,都有你的影子在里面。

这本书的每一个故事,既是在写我自己,其实也是在写你。我要把这本书郑重地送给你。你对文笔要求很高,我又不大会舞文弄墨,所以还请你轻拍。

最后,允许我煽情地勾个芡:妈妈,谢谢你这25年来把我照顾得这么好。从现在开始就该我照顾你了。我会努力的,虽然可能还是做不到你的十分之一。

附 录

哈佛学生常用的四款 To-do list 模版

关于 To-do list 的一些建议：

A）你应该根据自己的习惯和偏好选择最适合的那个模板；当然可以在这几个模板的基础上继续微调，做出你的 style；

B）在电脑上建好 To-do list 模板后，就要坚持每天更新和执行，不要让它成了摆设；

C）完成全天任务时的那种 feel，真的倍儿爽（状态栏下的那一排"Yes"定会给你满满的成就感，尤其是处女座的同学们）

D）不要小看 To-do list，若坚持半年一年，你将会很有条理地做完成千上万项任务，让生活工作不再粗线条和写意。

哈佛学生常用的 To-do List 模板 1

这是最简单直接的一种模板，填起来最快，适合每天忙得应接不暇的人

No. （序号）	To-do （任务）	Status （状态）
1	Complete the Corporate Finance problem set （完成公司金融课的习题集）	
2		
3		
4		
5		
6		
7		
8		
9		
10		

哈佛学生常用的 To-do List 模板 2

Priority （优先级）	Due Date & Time （截止日期与时间）	To-do （任务）	Status （状态）
High （高）	Noon of Sept 20 （9月20日中午前）	Complete the Corporate Finance problem set （完成公司金融课的习题集）	Done （完成）
Medium （中）			
Low （低）			

哈佛学生常用的 To-do List 模板 3

以下项目可根据个人实际情况进行更改

	Homework 作业（已在职的同学换成工作任务）			Correspondence 联络（包括要打的电话，要发的邮件等）	
Done? 已完成?	Description 任务描述	Due Date/Current Progress 截止日期/当前状态	Done? 已完成?	Name/Description 联系人姓名/描述	Phone #/ E-mail 电话号码/电邮地址
Yes	Complete the Corporate Finance problem set（公司金融课的习题集）	Noon of Sept 20（9月20日中午前）			

	Meetings 会议/约见			Miscellaneous Tasks 杂七杂八的任务	
Done? 已完成?	Name / Description 会面人姓名/描述	Meeting date / Time & Venue 会面日期/时间和地点	Done? 已完成?	Description 任务描述	Due Date/Current Progress 截止日期/当前状态

哈佛学生常用的 To-do List 模板 4

Do This 要干的正事（学习/工作任务）	Need to Meet 要见的人	Need This 要买的东西
魔药课5页小论文	斯内普教授	活点地图

Be There 要去的地方		Miscellaneous Others 杂七杂八
禁林	@ 2点	
	@	
	@	

图书在版编目（CIP）数据

不如去闯 / 李柘远著 .-- 武汉：长江文艺出版社，
2016.11（2017.2重印）
ISBN 978-7-5354-8517-5

I.①不… II.①李… III.①散文—中国—当代 IV.①I267

中国版本图书馆 CIP 数据核字 (2016) 第 254162 号

不如去闯

李柘远　著

选题产品策划生产机构 | 北京长江新世纪文化传媒有限公司
选题策划 | 金丽红　黎　波　安波舜
责任编辑 | 张　维　　　**装帧设计** | 曹　欣　　　**媒体运营** | 刘　峥
助理编辑 | 孙　岩　　　**内文排版** | 张景莹　　　**责任印制** | 张志杰
封面摄影 | 吴舢锟　　　**法律顾问** | 张艳萍
总　发　行 | 北京长江新世纪文化传媒有限公司
电　　话 | 010-58678881　　　　　　　传　　真 | 010-58677346
地　　址 | 北京市朝阳区曙光西里甲 6 号时间国际大厦 A 座 1905 室　　邮　编 | 100028

出　　版 | 长江出版传媒　长江文艺出版社
地　　址 | 湖北省武汉市雄楚大街 268 号湖北出版文化城 B 座 9-11 楼　　邮　编 | 430070
印　　刷 | 三河市百盛印装有限公司
开　　本 | 710 毫米 ×1000 毫米　1/16　　　　印　张 | 19.75
版　　次 | 2016 年 11 月第 1 版　　　　　　　印　次 | 2017 年 2 月第 3 次印刷
字　　数 | 250 千字
定　　价 | 39.80 元

盗版必究（举报电话：010-58678881）
（图书如出现印装质量问题，请与选题产品策划生产机构联系调换）